La náusea

Mercado de Lavapiés
Madrid, Julio
2014

Jean-Paul
SARTRE

La náusea

Traducción de Aurora Bernárdez

EL PAIS
CLÁSICOS DEL SIGLO XX

Título original: *La Nausée*

Miguel Yuste, 40
28037 Madrid

Diseño de la colección: Manuel Estrada

ISBN: 84-89669-47-3
Depósito legal: M-36.710-2002
Impreso en España por Mateu Cromo S. A., Pinto (Madrid)

Al Castor

«Es un muchacho sin importancia colectiva, exactamente un individuo.»

LOUIS FERDINAND CÉLINE, *L'Église*

ADVERTENCIA DE LOS EDITORES

Estos cuadernos fueron hallados entre los papeles de Antoine Roquentin. Los publicamos sin ninguna modificación.

La primera página no está fechada, pero tenemos buenas razones para pensar que es anterior en algunas semanas al comienzo del diario propiamente dicho. Habría sido escrita, pues, a más tardar, a principios de enero de 1932.

En aquella época, después de haber viajado por Europa Central, África del Norte y Extremo Oriente, hacía ya tres años que Antoine Roquentin estaba radicado en Bouville, para concluir sus investigaciones históricas sobre el marqués de Rollebon.

LOS EDITORES

Hoja sin fecha

Lo mejor sería escribir los acontecimientos cotidianamente. Llevar un diario para comprenderlos. No dejar escapar los matices, los hechos menudos, aunque parezcan fruslerías, y sobre todo clasificarlos. Es preciso decir cómo veo esta mesa, la calle, la gente, mi paquete de tabaco, ya que es *esto* lo que ha cambiado. Es preciso determinar exactamente el alcance y la naturaleza de este cambio.

Por ejemplo, ésta es una caja de cartón que contiene la botella de tinta. Habría que tratar de decir cómo la veía *antes* y cómo la*   ahora. ¡Bueno! Es un paralelepípedo rectángulo; se recorta sobre... es estúpido, no hay nada que decir. Pienso que éste es el peligro de llevar un diario: se exagera todo, uno está al acecho, forzando continuamente la verdad. Por otra parte, es cierto que de un momento a otro —y precisamente a propósito de esta caja o de otro objeto cualquiera—, puedo recuperar la impresión de anteayer. Debo estar siempre preparado, o se me escurrirá una vez más entre los dedos. No   ** nada, sino anotar con cuidado y prolijo detalle todo lo que se produce.

* Espacio en blanco.

** Hay una palabra tachada (quizá «forzar» o «forjar»); otra, agregada encima, es ilegible.

Naturalmente, ya no puedo escribir nada claro sobre las cuestiones del miércoles y de anteayer, estoy demasiado lejos; lo único que puedo decir es que en ninguno de los dos casos hubo nada de lo que de ordinario se llama acontecimiento. El sábado los chicos jugaban a las tagüitas y yo quise tirar, como ellos, un guijarro al agua. En ese momento me detuve, dejé caer el guijarro y me fui. Debí de parecer chiflado, probablemente, pues los chicos se rieron a mis espaldas.

Esto en cuanto a lo exterior. Lo que sucedió en mí no ha dejado huellas. Había algo que vi y que me disgustó, pero ya no sé si miraba el mar o la piedrecita. La piedra era chata, seca de un lado, húmeda y fangosa del otro. Yo la tenía por los bordes, con los dedos muy separados para no ensuciarme.

Anteayer fue mucho más complicado. Y hubo además esa serie de coincidencias y de *quid pro quos* que no me explico. Pero no me entretendré poniendo todo esto por escrito. En fin; lo cierto es que tuve miedo o algo por el estilo. Si por lo menos supiera de qué tuve miedo, ya sería un gran paso.

Lo curioso es que no estoy nada dispuesto a creerme loco; hasta veo con evidencia que no lo estoy: todos los cambios conciernen a los objetos. Por lo menos, quisiera estar seguro de esto.

*Las diez y media**

Acaso, después de todo, fue una ligera crisis de locura. Ya no quedan rastros. Hoy los extraños sentimientos de

* De la noche, evidentemente. El párrafo que sigue es posterior a los anteriores. Nos inclinamos a creer que, a más tardar, fue escrito al día siguiente.

la otra semana me parecen muy ridículos; ya no me convencen. Esta noche estoy muy a mis anchas, burguesamente, en el mundo. Éste es mi cuarto, orientado hacia el noroeste. Abajo veo la calle des Mutilés y el Depósito de la Nueva Estación. Desde mi ventana veo, en la esquina del bulevar Victor-Noir, la luz roja y blanca del *Rendez-vous des Cheminots*. Acaba de llegar el tren de París. La gente sale de la Antigua Estación y se desparrama por las calles. Oigo pasos y voces. Muchas personas esperan el último tranvía. Han de formar un grupito triste alrededor del pico de gas, justo debajo de mi ventana. Bueno, todavía tienen que esperar unos minutos: el tranvía no pasará antes de las diez y cuarenta y cinco. Con tal de que esta noche no lleguen viajantes de comercio; tengo tantas ganas de dormir y tanto sueño atrasado. Una buena noche, una sola, barrerá con todas estas historias.

Las once menos cuarto; no hay nada que temer, ya estarían aquí. A menos que sea el día del señor Rouen. Viene todas las semanas; le reservan el cuarto número 2 del primero, el que tiene bidé. Todavía puede llegar; muchas veces toma un bock en el *Rendez-vous des Cheminots* antes de acostarse. Por otra parte, no hace demasiado ruido. Es muy bajito y muy limpio, con bigote negro, encerado, y peluca. Aquí está.

Bueno; era tan tranquilizador oírlo subir la escalera, que el corazón me dio un saltito: ¿qué puede temerse de un mundo tan regular? Creo que estoy curado.

Y ahí viene el tranvía 7 *«Mataderos-Grandes Diques»*. Llega con gran ruido de hierro viejo. Arranca. Ahora se hunde, cargado de maletas y niños dormidos, en dirección a los grandes diques, a las fábricas, al este negro. Es el penúltimo tranvía; el último, pasará dentro de una hora.

Voy a acostarme. Estoy curado, renuncio a escribir mis impresiones día por día, como las niñas, en un lindo cuaderno nuevo.

En un solo caso podría ser interesante llevar un diario; si*

* El texto de la hoja sin fecha se detiene aquí.

Diario

Lunes, 29 de enero de 1932

Algo me ha sucedido, no puedo seguir dudándolo. Vino como una enfermedad, no como una certeza ordinaria, o una evidencia. Se instaló solapadamente poco a poco; yo me sentí algo raro, algo molesto, nada más. Una vez en su sitio, aquello no se movió, permaneció tranquilo, y pude persuadirme de que no tenía nada, de que era una falsa alarma. Y ahora crece.

No creo que el oficio de historiador predisponga al análisis psicológico. En nuestro trabajo sólo tenemos que habérnoslas con sentimientos a los cuales se aplican nombres genéricos, como Ambición, Interés. Sin embargo, si tuviera una sombra de conocimiento de mí mismo, ahora debería utilizarlo.

Por ejemplo, en mis manos hay algo nuevo, cierta manera de tomar la pipa o el tenedor. O es el tenedor el que ahora tiene cierta manera de hacerse tomar; no sé. Hace un instante, cuando iba a entrar en mi cuarto, me detuve en seco al sentir en la mano un objeto frío que retenía mi atención con una especie de personalidad. Abrí la mano, miré: era simplemente el picaporte. Esta mañana en la biblioteca, cuando el

Autodidacto* vino a darme los buenos días, tardé diez segundos en reconocerlo. Veía un rostro desconocido, apenas un rostro. Y además su mano era como un grueso gusano blanco en la mía. La solté enseguida y el brazo cayó blandamente.

También en la calle hay una cantidad de ruidos turbios que se arrastran.

Por lo tanto, se ha producido un cambio durante estas últimas semanas. Pero ¿dónde? Es un cambio abstracto que no se apoya en nada. ¿Soy yo quien ha cambiado? Si no soy yo, entonces es este cuarto, esta ciudad, esta naturaleza; hay que elegir.

Creo que soy yo quien ha cambiado; es la solución más simple. También la más desagradable. Pero debo reconocer que estoy sujeto a estas súbitas transformaciones. Lo que pasa es que rara vez pienso; entonces, sin darme cuenta, se acumula en mí una multitud de pequeñas metamorfosis, y un buen día se produce una verdadera revolución. Es lo que ha dado a mi vida este aspecto desconcertante, incoherente. Cuando salí de Francia, por ejemplo, muchos dijeron que había partido por capricho. Y cuando regresé bruscamente después de seis años de viaje, todavía se hubiera podido hablar muy bien de capricho. Aún me veo en la oficina de aquel funcionario francés que renunció el año pasado a consecuencia del asunto Pétrou. Marcel se dirigía a Bengala con una misión arqueológica. Yo siempre había deseado ir a Bengala y Marcel me apremiaba para que me uniera a él. Ahora me pregunto por qué. Pienso que no estaba seguro de Portal y con-

* Origier P..., de quien se hablará a menudo en este diario. Trabajaba en los tribunales. Roquentin lo había conocido en 1930, en la biblioteca de Bouville.

taba conmigo para no perderlo de vista. Yo no tenía ningún motivo para negarme. Y aunque en aquella época hubiese presentido la pequeña tramoya contra Portal, era una razón más para aceptar con entusiasmo. Bueno, pues estaba paralizado y no podía decir una palabra. Miraba fijo una pequeña estatuita *kmer,* sobre una carpeta verde, al lado de un aparato telefónico. Me sentía lleno de linfa o leche tibia. Mercier me decía, con cierta irritación velada por una paciencia angélica:

—Claro, yo necesito estar seguro oficialmente. Sé que acabará usted por decir que sí; sería preferible aceptar enseguida.

Marcel tiene una barba de un negro rojizo, muy perfumada. A cada movimiento de su cabeza, yo respiraba una bocanada de perfume. Y de pronto me desperté de un sueño de seis años.

La estatua me pareció desagradable y estúpida, y sentí que me aburría profundamente. No lograba comprender por qué estaba yo en Indochina. ¿Qué hacía allí? ¿Por qué hablaba con esa gente? ¿Por qué iba vestido de una manera tan rara? Mi pasión estaba muerta. Me había arrebatado y arrastrado; en la actualidad me sentía vacío. Pero esto no era lo peor; delante de mí, plantada con una especie de indolencia, había una idea voluminosa e insípida. No sé muy bien qué era, pero no podía mirarla, tanto me repugnaba. Todo esto se confundía para mí con el perfume de la barba de Mercier.

Me sacudí, exasperado y colérico contra él; respondí secamente:

—Se lo agradezco, pero creo que he viajado bastante; ahora tengo que volver a Francia.

A los dos días tomaba el barco para Marsella.

Si no me equivoco, si todos los signos que se acumulan son precursores de una nueva conmoción en mi vida, bueno, tengo miedo. No es que mi vida sea rica, ni densa, ni preciosa. Pero tengo miedo de lo que va a nacer, de lo que va a apoderarse de mí, ¿y arrastrarme a dónde? ¿Será necesario una vez más que me vaya, que deje todo lo proyectado, mis investigaciones, mi libro? ¿Me despertaré dentro de algunos meses, dentro de algunos años, roto, decepcionado, en medio de nuevas ruinas? Quisiera ver claro en mí antes de que sea demasiado tarde.

Martes, 30 de enero

Nada nuevo.

He trabajado de nueve a una en la biblioteca. Dejé listo el capítulo XII y todo lo concerniente a la estancia de Rollebon en Rusia, hasta la muerte de Pablo I. Es trabajo terminado; queda así hasta pasarlo en limpio.

Es la una y media. Estoy en el café Mably, me como un sándwich, todo es casi normal. Además, en los cafés todo es siempre normal, y especialmente en el café Mably, gracias al encargado, M. Fasquelle, que ostenta en su cara un aire canallesco muy positivo y tranquilizador. Pronto será la hora de la siesta y tiene los ojos rosados, pero su porte sigue siendo vivo y decidido. Se pasea entre las mesas y se acerca confidencialmente a los parroquianos.

—¿Está bien así, señor?

Sonrío al verlo tan vivaz; a las horas en que su establecimiento se vacía, su cabeza también se vacía. De dos a cuatro el café queda desierto; entonces M. Fasquelle da unos pasos con aire estúpido, los mozos apagan las luces y él se desliza en la inconsciencia; cuando este hombre está solo, se duerme.

Todavía hay unos veinte clientes, célibes, modestos ingenieros, empleados. Almuerzan rápidamente en pensiones de familia que ellos llaman ranchos, y como necesitan un poco de lujo, vienen aquí después de la comida, toman un café y juegan al póker de ases; hacen un poco de ruido, un ruido inconsciente que no me molesta. También ellos necesitan ser muchos para existir.

Yo vivo solo, completamente solo. Nunca hablo con nadie; no recibo nada, no doy nada. El Autodidacto no cuenta. Está Françoise, la patrona del *Rendez-vous des Cheminots*. ¿Pero acaso le hablo? A veces, después de la cena, cuando me sirve un bock, le pregunto:

—¿Tiene usted tiempo esta noche?

Nunca dice que no, y la sigo a una de las grandes habitaciones del primer piso que alquila por hora o por día. No le pago; hacemos el amor de igual a igual. A ella le gusta (necesita un hombre diariamente, y tiene muchos otros, además de mí), y yo me purgo así de ciertas melancolías cuya causa conozco demasiado bien. Pero cambiamos apenas unas palabras. ¿A santo de qué? Cada uno para sí; por lo demás, a sus ojos continúo siendo ante todo un cliente del café. Me dice, quitándose el vestido:

—Dígame, ¿conoce usted el aperitivo Bricot? Porque dos clientes lo han pedido esta semana. La chica no sabía, vino a avisarme. Eran viajeros; lo habrían bebido en París. Pero no me gusta comprar sin saber. Si no le molesta, me dejaré las medias.

En otra época —aun mucho después de que me dejara— pensaba en Anny. Ahora ya no pienso en nadie; ni siquiera me cuido de buscar palabras. La cosa se desliza en mí más o menos rápida, no fijo nada, la dejo correr. La mayor parte del tiempo, al no unirse a palabras, mis pensamientos quedan en nieblas. Dibujan formas vagas y agradables, se disipan; enseguida las olvido.

Esos jóvenes me maravillan; mientras beben el café cuentan historias claras y verosímiles. Si se les pregunta qué han hecho ayer, no se turban; nos informan en dos palabras. En su lugar, yo farfullaría. Es cierto que desde hace mucho nadie se ocupa de cómo empleo el tiempo. El que vive solo ni siquiera sabe qué es contar; lo verosímil desaparece al mismo tiempo que los amigos. También deja correr los acontecimientos; ve surgir bruscamente gentes que hablan y se van, se sumerge en historias sin pies ni cabeza; sería un execrable testigo. Pero, en compensación, no pasa por alto todo lo inverosímil, todo lo que nadie creería en los cafés. Por ejemplo, el sábado, a eso de las cuatro de la tarde, en el caminito de tablas del depósito de la estación, una mujercita de celeste corría hacia atrás, riendo, agitando un pañuelo. Al mismo tiempo, un negro con impermeable crema, zapatos amarillos y sombrero verde, doblaba la esquina y silbaba. La mujer tropezó con él, siempre retrocediendo, bajo una linterna suspendida en la empalizada, que se enciende por la noche. Había, pues, allí, al mismo tiempo, el cerco que huele a madera mojada, la linterna, la mujercita rubia en los brazos del negro, bajo un cielo de fuego. De haber sido cuatro o cinco, supongo que hubiéramos notado el choque, todos aquellos colores tiernos, el hermoso abrigo azul que parecía un edredón, el impermeable claro, los vidrios rojos de la linterna; nos hubiéramos reído de la estupefacción que manifestaban esos dos rostros de niños.

Es raro que un hombre solo tenga ganas de reír, el conjunto se animó para mí de un sentido muy fuerte y hasta hosco, pero puro. Después se dislocó: sólo quedó la linterna, la empalizada, el cielo; todavía era bastante bello. Una hora después la linterna estaba encendida, soplaba el viento, el cielo era negro; ya no quedaba absolutamente nada.

Todo esto no es muy nuevo; nunca he negado estas emociones inofensivas; al contrario. Para sentirlas basta estar un poquito solo, justo lo necesario para desembarazarse de la verosimilitud en el momento oportuno. Pero seguía cerca de las gentes, en la superficie de la soledad, decidido a refugiarme, en caso de alarma, en medio de ellas; en el fondo era, hasta entonces, un aficionado.

Ahora, en todas partes hay cosas como este vaso de cerveza, aquí, sobre la mesa. Cuando lo veo me dan ganas de decir: pido, no juego más. Comprendo muy bien que he ido demasiado lejos. Supongo que uno no puede prever los inconvenientes de la soledad. Esto no quiere decir que mire debajo de la cama antes de acostarme, ni que tema ver abrirse la puerta de mi cuarto en mitad de la noche. Pero de todos modos, estoy inquieto; hace una media hora que evito *mirar* este vaso de cerveza. Miro encima, debajo, a la derecha, a izquierda; pero a *él* no quiero verlo. Y sé muy bien que todos los célibes que me rodean no pueden ayudarme en nada; es demasiado tarde, ya no puedo refugiarme entre ellos. Vendrían a palmearme el hombro, me dirían: «Bueno, ¿qué tiene este vaso de cerveza? Es como los otros. Es biselado, con un asa, lleva un escudito con una pala y sobre el escudo una inscripción: *Spatenbräu*». Sé todo esto, pero sé que hay otra cosa. Casi nada. Pero ya no puedo explicar lo que veo. A nadie. Ahora me deslizo despacito al fondo del agua, hacia el miedo.

Estoy solo en medio de estas voces alegres y razonables. Todos esos tipos se pasan el tiempo explicándose, reconociendo con fidelidad que comparten las mismas opiniones. ¡Qué importancia conceden, Dios mío, al hecho de pensar todos juntos las mismas cosas! Basta ver la cara que ponen cuando pasa entre ellos uno de esos hombres con ojos de pescado que parecen mirar hacia adentro, y con los cuales nunca pueden ponerse de acuerdo. Cuando yo tenía ocho años y jugaba en el Luxemburgo, había uno que iba a sentarse en una silla junto a la verja que costea la calle Auguste Comte. No hablaba, pero de vez en cuando extendía la pierna y se miraba el pie con aire de espantado. En ese pie llevaba un botín, en el otro una pantufla. El guardián dijo a mi tía que era un antiguo celador. Lo habían jubilado porque fue a clase a leer las notas trimestrales con frac académico. Le teníamos un miedo horrible porque sabíamos que estaba solo. Un día sonrió a Robert tendiéndole los brazos desde lejos; Robert estuvo a punto de desvanecerse. No era el aire miserable de aquel tipo lo que nos daba miedo, ni el tumor que tenía en el pescuezo y que el borde del cuello postizo rozaba; sentíamos que elaboraba en su cabeza pensamientos de cangrejo o langosta. Y nos aterrorizaba que pudieran concebirse pensamientos de langosta sobre la silla, sobre nuestros aros, sobre los arbustos.

¿Es eso lo que me espera? Por primera vez me hastía estar solo. Quisiera hablar a alguien de lo que me pasa, antes de que sea demasiado tarde, antes de inspirar miedo a los chiquillos. Quisiera que Anny estuviese aquí.

Es curioso: acabo de llenar diez páginas y no he dicho la verdad, por lo menos toda la verdad. Cuando escribí, debajo de la fecha: «Nada nuevo», tenía la conciencia intranquila por esto: en realidad una pequeña historia, que no es ni vergonzosa ni extraordinaria, se negaba a salir. «Nada nuevo.» Me admira cómo se puede mentir poniendo la razón de parte de uno. Evidentemente, no se produjo nada nuevo, si se quiere: esta mañana, a las ocho y cuarto, cuando salí del hotel Printania para ir a la biblioteca, quise levantar un papel que había en el suelo y no pude. Esto es todo, y ni siquiera es un acontecimiento. Sí, pero para decir toda la verdad, me impresionó profundamente: pensé que ya no era libre. En la biblioteca traté de librarme de esta idea, sin conseguirlo. Quise huirle en el café Mably. Esperaba que se disiparía con las luces. Pero se quedó allí, en mi interior, pesada y dolorosa. Ella me dictó las páginas anteriores.

¿Por qué no la mencioné? Ha de ser por orgullo y también un poco de torpeza. No tengo costumbre de contar lo que me sucede, por eso me resulta difícil encontrar la sucesión de los acontecimientos, no distingo lo que es importante. Pero ahora se acabó; he leído lo escrito en el café Mably y me ha dado vergüenza; no quiero secretos, ni estados de ánimo, ni cosas indecibles; no soy ni virgen ni sacerdote para jugar a la vida interior.

No hay gran cosa que decir: no pude levantar el papel, eso es todo.

Me gusta mucho recoger las castañas, los trapos viejos, sobre todo los papeles. Me resulta agradable cogerlos, cerrar mi mano sobre ellos; por poco me los llevaría a la boca como los niños. Anny montaba en cólera cuando me veía levantar por una punta papeles pesados y untuosos, pero probablemente sucios de excrementos. En verano o a comienzos del otoño se encuentran en los jardines pedazos de periódicos que el sol ha cocinado, secos y quebradizos como hojas muertas, tan amarillos que se dirían pasados por ácido pícrico. En invierno hay montones de papeles aplastados, sucios; vuelven a la tierra. Otros nuevos, y hasta lustrosos, blancos, palpitantes, se posan como cisnes, pero la tierra ya los deshace por debajo. Se retuercen, escapan al fango, para ir a aplastarse un poco más lejos, definitivamente. Es bueno recoger todo eso. A veces los palpo simplemente, mirándolos de muy cerca; otras los rompo para oír su larga crepitación, o bien, si están muy húmedos, les prendo fuego con no poco trabajo; después me limpio las palmas de las manos embarradas en una pared o en el tronco de un árbol.

Pues bien, hoy estaba mirando las botas leonadas de un oficial de caballería que salía del cuartel. Al seguirlas con la mirada, vi un papel junto a un charco. Creía que el oficial iba a hundir con el tacón el papel en el barro; pero no: de un tranco pasó por encima del papel y del charco. Me acerqué: era una hoja rayada, sin duda de un cuaderno de escuela. La lluvia la había empapado y retorcido; estaba llena de granitos e hinchazones como una mano quemada. La línea roja del margen, desteñida, había dejado una sombra color de rosa; la tinta estaba corrida en algunos lugares. La parte inferior de la hoja desaparecía bajo una costra de barro. Me incliné; yo formaría entre mis dedos bolitas grises... No pude.

Me quedé agachado un segundo; leí: «Dictado: El búho blanco», después me incorporé con las manos vacías. Ya no soy libre, ya no puedo hacer lo que quiero.

Los objetos no deberían *tocar,* puesto que no viven. Uno los usa, los pone en su sitio, vive entre ellos; son útiles, nada más. Y a mí me tocan; es insoportable. Tengo miedo de entrar en contacto con ellos como si fueran animales vivos.

Ahora veo; recuerdo mejor lo que sentí el otro día, a la orilla del mar, cuando tenía el guijarro. Era una especie de repugnancia dulzona. ¡Qué desagradable era! Y procedía del guijarro, estoy seguro; pasaba del guijarro a mis manos. Sí, es eso; una especie de náusea en las manos.

Jueves por la mañana, en la biblioteca

Hace un rato, al bajar la escalera del hotel, oí a Lucie que por centésima vez se quejaba a la patrona mientras enceraba los peldaños. La patrona hablaba con esfuerzo, usando frases cortas porque aún no se había puesto la dentadura postiza; estaba casi desnuda, con una bata rosada y babuchas. Lucie, sucia, como de costumbre; de vez en cuando dejaba de frotar y se erguía sobre las rodillas para mirar a la patrona. Hablaba sin interrupción, con aire razonable.

—Preferiría mil veces que la corriera —decía—; a mí me daría lo mismo, puesto que no le haría daño.

Hablaba de su marido: al frisar los cuarenta años esta negrita consiguió, con sus economías, un joven maravilloso, ajustador en las fábricas Lecointe. Es desgraciada en el matrimonio. Su marido no le pega, no la engaña; bebe, vuelve borracho todas las noches. Anda de mal en peor; en tres meses lo he visto ponerse amarillo y consumido. Lucie piensa que es la bebida. Yo creo más bien que está tuberculoso.

—Hay que tomarlo con calma —decía Lucie.

Esto la corroe, estoy seguro, pero lenta, pacientemente; ella lo toma con calma, no es capaz de consolarse ni de abandonarse a su mal. Piensa en él un poquitito, de vez en cuando. Sobre todo cuando está acompañada, porque la consuelan, y también porque le alivia un poco poder hablar del asunto en tono pausado, como si diera consejos. Cuando está sola en las habitaciones oigo cómo canturrea para no pensar. Pero vive todo el día taciturna; enseguida se cansa y se enfada:

—Es aquí —dice, tocándose la garganta—, no pasa.

Padece como una avara. También ha de ser avara con sus placeres. Me pregunto si a veces no desea verse libre de ese dolor monótono, de ese masculleo que vuelve no bien deja de cantar; me pregunto si no desea sufrir un buen golpe, hundirse en la desesperación. Pero, de todos modos, sería imposible: está atada.

Jueves por la tarde

«M. de Rollebon era muy feo. La reina María Antonieta lo llamaba por lo general su "querida mona". Sin embargo, tenía todas las mujeres de la corte, no porque hiciera bufonadas, como Voisenan, el macaco, sino por un magnetismo que impulsaba a sus bellas conquistas a los peores excesos de la pasión. Rollebon intriga, desempeña un papel bastante turbio en el asunto del collar y desaparece en 1790, después de mantener relaciones continuas con Mirabeau-Tonneau y Nerciat. Aparece en Rusia, donde asesina en cierto modo a Pablo I, y desde allí viaja a los países más lejanos, a las Indias, a China, al Turquestán. Trafica, maquina, espía. En 1813 vuelve a París. En 1816 ha alcanzado todo su poder: es el único confidente de la duquesa de Angulema. Esta vieja caprichosa, obstinada en horribles recuerdos de infancia, se apacigua y sonríe cuando lo ve. Gracias a ella Rollebon hace y deshace en la corte. En marzo de 1820 se casa con Mlle. de Roquelaure, muy bella, de dieciocho años. M. de Rollebon tiene sesenta; ha llegado a la cumbre de los honores, al apogeo de su vida. Siete meses más tarde, acusado de traición, es apresado y arrojado a un calabozo, donde muere después de cinco años de cautiverio, sin habérsele instruido proceso.»

He releído con melancolía esta nota de Germain Berger*. A través de estas escasas líneas conocí a M. de Rollebon. ¡Qué seductor me pareció, y cómo me gustó enseguida por estas pocas palabras! Por él, por este buen hombre estoy aquí. Cuando regresé del viaje, hubiera podido igualmente radicarme en París o Marsella. Pero la mayoría de los documentos que conciernen a las largas estancias del marqués en Francia, figuran en la biblioteca municipal de Bouville. Rollebon era castellano de Marommes. Antes de la guerra aún quedaba en este villorrio uno de sus descendientes, un arquitecto llamado Rollebon-Campouyré, quien, a su muerte, en 1912, hizo un importante legado a la biblioteca de Bouville; cartas del marqués, un fragmento del diario, papeles de todas clases. Aún no lo hurgué todo.

* GERMAIN BERGER, *Mirabeau-Tonneau y sus amigos*, pág. 406, nota 3, Champion, 1906. (*N. del E.*)

Me alegra haber encontrado estas notas. Hace diez años que no las releo. Me parece que mi letra ha cambiado; antes escribía más prieto. ¡Cómo me gustaba M. de Rollebon aquel año! Recuerdo una noche, un martes por la noche; había trabajado todo el día en la Biblioteca Mazarine; acababa de adivinar, por su correspondencia de 1789-1790, su manera magistral de envolver a Nerciat. Estaba oscuro; yo descendía por la avenida del Maine y en la esquina de la calle de la Gaîté compré castañas. ¡Qué feliz era! Me reía solo pensando en la cara de Nerciat cuando regresó de Alemania. El rostro del marqués es como esta tinta; ha palidecido mucho desde que me ocupo de él.

Ante todo, a partir de 1801 no comprendo nada más de su conducta. No es que escaseen documentos: cartas, trozos de memorias, informes secretos, archivos de policía. Al contrario, casi tengo demasiados. Lo que falta en todos esos testimonios es firmeza, consistencia. No se contradicen, no, pero tampoco concuerdan; no parecen concernir a la misma persona. Y, sin embargo, los otros historiadores trabajan sobre noticias del mismo tipo. ¿Cómo hacen? ¿Soy más escrupuloso o menos inteligente? Además, planteado de esta manera, el asunto me deja completamente frío. En el fondo, ¿qué busco? No sé. Durante mucho tiempo el hombre, Rollebon, me interesó más que el libro por escribir. Pero ahora el hombre… el hombre comienza a aburrirme. Me apego al libro, siento una necesidad cada vez más fuerte de escribirlo —a medida que envejezco, se diría—.

Evidentemente, puede admitirse que Rollebon tomó parte activa en el asesinato de Pablo I; que aceptó enseguida una misión de alto espionaje en Oriente por cuenta del zar, y traicionó constantemente a Alejandro en provecho de Napoleón.

Al mismo tiempo pudo mantener una activa correspondencia con el conde de Artois, enviándole informes de poca importancia para convencerlo de su fidelidad; nada de esto es inverosímil; en la misma época, Fouché representaba una comedia mucho más compleja y peligrosa. Acaso también el marqués hiciera por su cuenta tráfico de fusiles con los principados asiáticos.

Bueno, sí, pudo hacer todo esto, pero no está probado; comienzo a creer que nunca se puede probar nada. Éstas son hipótesis juiciosas que explican los hechos; pero veo tan bien que proceden de mí, que son simplemente una manera de unificar mis conocimientos. Ni una chispa viene del lado de Rollebon. Lentos, perezosos, fastidiados, los hechos se acomodan en rigor al orden que yo quiero darles; pero éste sigue siendo exterior a ellos. Tengo la impresión de hacer un trabajo puramente imaginativo. Además, estoy seguro de que los personajes de una novela parecerían más verdaderos; en todo caso, serían más agradables.

Viernes

Las tres. Las tres, siempre es demasiado tarde o demasiado temprano para lo que uno quiere hacer. Momento absurdo de la tarde. Hoy es intolerable.

Un sol frío blanquea el polvo de los vidrios. Cielo pálido, borroneado de blanco. El agua de las alcantarillas estaba helada esta mañana.

Digiero con pesadez, cerca del calorífico; sé de antemano que es un día perdido. No haré nada bueno, salvo, quizás, cuando haya caído la noche. Es por el sol; dora vagamente sucias brumas blancas, suspendidas en el aire sobre el depósito; se escurre en mi cuarto, muy rubio, muy pálido; pone sobre mi mesa cuatro reflejos desteñidos y falsos.

Mi pipa está embadurnada con un barniz dorado que primero atrae la mirada por su aparente alegría; uno la mira, el barniz se derrite, sólo queda una gran huella descolorida sobre un pedazo de madera. Y todo es así, todo, hasta mis manos. Cuando hay este sol, lo mejor sería ir a acostarse. Sólo que dormí como una bestia anoche y no tengo sueño.

Me gustaba tanto el cielo de ayer, un cielo estrecho, negro de lluvia, que se apretaba contra los vidrios como un rostro ridículo y conmovedor. Este sol no es ridículo, al contrario. Sobre todas las cosas que me gustan, sobre la herrumbre del Depósito, sobre las tablas podridas de la Empalizada, cae una luz avara y razonable, semejante a la mirada que, después de una noche insomne, echamos a las decisiones tomadas con entusiasmo la víspera, a las páginas escritas sin tachaduras, de un tirón. Los cuatro cafés del bulevar Victor-Noir, que resplandecen de noche, juntos, y que son mucho más que cafés —acuarios navíos, estrellas o grandes ojos blancos—, han perdido su gracia ambigua.

Día perfecto para volver sobre uno mismo: las frías claridades que el sol proyecta, como un juicio sin indulgencia, sobre las criaturas, entran en mí por los ojos; me ilumina por dentro una luz empobrecedora. Me bastarían quince minutos, estoy seguro, para llegar al supremo hastío de mí mismo. Muchas gracias, no hay interés. Tampoco releeré lo que escribí ayer sobre la estancia de Rollebon en San Petersburgo. Me quedo sentado, con los brazos colgando, o bien trazo algunas palabras, sin ánimo; bostezo, espero que caiga la noche. Cuando esté oscuro, los objetos y yo saldremos del limbo.

¿Participó o no Rollebon en el asesinato de Pablo I? Ésta es la pregunta del día; he llegado hasta aquí y no puedo continuar sin decidirlo.

Según Tcherkoff, estaba pagado por el conde de Pahlen. La mayoría de los conjurados, dice Tcherkoff, se hubieran contentado con deponer al zar y encerrarlo (dicen que Alejandro era, en efecto, partidario de esta solución). Pero parece que Pahlen quiso concluir con Pablo I. Rollebon habría sido el encargado de inducir individualmente a los conjurados al asesinato.

«Hizo una visita a cada uno de ellos y remedó la escena que se produciría con una soltura incomparable. Así inculcó o desarrolló en ellos la locura del crimen.»

Pero desconfío de Tcherkoff. No es un testigo razonable; es un mago sádico y medio loco; todo lo vuelve demoníaco. No veo para nada a M. de Rollebon en este papel melodramático. ¿Habrá remedado la escena del asesinato? ¡Vamos, hombre! Es frío; de ordinario no arrebata a nadie; no muestra: insinúa, y su método, pálido y sin colores, sólo puede dar resultado con hombres de su especie, intrigantes accesibles a las razones, políticos.

«Adhémar de Rollebon», escribe Mme. de Charrières, «no accionaba al hablar, no hacía gestos, no cambiaba de entonación. Mantenía los ojos semicerrados, y apenas si sorprendía uno entre sus pestañas, el borde de las pupilas grises. Hasta hace pocos años me atrevo a confesar que me aburría más allá de lo posible. Hablaba un poco como escribía el padre Mably».

Y este hombre, con su talento de mimo... Pero entonces, ¿cómo seducía a las mujeres? Y además, hay esta curiosa historia que cuenta Ségur, y que me parecía cierta:

«En 1787, en una posada cerca de Moulins, moría un viejo amigo de Diderot, formado por los filósofos. Los sacerdotes de los alrededores estaban extenuados: lo habían intentado todo en vano; el buen hombre no quería los últimos sacramentos; era panteísta. M. de Rollebon, que pasaba por allí y no creía en nada, apostó al cura de Moulins que le bastarían dos horas para convertir al enfermo. El cura aceptó la apuesta y perdió; la tarea empezó a las tres de la mañana, el enfermo se confesó a las cinco y murió a las siete.

—¿Es usted tan hábil en el arte de la disputa? —preguntó el cura—. ¡Aventaja a los nuestros!

—No fue disputa —respondió M. de Rollebon—. Le he hecho temer el infierno.»

Ahora bien, ¿participó efectivamente en el asesinato? Aquella noche, a eso de las ocho, un oficial amigo suyo lo acompañó hasta la puerta. Si volvió a salir, ¿cómo pudo cruzar San Petersburgo sin molestias? Pablo, medio loco, había dado orden de detener, después de las nueve de la noche, a todos los transeúntes, salvo las parteras y los médicos. ¿Hay que creer la absurda leyenda según la cual Rollebon tuvo que disfrazarse de partera para llegar al palacio? Después de todo, era muy capaz. En fin, no estaba en su casa la noche del asesinato; esto parece probado. Alejandro debía de tener fuertes sospechas, pues uno de los primeros actos de su reinado fue alejar al marqués con el vago pretexto de una misión en Extremo Oriente.

M. de Rollebon me harta. Me levanto. Me muevo en esta luz pálida; la veo cambiar sobre mis manos y sobre las mangas de mi chaqueta; no puedo decir hasta qué punto me disgusta. Bostezo. Enciendo la lámpara sobre la mesa, quizá su claridad pueda cambiar la del día. Pero no: la lámpara forma alrededor de su pie un charco lastimoso. Apago; me levanto. En la pared hay un agujero blanco, el espejo. Es una trampa. Sé que voy a dejarme atrapar. Ya está. La cosa gris acaba de aparecer en el espejo. Me acerco y la miro; ya no puedo irme.

Es el reflejo de mi rostro. A menudo en estos días perdidos, me quedo contemplándolo. No comprendo nada en este rostro. Los de los otros tienen un sentido. El mío, no. Ni siquiera puedo decidir si es bello o feo. Pienso que es feo, porque me lo han dicho. Pero no me sorprende. En el fondo, a mí mismo me choca que puedan atribuirle cualidades de ese tipo, como si llamaran bello o feo a un montón de tierra o a un bloque de piedra.

Sin embargo, hay algo razonable a la vista, encima de las regiones blandas de las mejillas, sobre la frente: la hermosa llamarada roja que me dora el cráneo, mi pelo. Es agradable de mirar. Por lo menos, es un color definido; estoy contento de ser pelirrojo. Ahí, en el espejo, se hace ver, resplandece. Tengo suerte: si mi frente llevara una de esas cabelleras que no llegan a decidirse entre el castaño y el rubio, mi cara se perdería en el vacío, me daría vértigo.

Mi mirada desciende lenta, hastiada, por la frente, por las mejillas; no encuentra nada firme, se hunde. Evidentemente, hay una nariz, ojos, boca, pero todo eso no tiene sentido, ni siquiera expresión humana. Sin embargo, Anny y Vélines opinaban que tenía una expresión vivaz; es posible que esté demasiado acostumbrado a mi cara. Cuando era chico, mi tía Bigeois me decía: «Si te miras largo rato en el espejo, verás un mono». Debí de mirarme más todavía: lo que veo está muy por debajo del mono, en los lindes del mundo vegetal, al nivel de los pólipos. Vive, no digo que no; pero no es la vida en que pensaba Anny, veo ligeros estremecimientos, veo una carne insulsa que se expande y palpita con abandono. Sobre todo los ojos, de tan cerca, son horribles. Algo vidrioso, blanco, ciego, bordeado de rojo; como escamas de pescado.

Me apoyo con todo mi peso en el borde de loza, acerco mi cara al espejo hasta tocarlo. Los ojos, la nariz y la boca desaparecen, ya no queda nada de humano. Arrugas morenas a cada lado del abultamiento febril de los labios, grietas, toperas. Un sedoso vello blanco corre por los grandes declives de las mejillas; dos pelos salen por los agujeros de la nariz; es un mapa geológico en relieve. Y a pesar de todo, este mundo lunar me resulta familiar. No puedo decir que *reconozco* sus detalles. Pero el conjunto me da una impresión de algo ya visto que me embota: me deslizo dulcemente hacia el sueño.

Quisiera recobrarme: una sensación viva y decidida me liberaría. Aplico mi mano derecha contra la mejilla, tiro de la piel; me hago una mueca. Toda una mitad del rostro cede, la mitad izquierda de la boca se tuerce y se hincha descubriendo un diente, la órbita se abre sobre un globo blanco, sobre una carne rosada y sanguinolenta. No es lo que yo buscaba; nada fuerte, nada nuevo; ¡es algo suave, esfumado, ya visto! Me duermo con los ojos abiertos, el rostro crece, crece en el espejo, es un inmenso halo pálido que se desliza en la luz...

Lo que me despierta bruscamente es que pierdo el equilibrio. Me encuentro a horcajadas sobre una silla, aturdido todavía. ¿A los otros hombres les cuesta tanto trabajo juzgar sus rostros? Me parece que veo el mío como siento mi cuerpo, mediante una sensación sorda y orgánica. Pero ¿y los demás? ¿Rollebon, por ejemplo? También se dormía mirando en los espejos lo que Mme. de Genlis llama «su carita arrugada, limpia y definida, picada de viruelas, donde había una malicia singular que saltaba a los ojos, por esfuerzos que hiciera para disimularla». «Cuidaba mucho», dice Mme. de Genlis, «de su peinado, y nunca lo vi sin peluca. Pero sus mejillas eran de un azul tirando a negro porque tenía la barba espesa y quería afeitarse solo, cosa que hacía muy mal. Acostumbraba embadurnarse con albayalde, a la manera de Grimm. M. de Dangeville decía que con todo ese blanco y azul, semejaba un queso Roquefort».

Me parece que debía ser muy agradable. Pero, después de todo, no fue así como lo vio Mme. de Charrières. Creo que lo encontraba más bien apagado. Tal vez sea imposible comprender el propio rostro. ¿O acaso es porque soy un hombre solo? Los que viven en sociedad han aprendido a mirarse en los espejos, tal como los ven sus amigos. Yo no tengo amigos; ¿por eso es mi carne tan desnuda? Sí, es como la naturaleza sin los hombres.

Ya no tengo ganas de trabajar; lo único que me queda es aguardar la noche.

Las cinco y media

¡La cosa anda mal, muy mal! Otra vez la suciedad, la Náusea. Y una novedad: me dio en un café. Los cafés eran hasta ahora mi único refugio porque están llenos de gente y bien iluminados; ni siquiera me quedará este recurso; cuando me vea acosado en mi cuarto, no sabré a dónde ir.

Iba a hacer el amor, pero apenas empujé la puerta, Madeleine, la sirvienta, me gritó:

—La patrona no está; salió por unas diligencias.

Sentí una viva decepción en el sexo, un largo cosquilleo desagradable. Al mismo tiempo, sentía que la camisa me rozaba la punta de las tetillas, y la impresión de que un lento torbellino encendido me rodeaba, me llevaba, un torbellino de bruma, de luces, en el humo, en los espejos, en los asientos que brillaban en el fondo, y no veía por qué estaba allí, ni por qué pasaba eso. Me había detenido en la puerta, no sabía si entrar, y entonces se produjo un remolino, pasó una sombra por el techo y me sentí empujado hacia delante. Flotaba, me aturdían las brumas luminosas que me penetraban por todas partes a la vez. Madeleine vino flotando a quitarme el abrigo, y observé que se había estirado el pelo y llevaba pendientes: no la reconocí. Yo miraba sus grandes mejillas, que corrían interminables hacia las orejas. En el hueco de las mejillas, bajo los pómulos, había dos manchas de color de rosa, bien aisladas, que parecían aburrirse en esa carne pobre. Las mejillas corrían, corrían hacia las orejas, y Madeleine sonreía:

—¿Qué toma usted, señor Antoine?

Entonces me dio la Náusea: me dejé caer en el asiento, ni siquiera sabía dónde estaba; veía girar lentamente los colores a mi alrededor; tenía ganas de vomitar. Y desde entonces la Náusea no me ha abandonado, me posee.

Pagué. Madeleine se llevó el platillo. Mi vaso aplasta contra el mármol un charco de cerveza amarilla donde flota una burbuja. El asiento se hunde en el sitio donde estoy sentado, y para no resbalarme debo apoyar fuertemente las suelas contra el piso; hace frío. A la derecha, algunos juegan a las cartas sobre un tapete de lana. No los vi entrar; sentí simplemente que había un paquete tibio, mitad sobre el asiento, mitad sobre la mesa del fondo, con pares de brazos que se agitaban. Después Madeleine les llevó naipes, el tapete y fichas en una escudilla. Son tres o cinco, no sé, me falta ánimo para mirarlos. Tengo un resorte roto. Puedo mover los ojos, pero no la cabeza. La cabeza es blanda, elástica; parece puesta justo sobre el cuello; si la muevo se me caerá. A pesar de todo, oigo un aliento corto, y de vez en cuando veo, con el rabillo del ojo, como un relámpago, una cosa coloreada, cubierta de pelos blancos. Es una mano.

Cuando la patrona hace diligencias, su primo la reemplaza en el mostrador. Se llama Adolphe. Al sentarme, comencé a mirarlo, y seguí haciéndolo porque no podía volver la cabeza. Está en mangas de camisa, con tirantes malva; se arremangó hasta encima del codo. Los tirantes apenas se ven sobre la camisa azul; están bordados, hundidos en el azul, pero es una falsa humildad; en realidad no permiten el olvido, me irritan con su terquedad de carneros como si, dirigiéndose al violeta, se hubieran detenido en el camino sin abandonar sus pretensiones. Dan ganas de decirles: «Vamos, *vuélvanse* violeta, y no se hable más». Pero no, permanecen en suspenso, obstinados en su esfuerzo inconcluso. A veces el azul que los rodea se desliza sobre ellos y los cubre del todo; me estoy un instante sin verlos. Pero es una ola; pronto el azul palidece por partes y veo reaparecer islotes de un malva vacilante, que se agrandan, se juntan y reconstruyen los tirantes. El primo Adolphe no tiene ojos; sus párpados hinchados y recogidos se abren apenas un poco sobre el blanco. Sonríe con aire dormido; de vez en cuando resopla, gañe y se debate débilmente, como un perro soñando.

Su camisa de algodón azul se destaca gozosamente sobre una pared chocolate. También eso da la Náusea. O más bien *es* la Náusea. La Náusea no está en mí; la siento allí en la pared, en los tirantes, en todas partes a mi alrededor. Es una sola cosa con el café, soy yo quien está en ella.

A mi derecha el paquete tibio se pone a zumbar, agita sus pares de brazos.

—Toma, ahí tienes tu triunfo.

Gran espinazo negro curvado sobre el fuego:

—¡Ja, ja, ja!

—¿Qué? Ahí está el triunfo, acaba de jugarlo.

—No sé, no he visto...

—Sí, acabo de jugar triunfo.

—Ah, bueno, entonces, triunfo de corazones —canturrea—: Triunfo de corazones, triunfo de corazones, triunfo-de-co-ra-zo-nes —hablando—: ¿Qué pasa, señor? ¿Qué pasa, señor? ¡Alzo!

De nuevo el silencio en la faringe —el gusto a azúcar en el aire—. Los olores. Los tirantes.

El primo se levanta, da unos paseos, se lleva las manos detrás de la espalda, sonríe, alza la cabeza y se echa atrás, sobre las puntas de los talones. En esa posición se duerme. Está allí, oscilante, y sigue sonriendo; le tiemblan las mejillas. Se va a caer. Se inclina hacia atrás, se inclina dando la cara al techo, y en el momento de caer se agarra diestramente del borde del mostrador y restablece el equilibrio. Después de lo cual vuelve a empezar. Ya estoy harto; llamo a la sirvienta:

—Madeleine, ponga algo en el fonógrafo, sea buena. Eso que me gusta, ¿sabe?: *Some of these days.*

—Sí, pero tal vez moleste a los señores; no les agrada la música cuando están jugando. Ah, voy a preguntarles.

Hago un gran esfuerzo y vuelvo la cabeza. Son cuatro. Ella se inclina sobre un viejo color de púrpura que lleva en la punta dc la nariz lentes de aro negro. El viejo oculta el juego contra el pecho y me echa una mirada desde abajo.

—Cómo no, señor.

Sonrisas. Tiene los dientes podridos. No es él el dueño de la mano roja, sino un vecino, un tipo de bigotes negros. El tipo de los bigotes posee una nariz de agujeros inmensos, que podrían bombear aire para toda una familia, y que le comen la mitad de la cara, pero sin embargo, respira por la boca jadeando un poco. También está con ellos un muchacho de cabeza perruna. No distingo al cuarto jugador.

Las cartas caen sobre el tapete de lana, girando. Luego manos de dedos enjoyados las recogen, raspando el tapete con las uñas. Las manos ponen manchas blancas en el tapete, parecen infladas y polvorientas. Siguen cayendo otras cartas, las manos van y vienen. Qué ocupación absurda: no parece un juego, ni un rito, ni una costumbre. Creo que lo hacen para llenar el tiempo, simplemente. Pero el tiempo es demasiado ancho, no se deja llenar. Todo lo que uno sumerge en él se ablanda y se estira. Por ejemplo, ese ademán de la mano roja que recoge las cartas tropezando, es flojo. Habría que descoserlo y cortar por dentro.

Madeleine mueve la manivela del fonógrafo. Con tal de que no se haya equivocado, con tal de que no haya puesto, como el otro día, el aria de *Cavalleria Rusticana.* Pero no, está bien, lo reconozco desde los primeros compases. Es un viejo rag-time con estribillo cantado. Lo oí en 1917 a soldados americanos en las calles de La Rochelle. Ha de ser anterior a la guerra. Pero el registro es mucho más reciente. Con todo, es el disco más viejo de la colección, un disco Pathé para púa de zafiro.

Enseguida vendrá el estribillo: es lo que más me gusta, sobre todo la manera brusca de arrojarse hacia delante, como un acantilado contra el mar. Por el momento, suena el jazz; no hay melodía, sólo notas, una miríada de breves sacudidas. No conocen reposo; un orden inflexible las genera y destruye, sin dejarles nunca tiempo para recobrarse, para existir por sí. Corren, se apiñan, me dan al pasar un golpe seco y se aniquilan. Me gustaría retenerlas, pero sé que si llegara a detener una, sólo quedaría entre mis dedos un sonido canallesco y languideciente. Tengo que aceptar su muerte; hasta debo *querer* esta muerte; conozco pocas impresiones más ásperas o más fuertes.

Comienzo a calentarme, a sentirme feliz. Todavía no es nada extraordinario, es una pequeña dicha de Náusea: se despliega en el fondo del charco viscoso, en el fondo de *nuestro* tiempo —el tiempo de los tirantes malva y de los asientos desfondados—; está hecha de instantes amplios y blandos, que se agrandan por los bordes como una mancha de aceite, es vieja; me parece que la conozco desde hace veinte años.

Hay otra dicha; fuera está esa banda de acero, la estrecha duración de la música, que atraviesa nuestro tiempo de lado a lado, y lo rechaza y lo desgarra con sus puntitas secas; hay otro tiempo.

—El señor Randu juega corazón; tú echas el as.

La voz se desliza y desaparece. Nada hace mella en la cinta de acero: ni la puerta que se abre, ni la bocanada de aire frío que se cuela entre mis rodillas, ni la llegada del veterinario con su nieta: la música horada esas formas vagas y las traspasa. No bien se sienta, la niña queda en suspenso; permanece rígida, con los ojos muy abiertos; escucha frotando la mesa con el puño.

Unos segundos más y cantará la negra. Parece inevitable, tan fuerte es la necesidad de esta música; nada puede interrumpirla, nada que venga del tiempo donde está varado el mundo; cesará sola, por orden. Esta hermosa voz me gusta sobre todo, no por su amplitud ni su tristeza, sino porque es el acontecimiento que tantas notas han preparado desde lejos, muriendo para que ella nazca. Y sin embargo, estoy inquieto; bastaría tan poco para que el disco se detuviera: un resorte roto, un capricho del primo Adolphe. Qué extraño, qué conmovedor que esta duración sea tan frágil. Nada puede interrumpirla y todo puede quebrantarla.

El último acorde se ha aniquilado. En el breve silencio que sigue siento fuertemente que ya está, que *algo ha sucedido*.

Silencio.

Some of these days
You'll miss me honey.

Lo que acaba de suceder es que la Náusea ha desaparecido. Cuando la voz se elevó en el silencio, sentí que mi cuerpo se endurecía; y la Náusea se desvaneció. De golpe; era casi penoso ponerse así de duro, de rutilante. Al mismo tiempo la duración de la música se dilataba, se hinchaba como una bomba. Llenaba la sala con su transparencia metálica, aplastando contra las paredes nuestro tiempo miserable. Estoy *en* la Náusea. En los espejos ruedan globos de fuego; anillos de humo los circundan y giran, velando y descubriendo la dura sonrisa de la luz. Mi vaso de cerveza se ha empequeñecido, se aplasta sobre la mesa; parece denso, indispensable. Quiero tomarlo y sopesarlo, extiendo la mano... ¡Dios mío! Esto es, sobre todo, lo que ha cambiado: mis ademanes. Este movimiento de mi brazo se ha desarrollado como un tema majestuoso, se ha deslizado a lo largo del canto de la negra; me pareció que yo bailaba.

El rostro de Adolphe está ahí, apoyado contra la pared de chocolate; parece muy próximo. En el momento en que mi mano se cerraba, vi su cabeza; tenía la evidencia, la necesidad de una conclusión. Oprimo mis dedos contra el vidrio, miro a Adolphe: soy feliz.

—¡Ahí está!

Una voz se lanza sobre un fondo de rumores. Es que habla mi vecino, el viejo. Sus mejillas ponen una mancha violeta sobre el cuero pardo del asiento. Una carta restalla sobre la mesa. Malilla de oros.

Pero el muchacho de cabeza perruna sonríe. El jugador coloradote, curvado sobre la mesa, lo acecha de soslayo, pronto a saltar.

—¡Y ahí tiene!

La mano del muchacho sale de la sombra, planea un instante, blanca, indolente: luego cae de improviso como un milano y aprieta un naipe contra el tapete. El gordo colorado salta por el aire:

—¡Mierda! Éste alza.

La silueta del rey de corazones aparece entre dedos crispados; después alguien la vuelve de narices y el juego continúa. Hermoso rey, venido de tan lejos, preparado por tantas combinaciones, por tantos gestos desaparecidos. Ahora desaparece a su vez, para que nazcan otras combinaciones y otros gestos, ataques, réplicas, vueltas de la fortuna, multitud de pequeñas aventuras.

Estoy emocionado, siento mi cuerpo como una máquina de precisión en reposo. Yo he tenido verdaderas aventuras. No recuerdo ningún detalle, pero veo el encadenamiento riguroso de las circunstancias. He cruzado mares, he dejado atrás ciudades y he remontado ríos; me interné en las selvas buscando siempre nuevas ciudades. He tenido mujeres, he peleado con individuos, y nunca pude volver atrás, como no puede un disco girar al revés. ¿Y *adónde* me llevaba todo aquello? A este instante, a este asiento, a esta burbuja de claridad rumorosa de música.

And when you leave me...

Sí, yo, que tanto gusté de sentarme en Roma a orillas del Tíber; de bajar y remontar cien veces las ramblas de Barcelona, por la noche: yo, que cerca de Angkor, en el islote de Baray de Prah-Kan vi una baniana que anudaba sus raíces alrededor de la capilla de los nagas, estoy aquí, vivo en el mismo instante que los jugadores de malilla, escucho a una negra mientras afuera vagabundea la noche débil.

El disco se ha detenido.

La noche entra dulzona, vacilante. Es invisible, pero está ahí, vela las lámparas; en el aire se respira algo espeso:

es ella. Hace frío. Uno de los jugadores empuja las cartas en desorden hacia otro que las recoge. Un naipe ha quedado atrás. ¿No lo ven? Es el nueve de corazones. Por fin alguien lo entrega al joven de cabeza perruna.

—¡Ah! Es el nueve de corazones.

Estoy bien. Voy a irme. El viejo violáceo se inclina sobre una hoja chupando la punta de un lápiz. Madeleine lo mira con ojos claros y vacíos. El muchacho da vueltas entre sus dedos al nueve de corazones. ¡Dios mío...!

Me levanto penosamente; en el espejo, sobre el cráneo del veterinario, veo deslizarse un rostro inhumano.

Dentro de un rato iré al cinematógrafo.

El aire me hace bien; no tiene el gusto a azúcar ni el olor vinoso del vermut. Pero, Dios mío, qué frío hace.

Son las siete y media, no tengo hambre y el cine no empieza hasta las nueve; ¿qué haré? Necesito caminar rápido para calentarme. Dudo; a mis espaldas, el bulevar lleva al corazón de la ciudad, a los grandes aderezos de luces de las calles centrales, al palacio Paramount, al Imperial, a las grandes tiendas Jahan. No me tienta nada: es la hora del aperitivo; por el momento ya he visto bastantes cosas vivas, perros, hombres, todas las masas blandas que se mueven espontáneamente.

Doblo hacia la izquierda, voy a hundirme en aquel agujero, allá, al final de la hilera de picos de gas; caminaré por el bulevar Noir hasta la avenida Galvani. Por el agujero sopla un viento glacial: allí sólo hay piedras y tierra. Las piedras son algo duro, y que no se mueve.

Hay una parte aburrida del camino: en la acera de la derecha, una masa gaseosa con regueros de fuego hace un ruido de cacerola: es la Vieja Estación. Su presencia ha fecundado los cien primeros metros del bulevar Noir —desde el bulevar de la Redoute hasta la calle Paradis—, ha engendrado unos diez reverberos, y cuatro cafés juntos, el *Rendez-vous des Cheminots* y otros tres que languidecen todo el día, pero se iluminan de noche y proyectan rectángulos luminosos en la calzada. Tomo tres baños más de luz amarilla, veo salir de una tienda y mercería Rabache a una vieja que se levanta la pañoleta sobre la cabeza y echa a correr; ahora se acabó. Estoy en el borde de la acera de la calle Paradis, junto al último farol. La cinta de asfalto se interrumpe en seco. Del otro lado de la calle están la oscuridad y el barro. Cruzo la calle Paradis. Meto el pie derecho en un charco de agua, me empapo el calcetín; el paseo comienza.

Esta región del bulevar Noir *no está habitada*. El clima es demasiado ingrato para que la vida se instale y desarrolle aquí. Los tres aserraderos de los Hermanos Soleil (los hermanos Soleil hicieron la bóveda artesonada de la iglesia Sainte-Cécile-de-la-Mer, que costó cien mil francos) se abren al oeste, con todas sus puertas y ventanas, sobre la dulce calle Jeanne-Berthe-Cœuroy, llenándola de rumores. En el bulevar Victor-Noir presentan sus tres espaldas unidas por una pared. Estos edificios bordean la acera izquierda durante cuatrocientos metros: ni la ventana más pequeña, ni siquiera un tragaluz.

Esta vez metí los dos pies en el agua. Crucé la calzada; en la otra acera un solo pico de gas como un faro en el confín de la tierra, ilumina un cerco hundido, arruinado en parte.

Fragmentos de carteles se adhieren aún a las tablas. Un hermoso rostro lleno de odio gesticula sobre un fondo verde, con un desgarrón en forma de estrella; debajo de la nariz alguien ha dibujado un bigote retorcido. En otro jirón todavía puede descifrarse la palabra «depurador» en caracteres blancos de los que caen gotas rojas, quizás gotas de sangre. Puede que el rostro y la palabra hayan formado parte del mismo cartel. Ahora el cartel está roto, los lazos simples y deliberados que los unían desaparecieron, pero se ha establecido espontáneamente otra unidad entre la boca torcida, las gotas de sangre, las letras blancas, la desinencia «dor»; se diría que una pasión criminal e infatigable trata de expresarse mediante estos signos misteriosos. Entre las tablas pueden verse brillar las luces de la vía férrea. Un largo muro continúa la empalizada. Un muro sin aberturas, sin puertas, sin ventanas, que se detiene doscientos metros más lejos, contra una casa. He dejado atrás el campo de acción del farol; entro en el agujero negro. Al ver mi sombra que se funde a mis pies en las tinieblas, tengo la impresión de hundirme en un agua helada. Delante de mí, en el fondo, a través de espesores de negro, distingo una palidez rosada: es la avenida Galvani. Me vuelvo; detrás del reverbero, muy lejos, hay un atisbo de claridad: la estación con los cuatro cafés. Detrás de mí, gentes que beben y juegan a las cartas en las cervecerías. Aquí sólo hay negrura. El viento me trae con intermitencias un campanilleo solitario que viene de lejos. Los ruidos domésticos, el ronquido de los autos, los gritos, los ladridos, no se alejan de las calles iluminadas, permanecen en el calor. Pero ese campanilleo horada las tinieblas y llega hasta aquí: es más duro, menos humano que los otros ruidos.

Me paro a escucharlo. Tengo frío, me duelen las orejas; han de estar rojas. Pero yo no me siento; me ha ganado la pureza de lo que me rodea; nada vive; el viento silba, líneas rígidas huyen en la noche. El bulevar Noir no tiene la facha indecente de las calles burguesas que hacen gracias a los transeúntes. Nadie se ha preocupado de adornarlo; es exactamente un reverso. El reverso de la calle Jeanne-Berthe-Cœroy, en la avenida Galvani. En los alrededores de la estación, los bouvilleses todavía lo vigilan un poco; lo limpian de vez en cuando por los viajeros. Pero enseguida lo abandonan, y corre derecho, ciego, para chocar con la avenida Galvani. La ciudad lo ha olvidado. A veces un camión grande, de color terroso, lo cruza a toda velocidad, con ruido atronador. Ni siquiera hay asesinatos, por falta de asesinos y víctimas. El bulevar Noir es inhumano. Como un mineral. Como un triángulo. Es una suerte que haya un bulevar así en Bouville. Por lo general sólo se los encuentra en las capitales, en Berlín del lado de Neukölln o todavía hacia Friedrichshain, en Londres, detrás de Greenwich. Corredores rectos y sucios, en plena corriente de aire, con anchas aceras sin árboles. Casi siempre están en los alrededores, en esos barrios extraños donde se fabrican las ciudades tranviarias, de los mataderos, de los gasómetros. Dos días después del chaparrón, cuando toda la ciudad está mojada bajo el sol e irradia calor húmedo, aún siguen fríos, aún conservan el barro y los charcos. Hasta tienen charcos que nunca se secan, salvo un mes en el año, en agosto.

La Náusea se ha quedado allá, en la luz amarilla. Soy feliz; este frío es tan puro, tan pura la noche; ¿no soy yo mismo una onda de aire helado? No tener ni sangre, ni linfa, ni carne. Deslizarse por este largo canal hacia aquella palidez. Ser sólo frío.

Llega gente. Los sombras. ¿Qué necesidad tenían de venir aquí?

Es una mujercita que tira a un hombre de la manga. Habla con voz rápida y menuda. No comprendo lo que dice, por el viento.

—¿Quieres cerrar la boca, eh? —dice el hombre.

Ella sigue hablando. Bruscamente, el hombre la rechaza. Se miran, vacilantes; después el hunde las manos en los bolsillos y se va sin volverse.

El hombre ha desaparecido. Apenas tres metros me separan ahora de la mujer. De pronto, unos sonidos roncos y graves la desgarran, arrancan de ella y llenan toda la calle con una violencia extraordinaria:

—Charles, por favor, ¿entiendes lo que te he dicho? ¡Charles, ven, estoy harta, soy muy desgraciada!

Paso tan cerca de ella que podría tocarla. Es... pero ¿cómo creer que esa carne ardida, ese rostro resplandeciente de dolor...? Sin embargo, reconozco la pañoleta, el abrigo y el gran antojo borra de vino que tiene en la mano derecha; es ella, Lucie, la criada. No me atrevo a ofrecerle mi ayuda, pero conviene que pueda pedirla en caso de necesidad; paso delante de ella lentamente, mirándola. Sus ojos se clavan en mí, pero no demuestran verme; es como si sus padecimientos le hubieran hecho perder el juicio. Doy unos pasos, me vuelvo...

Sí, es ella, Lucie. Pero transfigurada, fuera de sí, sufriendo con loca generosidad. La envidio. Está allí, erguida con los brazos separados, como si esperara los estigmas; abre la boca, se ahoga. Tengo la impresión de que las paredes han crecido a cada lado de la calle, de que se han acercado, de que ella está en el fondo de un pozo. Espero unos instantes; temo que caiga rígida; es demasiado enclenque para soportar este dolor insólito. Pero no se mueve; parece mineralizada, como todo lo que la rodea. Por un momento me pregunto si no me habré equivocado, si no es su verdadera naturaleza la que se me ha revelado de improviso...

Lucie lanza un leve gemido. Se lleva la mano a la garganta abriendo grandes ojos asombrados. No, no hay en ella fuerzas para padecer tanto. Le vienen de afuera..., de ese bulevar. Habría que tomarla por los hombros, llevarla a las luces, entre la gente, a las calles dulces y rosadas; allí no se puede sufrir tanto; se abandonaría, recuperaría su aire positivo y el nivel ordinario de sus padecimientos.

Le vuelvo la espalda. Después de todo, tiene suerte. Yo estoy demasiado tranquilo desde hace tres años. Ya no puedo recibir de estas soledades trágicas nada más que un poco de pureza vacía. Me voy.

Jueves, once y media

Trabajé dos horas en la sala de lectura. Bajé al patio de las Hipotecas para fumar una pipa. Plaza pavimentada con ladrillos rosados. Los bouvilleses se enorgullecen de ella porque data del siglo XVIII. A la entrada de la calle Chamade y de la calle Suspédart, viejas cadenas impiden el acceso a los coches. Señoras de negro, que sacan a pasear a sus perros, se deslizan bajo las arcadas, a lo largo de las paredes. Rara vez se adelantan hasta la luz del día, pero echan juveniles miradas de soslayo, furtivas y satisfechas, a la estatua de Gustave

Impétraz. No han de saber el nombre de ese gigante de bronce, pero bien ven, por su levita y su chistera, que perteneció al gran mundo. Tiene el sombrero en la mano izquierda y apoya la derecha en una pila de infolios; es, en cierto modo, como si el abuelo estuviera allí, sobre ese zócalo, modelado en bronce. No necesitan mirarlo largo rato para comprender que pensaba como ellas, exactamente como ellas, sobre todos los asuntos. Ha puesto su autoridad y la inmensa erudición extraída de los infolios que aplasta con su mano pesada, al servicio de sus pequeñas ideas estrechas y sólidas. Las señoras de negro se sienten aliviadas, pueden entregarse tranquilamente a las preocupaciones de la casa, a pasear el perro; ya no tienen la responsabilidad de defender las santas ideas, las buenas ideas de sus padres; un hombre de bronce se ha erigido en defensor de ellas.

La gran Enciclopedia dedica unas líneas a este personaje; las leí el año pasado. Había apoyado el volumen en el alféizar de la ventana; a través del vidrio podía ver el cráneo verde de Impétraz. Supe que floreció hacia 1890. Fue inspector de academia. Pintaba exquisitas bagatelas y escribió tres libros: *De la popularidad entre los antiguos griegos* (1887), *La pedagogía de Rollin* (1891) y un *Testamento poético* en 1899. Murió en 1902, en medio del pesar emocionado de sus subordinados y de la gente de gusto.

Me he apoyado en la fachada de la biblioteca. Chupo la pipa que amenaza apagarse. Veo a una vieja señora que sale temerosa de la galería con arcadas y mira a Impétraz fija y obstinadamente. De pronto cobra ánimo, cruza el patio a toda la velocidad de sus piernas y se detiene un momento delante de la estatua moviendo la mandíbula. Después huye, negra sobre el pavimento rosado, y desaparece en una grieta de la pared.

Tal vez esta plaza era alegre hacia el 1800, con sus ladrillos rosados y sus casas. En la actualidad hay en ella algo seco y maligno, una delicada pizca de horror. Procede del monigote que está ahí arriba, sobre el zócalo. Al vaciar en bronce a ese universitario, lo han convertido en un brujo.

Miro a Impétraz de frente. No tiene ojos, apenas nariz, una barba carcomida por esa lepra extraña que cae a veces, como una epidemia, sobre todas las estatuas de un barrio. Saluda; el chaleco luce una mancha verde claro en el lugar del corazón. Tiene un aspecto dolorido y malo. No vive, no, pero tampoco es inanimado. Una sorda potencia emana de él: es como un viento que me rechaza; Impétraz quisiera echarme del patio de las Hipotecas. No me iré antes de acabar esta pipa.

Una alta sombra amarga surge bruscamente detrás de mí. Me sobresalto.

—Perdóneme, señor, no quería molestarlo. Vi que movía usted los labios. Sin duda repetía frases de su libro —ríe—. ¿Andaba a la caza de alejandrinos?

Miro al Autodidacto con estupor. Pero él parece sorprendido de mi sorpresa.

—¿No hay que evitar cuidadosamente los alejandrinos en la prosa, señor?

He descendido ligeramente en su estima. Le pregunto qué hace aquí a esta hora. Me explica que su patrón le ha dado permiso, y que ha venido directamente a la biblioteca; no almorzará y leerá hasta que cierren. Ya no lo escucho, pero ha de haberse apartado de su tema primitivo, pues oigo de pronto:

—... tener como usted la dicha de escribir un libro.

Debo decir algo.

—Dicha... —digo con aire dubitativo.

No entiende el sentido de mi respuesta y corrige rápidamente:

—Señor, hubiera debido decir: mérito.

Subimos la escalera. No me dan ganas de trabajar. Alguien ha dejado *Eugénie Grandet* sobre la mesa; el libro está abierto en la página veintisiete. Lo tomo maquinalmente, me pongo a leer la página veintisiete, luego la veintiocho; no tengo ánimo para empezar por el principio. El Autodidacto se dirige a los anaqueles con paso vivo; trae volúmenes que deja sobre la mesa, con la expresión del perro que ha encontrado un hueso.

—¿Qué lee usted?

Me parece que le repugna decírmelo; vacila un poco, revuelve sus grandes ojos extraviados y me tiende los libros como con violencia. Son *La turba y las turberas* de Larbalétrier, e *Hitopadesa o la instrucción útil* de Lastev. ¿Entonces? No veo qué es lo que le molesta; estas lecturas me parecen muy decentes. Para tranquilizar mi conciencia hojeo *Hitopadesa,* y sólo veo cosas elevadas.

Las tres

He dejado *Eugénie Grandet.* Me he puesto a trabajar, pero sin entusiasmo. El Autodidacto, que me ve escribir, me observa con respetuosa concupiscencia. De vez en cuando levanto un poco la cabeza, veo el inmenso cuello postizo, recto, de donde sale su pescuezo de gallina. Lleva un traje raído pero la camisa de una blancura deslumbrante. Acaba de sacar del mismo anaquel otro libro cuyo título descifro al revés: *La flecha de Caudebec*, crónica normanda de Mlle. Julie Lavergne. Las lecturas del Autodidacto siempre me desconciertan.

De pronto me vuelven a la memoria los nombres de los últimos autores cuyas obras ha consultado: Lambert, Langlois, Larbalétrier, Lastev, Lavergne. Me iluminé; comprendo el método del Autodidacto: se instruye por orden alfabético.

Lo contemplo con una especie de admiración. ¡Qué voluntad necesita para realizar lenta, obstinadamente un plan de tan vasta envergadura! Un día, hace siete años (me ha dicho que estudia desde hace siete años), entró con gran pompa en esta sala. Recorrió con la mirada los innumerables libros que tapizan las paredes y debió de decirse, poco más o menos como Rastignac: «Manos a la obra. Ciencia humana». Después tomó el primer libro del anaquel del extremo derecho; lo abrió en la primera página con un sentimiento de respeto y espanto unido a una decisión inquebrantable. Hoy está en la L. K. después de J. L. después de K. Pasó brutalmente del estudio de los coleópteros al de la teoría de los cuanta, de una obra sobre Tamerlán a un panfleto católico sobre el darwinismo, sin desconcertarse ni un instante. Leyó sobre todo; ha almacenado en su cabeza la mitad de lo que se sabe sobre la partenogénesis, la mitad de los argumentos contra la vivisección. Detrás, delante de él, hay un universo. Y se acerca el día en que se dirá, cerrando el último volumen del último anaquel del extremo izquierdo: «¿Y ahora?».

Es el momento de la merienda: come con aire cándido, pan y una tableta de Gala Peter. Tiene los párpados bajos y puedo contemplar a gusto sus hermosas pestañas arqueadas, pestañas de mujer. Despide un olor a trabajo viejo, al que se mezcla, cuando respira, el perfume dulce del chocolate.

Viernes, las tres

Un poco más y caigo en la trampa del espejo. La evito, para caer en la trampa del vidrio; ocioso, con los brazos colgando, me acerco a la ventana. El Depósito, la Empalizada, la Vieja Estación —la Vieja Estación, la Empalizada, el Depósito—. Bostezo tan fuerte que me asoma una lágrima a los ojos. Tengo la pipa en la mano derecha y el paquete de tabaco en la izquierda. Habría que llenar la pipa. Pero me faltan fuerzas. Mis brazos penden; apoyo la frente en el cristal. Aquella vieja me irrita. Corretea obstinadamente, con la vista perdida. A veces se detiene, temerosa, como si la hubiera rozado un peligro visible. Ahí está bajo mi ventana; el viento le pega la falda a las rodillas. Se detiene, se arregla la pañoleta. Le tiemblan las manos. Reanuda la marcha; ahora la veo de espaldas. ¡Vieja cochinilla! Supongo que doblará a la derecha, en el bulevar Noir. Quedan unos cien metros por recorrer; al paso que va, tardará lo menos diez minutos, diez minutos durante los cuales me quedaré así, mirándola, con la frente pegada al vidrio. Se detendrá veinte veces, seguirá, se detendrá...

Veo el porvenir. Está allí en la calle, apenas más pálido que el presente. ¿Qué necesidad tiene de realizarse? ¿Qué ganará con ello? La vieja se va cojeando, se detiene, tira de una mecha gris que le asoma por debajo de la pañoleta. Camina; estaba allá, ahora está aquí... No sé dónde ando: *¿veo* sus gestos o los *preveo*? Ya no distingo el presente del futuro, y sin embargo esto dura, se realiza poco a poco; la vieja avanza por la calle desierta, desplaza sus grandes zapatos de hombre. Así es el tiempo, el tiempo desnudo; viene lentamente a la existencia, se hace esperar y cuando llega uno siente asco porque cae en la cuenta de que hacía mucho que estaba allí. La vieja se acerca a la esquina de la calle, ahora sólo es un montoncito de trapos negros. Bueno, sí, lo acepto, esto es nuevo, no estaba ahí hace un instante. Pero es una novedad descolorida, desflorada, que nunca puede sorprender. Va a doblar la esquina, dobla... durante una eternidad.

Me arranco de la ventana y recorro el cuarto vacilando, me quedo pegado al espejo, me miro, me hastío; otra eternidad. Finalmente, escapo de mi imagen y me desplomo sobre la cama. Miro al techo, quisiera dormir.

Calma. Calma. Ya no siento el deslizamiento, los roces del tiempo. Veo imágenes en el techo. Primero redondeles de luz, luego cruces. Mariposean. Y después se forma otra imagen; está en el fondo de mis ojos. Es un animal grande, arrodillado. Veo sus patas delanteras y su albarda. El resto es borroso. Sin embargo, lo reconozco; es un camello que vi en Marruecos, atado a una piedra. Se había arrodillado e incorporado seis veces seguidas; los chicos reían y lo excitaban con la voz.

Hace dos años era maravilloso: me bastaba cerrar los ojos; enseguida me zumbaba la cabeza como una colmena, veía rostros, árboles, casas, una japonesa desnuda lavándose en un tonel, un ruso muerto junto a un charco de sangre, brotando de una ancha herida abierta. Recuperaba el gusto del alcuzcuz, el olor a aceite que llena a mediodía las calles de Burgos, el olor a hinojo que flota en las de Tetuán, los silbidos de los pastores griegos; me sentía conmovido. Hace mucho tiempo que se ha gastado esa alegría. ¿Renacerá?

Un sol tórrido se desliza rígidamente en mi cabeza como una placa de linterna mágica. Le sigue un trozo de cielo azul; después de algunas sacudidas se inmoviliza, estoy todo dorado por dentro. ¿De qué día marroquí (o argelino, o sirio) se desprendió de improviso este esplendor? Me dejo caer en el pasado.

Meknes. ¿Cómo era aquel montañés que nos asustó en una callejuela, entre la mezquita berdana y la plaza encantadora sombreada por una morera? Se nos acercó, Anny estaba a mi derecha. O a mi izquierda.

Ese sol y ese cielo eran un engaño. Es la centésima vez que me dejo atrapar. Mis recuerdos son como las monedas en la bolsa del diablo: cuando uno la abre, sólo encuentra hojas secas.

Del montañés no veo sino un gran ojo reventado, lechoso. ¿Y era de él ese ojo? El médico que me exponía en Bakú el principio de los abortaderos del Estado también era tuerto, y cuando quiero recordar su rostro, aparece de nuevo ese globo blancuzco. Esos dos hombres, como las nornes, sólo tienen un ojo que se pasan por turno.

El caso de la plaza de Meknes, donde, sin embargo, iba todos los días, es aún más simple: ya no la veo. Me queda la vaga sensación de que era encantadora, y estas cinco palabras indisolublemente unidas: una plaza encantadora de

Meknes. Sin duda, si cierro los ojos o miro vagamente el techo, puedo reconstruir la escena; un árbol a lo lejos, una forma oscura y rechoncha se precipita hacia mí. Pero estoy inventándolo todo a mi gusto. El marroquí era alto y seco: ciertos conocimientos abreviados permanecen en mi memoria. Pero ya no *veo* nada; es inútil que hurgue en el pasado, sólo saco restos de imágenes y no sé muy bien lo que representan, ni si son recuerdos o ficciones.

Además, hay muchos casos en que estos mismos restos han desaparecido: no quedan sino palabras; aún podría contar las historias, y contarlas demasiado bien (en cuanto a la anécdota, no temo a nadie, salvo a los oficiales de marina y a los profesionales), pero son esqueletos. Se trata de un tipo que hace esto o aquello, pero no soy yo, no tengo nada en común con él. El individuo recorre países que yo conozco tan mal como si nunca hubiese ido. A veces acierto en pronunciar en mi relato esos hermosos nombres que se leen en los atlas: Aranjuez o Canterbury. Provocan en mí imágenes nuevas, como las que conciben, según sus lecturas, las personas que nunca han viajado; sueño basándome en palabras, eso es todo.

Para cien historias muertas quedan sin embargo, una o dos historias vivas. Las evoco con precaución, a veces, no con demasiada frecuencia, por temor de gastarlas. Pero una, vuelvo a ver la decoración, los personajes, las actitudes. De pronto me detengo: sentí el deterioro, vi apuntar una palabra bajo la trama de las sensaciones. Adivino que esta palabra pronto ocupará el lugar de varias imágenes que me gustan. Enseguida me detengo, pienso rápido en otra cosa; no quiero fatigar mis recuerdos. Es inútil; la próxima vez que los evoque, una buena parte se habrá coagulado.

Insinúo un vago movimiento para levantarme, para ir a buscar mis fotos de Meknes, en la caja que metí debajo de la mesa. ¿Para qué? Esos afrodisíacos ya no tienen efecto sobre mi memoria. El otro día encontré, bajo un secante, una pequeña foto empalidecida. Una mujer sonreía junto a un estanque. Contemplé un momento a esta persona sin reconocerla. Después leí, en el reverso: «Anny, Portsmouth, abril 7, 27».

Nunca sentí como hoy la impresión de carecer de dimensiones concretas, de estar limitado a mi cuerpo, a los pensamientos ligeros que suben de él como burbujas. Construyo mis recuerdos con el presente. Estoy desechado, abandonado en el presente. En vano trato de alcanzar el pasado; no puedo escaparme.

Llaman. Es el Autodidacto; lo había olvidado. Le prometí mostrarle mis fotos de viaje. Que el diablo se lo lleve.

Se sienta en una silla; sus nalgas tensas tocan el respaldo, y el busto rígido se inclina hacia adelante. Salto de la cama y enciendo la luz.

—¿Por qué, señor? Estábamos muy bien.

—No para ver fotografías...

No sabe qué hacer con el sombrero; se lo quito.

—¿Es verdad, señor? ¿Quiere usted mostrármelas?

—Pero naturalmente.

Esto es calculado: espero que se calle mientras las mire. Me meto debajo de la mesa, empujo la caja contra sus zapatos lustrados, deposito en sus rodillas una brazada de tarjetas postales y fotos: España y el Marruecos español.

Pero bien veo en su semblante risueño y abierto que me equivoqué al contar con reducirlo a silencio. Echa una ojeada a una vista de San Sebastián, tomada desde el monte

Igueldo, la deja con precaución sobre la mesa y permanece silencioso un instante. Después suspira:

—¡Ah, señor! Qué suerte la suya. Si es cierto lo que dicen, los viajes son la mejor escuela. ¿Opina usted lo mismo, señor?

Hago un gesto vago. Afortunadamente, no ha terminado.

—Ha de ser una conmoción tan grande. Me parece que si alguna vez tuviera que hacer un viaje, antes de partir consignaría por escrito los menores rasgos de mi carácter, para poder comparar, a la vuelta, lo que era y lo que he llegado a ser. He leído que algunos viajeros habían cambiado tanto en lo físico y en lo moral, que a su regreso los parientes más cercanos no los reconocían.

Manosea distraído un gran paquete de fotografías. Toma una y la pone sobre la mesa sin mirarla; después contempla con intensidad la foto siguiente, que representa un San Jerónimo esculpido en un púlpito de la catedral de Burgos.

—¿Vio usted ese Cristo de piel de animal que está en Burgos? Hay un libro muy curioso, señor, sobre esas estatuas de piel de animal, y hasta de piel humana. ¿Y la Virgen negra? ¿No está en Burgos? ¿Está en Zaragoza? ¿Pero no hay acaso una en Burgos? Los peregrinos la besan, ¿no es cierto? Quiero decir, la de Zaragoza. ¿Ya hay una huella de su pie en una losa? ¿Que está en un agujero? ¿Y las madres empujan allí a sus hijos?

Rígido, empuja con las dos manos a un niño imaginario. Se diría que rechaza los presentes de Artajerjes.

—Ah, las costumbres, señor, qué... qué curioso.

Un poco sofocado, me apunta con su quijada de asno. Huele a tabaco y a agua estancada. Sus hermosos ojos extraviados brillan como globos de fuego, y sus escasos cabellos le nimban el cráneo como de vapor. Bajo ese cráneo, samoyedos, niam-niams, malgaches, comen a sus ancianos padres, a sus hijos, giran sobre sí mismos al son del tamtam hasta desvanecerse, se entregan al frenesí del amok, queman a sus muertos, los exponen sobre los techos, los abandonan a la corriente en barcas iluminadas por antorchas, se acoplan al azar, madre e hijo, padre e hija, hermano y hermana, se mutilan, se castran, se distienden los labios con platos, se hacen tatuar en los riñones animales monstruosos.

—¿Puede decirse, con Pascal, que la costumbre es una segunda naturaleza?

Clava sus ojos en los míos, implora una respuesta:

—Según —digo.

Respira.

—Eso es lo que yo decía, señor. Pero desconfío de mí mismo, se necesitaría haberlo leído todo.

Pero a la fotografía siguiente, es el delirio. Lanza un grito de gozo.

—¡Segovia! ¡Segovia! Yo he leído un libro sobre Segovia.

Agrega, con cierta nobleza:

—Señor, ya no recuerdo el nombre del autor. A veces tengo distracciones. Na... No... Nod...

—Imposible —le digo vivamente—, está usted en Lavergne.

Lamento enseguida mis palabras; después de todo, nunca me habló de este método de lectura, ha de ser un delirio secreto. En efecto, queda desconcertado, y se le hinchan los gruesos labios, con aire llorón. Luego baja la cabeza y mira unas diez postales sin decir palabra.

Pero al cabo de treinta segundos veo que un poderoso entusiasmo lo colma y que va a reventar si no habla:

—Cuando termine mi instrucción (todavía calculo seis años más), me uniré, si me lo permiten, a los estudiantes y profesores que hacen un crucero anual al Oriente Próximo. Quisiera aclarar ciertos conocimientos —dice con unción—, y además, me gustaría que me sucedieran cosas inesperadas, nuevas aventuras, para decirlo de una vez.

—¿Qué clase de aventuras? —le pregunto, asombrado.

—De todas clases, señor. Usted se equivoca de tren. Baja en una ciudad desconocida. Pierde la maleta, lo detienen por error, pasa la noche en la cárcel. Señor, creo que la aventura puede definirse así: un acontecimiento que sale de lo ordinario sin ser forzosamente extraordinario. Se habla de la magia de las aventuras. ¿Le parece justa esta expresión? Quisiera hacerle una pregunta, señor.

—¿Qué?

Se ruboriza, sonríe.

—Tal vez sea indiscreta.

—No importa, diga.

Se inclina hacia mí y pregunta, con los ojos entornados:

—¿Ha tenido usted muchas aventuras, señor?

Respondo maquinalmente:

—Algunas —me echo hacia atrás, para evitar su aliento pestífero.

Sí, lo dije maquinalmente, sin pensarlo. En efecto, por lo general más bien me enorgullezco de haber tenido tantas aventuras. Pero hoy, en cuanto pronuncio estas palabras, siento una gran indignación contra mí mismo: me parece que miento, que en mi vida he tenido la menor aventura, o mejor, ni siquiera sé qué quiere decir esa palabra. Al mismo tiempo pesa sobre mis hombros el mismo desaliento que me asaltó en Hanoi, hace cerca de cuatro años, cuando Mercier me apremiaba para que me uniera a él, y yo, sin contestar, miraba fijamente una estatuita *kmer.* Y la IDEA, esa gran masa blanca que tanto me desagradó entonces, está ahí; no había vuelto a verla durante cuatro años.

—¿Podría preguntarle...? —dice el Autodidacto.

¡Diantre! Que le cuente una de esas famosas aventuras. Pero ya no quiero decir una palabra sobre el tema.

—Ahí —digo inclinado sobre sus hombros estrechos, y apoyando el dedo en una foto—, ahí está Santillana, el pueblo más bonito de España.

—¿Santillana, el pueblo de Gil Blas? No creí que existiera. ¡Ah, señor, qué provechosa es su conversación! Bien se ve que usted ha viajado.

Acompaño al Autodidacto hasta la puerta, después de atiborrar sus bolsillos de tarjetas postales, grabados y fotos. Se fue encantado; apagué la luz. Ahora estoy solo. Completamente solo, no. Todavía delante de mí está esa idea que aguarda. Permanece ahí hecha un ovillo como un gran gato; no explica nada, no se mueve, se contenta con decir que no. No, no he tenido aventuras.

Lleno la pipa, la enciendo, me recuesto en la cama con un abrigo sobre las piernas. Lo que me asombra es sentirme tan triste y tan cansado. Aunque fuera cierto que nunca tuve aventuras, ¿qué puede importarme? Ante todo, me parece que es pura cuestión de palabras. El asunto de Meknes, por ejemplo, en el que pensaba hace un rato: un marroquí me saltó encima y quiso atacarme con una gran navaja. Pero yo le asesté un puñetazo debajo de la sien. Empezó a gritar en árabe y apareció una caterva de piojosos que nos persiguieron hasta el *souk* Attarin. Bueno, puede dársele el nombre que se quiera, pero de todos modos es un hecho que *me sucedió.*

Está completamente oscuro y no sé muy bien si mi pipa sigue encendida. Pasa un tranvía: relámpago rojo en el cielo raso. Después, un coche pesado que hace temblar la casa. Han de ser las seis.

No he tenido aventuras. Me sucedieron historias, acontecimientos, incidentes, todo lo que se quiera. Pero no aventuras. No es cuestión de palabras; comienzo a comprender. Hay algo que, sin darme cuenta, me interesa más que nada. No era el amor, Dios mío, no, ni la gloria, ni la riqueza... Era... En fin, me imaginé que en ciertos momentos mi vida podía adquirir una cualidad rara y preciosa. No se necesitaban circunstancias extraordinarias; yo pedía exactamente un poco de rigor. Mi vida actual nada tiene de muy brillante; pero de vez en cuando, por ejemplo al escuchar música en los cafés, yo miraba hacia atrás y me decía: en otros tiempos, en Londres, en Meknes, en Tokio conocí momentos admirables, tuve aventuras. Esto es lo que me quitan. Acabo de saber de pronto, sin razón aparente, que me he mentido durante diez años. Las aventuras están en los libros. Y naturalmente, todo lo que se cuenta en los libros puede suceder de veras, pero no de la misma manera. Era esa manera de suceder lo que me interesaba tanto.

Ante todo, los comienzos deberían haber sido verdaderos comienzos. ¡Ay! Ahora veo tan bien lo que quise. Verdaderos comienzos, que aparecieran como sones de trompeta, como las primeras notas de una música de jazz, bruscamente, cortando de golpe el hastío, consolidando la duración; esas noches excepcionales en que uno dice: «Pasearía si fuera una noche de mayo». Salimos, acaba de aparecer la luna, estamos ociosos, vacantes, un poco vacíos. Y de golpe pensamos: «Algo ha sucedido». Cualquier cosa: un ligero crujido en la sombra, una silueta ligera que cruza la calle. Pero ese acontecimiento fútil no se asemeja a los otros; enseguida vemos que precede una gran forma cuyo dibujo se pierde en la bruma, y entonces nos decimos: «Algo comienza».

Algo comienza para terminar: la aventura no admite añadidos; sólo cobra sentido con su muerte. Hacia esta muerte, que acaso sea también la mía, me veo arrastrado irremisiblemente. Cada instante aparece para traer los siguientes. Me aferro a cada instante con toda el alma; sé que es único, irreemplazable, y sin embargo, no movería un dedo para impedir su aniquilación. El último minuto que paso —en Berlín, en Londres— en brazos de una mujer conocida la antevíspera —minuto que amo apasionadamente, mujer que estoy a punto de amar— terminará, lo sé. Enseguida partiré a otro país. Nunca recuperaré esta mujer, ni esta noche. Me inclino sobre cada segundo, trato de agotarlo; no dejo nada sin captar, sin fijar para siempre en mí, nada, ni la ternura fugitiva de esos hermosos ojos, ni los ruidos de la calle, ni la falsa claridad del alba; y sin embargo, el minuto transcurre y no lo retengo; me gusta que pase.

Y entonces de pronto algo se rompe. La aventura ha terminado, el tiempo recobra su blandura cotidiana. Me vuelvo; detrás de mí, la hermosa forma melódica se hunde entera en el pasado. Disminuye; al declinar se contrae, ahora el fin y el comienzo son una sola cosa. Al seguir con los ojos ese punto de oro, pienso que —aunque hubiese estado a punto de morir, de perder una fortuna, un amigo— aceptaría revivirlo todo, en las mismas circunstancias, de cabo a rabo. Pero una aventura no se empieza de nuevo ni se prolonga.

Sí, eso es lo que yo quería, ¡ay!, eso es lo que todavía quiero. Siento tanta dicha cuando una negra canta; qué cimas alcanzaría si mi *propia* vida constituyera la materia de la melodía.

La Idea, la innominable, sigue ahí. Aguarda apaciblemente. Ahora parece decir:

«¿Sí? ¿*Eso* es lo que querías? Bueno, es eso, precisamente, lo que nunca has tenido (recuerda: te engañabas con palabras; llamabas aventuras al oropel de viajes, amores de prostitutas, riñas, baratijas), y lo que nunca tendrás, ni tú ni nadie».

Pero ¿por qué? ¿POR QUÉ?

Sábado, mediodía

El Autodidacto no me ha visto entrar en la sala de lectura. Estaba sentado a la punta de la mesa del fondo; tenía un libro delante, pero no leía. Miraba sorprendido a su vecino de la derecha, un colegial grasiento que frecuenta la biblioteca. El otro se dejó contemplar un momento, y bruscamente le sacó la lengua haciendo una mueca horrible. El Autodidacto enrojeció, metió precipitadamente la nariz en el libro y se absorbió en la lectura.

He vuelto a mis reflexiones de ayer. Estaba agotado; me daba lo mismo que no hubiera aventuras. Mi única curiosidad era saber si *no podía* haberlas.

He pensado lo siguiente: para que el suceso más trivial se convierta en aventura, es necesario y suficiente *contarlo*. Esto es lo que engaña a la gente; el hombre es siempre un narrador de historias; vive rodeado de sus historias y de las ajenas, ve a través de ellas todo lo que le sucede: y trata de vivir su vida como si la contara.

Pero hay que escoger: o vivir o contar. Por ejemplo, cuando estuve en Hamburgo con aquella Erna de quien yo desconfiaba y que me temía, llevé una vida extraña. Pero estaba metido; un fonógrafo tocaba *Blue Sky*. Empecé a contarme lo de San Pauli, Erna me dejó para ir al lavabo. Me quedé solo. Empecé a contarme lo que había pasado desde mi desembarco. Me dije: «La tercera noche, al entrar en un dáncing llamado *La Gruta Azul,* vi a una mujer alta, medio borracha. Y a esa mujer estoy esperando, y vendrá a sentarse a mi derecha, y rodeará mi cuello con sus brazos». Entonces sentí con violencia que tenía una aventura. Pero Erna, volvió, se sentó a mi lado, rodeó mi cuello con sus brazos y la detesté sin saber por qué. Ahora comprendo: había que empezar a vivir de nuevo, y la impresión de aventuras acababa de desvanecerse.

Cuando uno vive, no sucede nada. Los decorados cambian, la gente entra y sale, eso es todo. Nunca hay comienzos. Los días se añaden a los días sin ton ni son, en una suma interminable y monótona. De vez en cuando, se saca un resultado parcial; uno dice: hace tres años que viajo, tres años que estoy en Bouville. Tampoco hay fin: nunca nos abandonamos de una vez a una mujer, a un amigo, a una ciudad. Y además, todo se parece. Shanghai, Moscú, Argel, al cabo de quince días son iguales. Por momentos —rara vez— se hace el balance, uno advierte que está pegado a una mujer, que se ha metido en una historia sucia. Dura lo que un relámpago. Después de esto, empieza de nuevo el desfile, prosigue la suma de horas y días. Lunes, martes, miércoles. Abril, mayo, junio. 1924, 1925, 1926.

Esto es vivir. Pero al contar la vida, todo cambia; sólo que es un cambio que nadie nota; la prueba es que se habla de historias verdaderas; los acontecimientos se producen en un sentido, y nosotros los contamos en sentido inverso. En apariencia se empieza por el comienzo: «Era una hermosa noche de otoño de 1922. Yo trabajaba con un notario en Marommes». Y en realidad, se ha empezado por el fin. El fin está allí, invisible y presente; es el que da a esas pocas palabras la pompa y el valor de un comienzo. «Estaba paseando; había salido del pueblo sin darme cuenta; pensaba en mis dificultades económicas.» Esta frase, tomada simplemente por lo que es, quiere decir que el tipo estaba absorbido, taciturno, a mil leguas de una aventura, precisamente con esa clase de humor en que uno deja pasar los acontecimientos sin verlos. Pero ahí está el fin que lo transforma todo. Para nosotros el tipo es ya el héroe de la historia. Su taciturnidad, sus dificultades económicas son más preciosas que las nuestras: están doradas por la luz de las pasiones futuras. Y el relato prosigue al revés: los instantes han cesado de apilarse a la buena de Dios unos sobre otros, el fin de la historia los atrae, los atrapa, y a su vez cada uno de ellos atrae al instante que lo precede. «Era de noche, la calle estaba desierta.» La frase cae negligentemente, parece superflua; pero no nos dejamos engañar y la ponemos a un lado; es un dato cuyo valor comprenderemos después. Y sentimos que el héroe ha vivido todos los detalles de esa noche como anunciaciones, como promesas, y que sólo vivía las promesas, ciego y sordo a todo lo que no anunciara la aventura. Olvidamos que el porvenir todavía no estaba allí; el individuo paseaba en una noche sin presagios, que le ofrecía en desorden sus riquezas monótonas; él no escogía.

He querido que los momentos de mi vida se sucedieran y ordenaran como los de una vida recordada. Tanto valdría querer atrapar el tiempo por la cola.

Domingo

Esta mañana había olvidado que era domingo. Salí y recorrí las calles como de costumbre. Había llevado *Eugénie Grandet*. Y de pronto, al empujar la verja del jardín público, tuve la impresión de que algo me hacía una seña. El jardín estaba solitario y desnudo. Pero... ¿cómo decirlo? No tenía su aspecto ordinario; me sonreía. Permanecí un momento apoyado en la verja y bruscamente comprendí que era domingo. Estaba allí, en los árboles, en el césped, como una ligera sonrisa. Era indescriptible; hubiera sido necesario pronunciar muy rápido: «Es un jardín público, en invierno, una mañana de domingo».

Solté la verja, me volví hacia las casas y calles burguesas y dije a media voz: «Es domingo».

Es domingo; detrás de las dársenas, a lo largo del mar, cerca del depósito de mercancías, en torno de la ciudad hay cobertizos vacíos y máquinas inmóviles en la sombra. En todas las casas los hombres se afeitan detrás de las ventanas; echan la cabeza hacia atrás, miran ya el espejo, ya el cielo frío para saber si hará buen tiempo. Los burdeles se abren a los primeros clientes, campesinos y soldados. En las iglesias, a la luz de los cirios, un hombre bebe vino delante de mujeres arrodilladas. En todos los suburbios, entre las paredes interminables de las fábricas, largas filas negras se han puesto en marcha, avanzan lentamente al centro de la ciudad. Para recibirlas, las calles han adquirido el aspecto de los días de motín; todos los comercios, salvo los de la calle Tournebride, han bajado los cierres metálicos. Pronto las columnas invadirán en silencio esas calles que se fingen muertas: primero vendrán los ferroviarios de Tourville y sus mujeres, que trabajaban en las jabonerías de Saint Symphorin; después los pequeño burgueses de Jouxtebouville; después los obreros de las hilanderías Pinot; después todos los cambalacheros del barrio Saint Maxence; los hombres de Thiérache llegarán los últimos en el tranvía de las once. Pronto va a nacer la multitud de los domingos, entre comercios acerrojados y puertas cerradas.

Un reloj da las diez y media y me pongo en camino; el domingo a esta hora Bouville presenta un espectáculo de calidad, pero no hay que llegar demasiado tarde después de la salida de la misa mayor.

La callecita Joséphin-Soulary está muerta, huele a sótano. Pero como todos los domingos, la llena un ruido suntuoso, un ruido de marea. Doblo en la calle Président Chamart, con casas de tres pisos y largas persianas blancas. Esta calle de notarios está poseída por el voluminoso rumor del domingo: en el pasaje Gillet el ruido crece aún más y lo reconozco, es un ruido de hombres. Luego, de improviso, a la izquierda, se produce como un estallido de luz y sones. He llegado: ésta es la calle Tournebride; me basta situarme entre mis semejantes y veré cómo cambian sombrerazos los señores.

Hace apenas sesenta años nadie se hubiera atrevido a prever el milagroso destino de la calle Tournebride, hoy llamada el Pequeño Prado por los habitantes de Bouville. He visto un plano con fecha de 1847, donde ni siquiera figuraba. Debía de ser entonces un callejón negro y hediondo, con una zanja por donde corrían cabezas y tripas de pescado entre las piedras. Pero a fines de 1873, la Asamblea Nacional declaró de utilidad pública la construcción de una iglesia en la colina de Montmartre. Pocos meses después, la mujer del alcalde de Bouville tuvo una aparición: Santa Cecilia, su patrona, la amonestó. ¿Era tolerable que la flor y nata de Bouville se enlodara todos los domingos para ir a Saint-René o Saint-Claudien a oír misa con los tenderos? ¿No había dado el ejemplo la Asamblea Nacional? Bouville tenía, en la actualidad, por causa de la protección celestial, una situación económica de primer orden: ¿no convenía edificar una iglesia en acción de gracias al Señor?

Estas visiones fueron bien recibidas; el Consejo municipal realizó una sesión y el obispo aceptó encargarse de las suscripciones. Faltaba escoger el emplazamiento. Las viejas familias de comerciantes y armadores opinaban que el edificio debía levantarse en la cima del Coteau Vert, donde ellos vivían, «para que Santa Cecilia velara sobre Bouville como el Sagrado Corazón de Jesús sobre París». Los nuevos señores del bulevar Maritime, poco numerosos todavía, pero muy ricos, se hicieron rogar: darían lo necesario, pero la iglesia se construiría en la plaza Marignan; si pagaban una iglesia, creían tener derecho a usarla; no les importaba hacer sentir su poderío a esa altiva burguesía que los trataba como si fueran advenedizos. El obispo imaginó un arreglo: la iglesia fue construida a medio camino del Coteau Vert y del bulevar Maritime, en la plaza de la Halle-aux-Morues, a la cual bautizaron plaza Sainte-Cécile-de-la-Mer. El monstruoso edificio, terminado en 1887, costó nada menos que catorce millones.

La calle Tournebride, ancha pero sucia y de mala reputación, hubo de ser enteramente reconstruida, y sus habitantes fueron firmemente rechazados detrás de la plaza Sainte-Cécile; el Pequeño Prado se ha convertido —sobre todo, los domingos por la mañana— en lugar de reunión de los elegantes y notables. Hermosos comercios se han ido abriendo, uno por uno, al paso del gran mundo. Permanecen abiertos el lunes de Pascua, toda la noche de Navidad, los domingos hasta mediodía. Al lado de Julien, el salchichero, famoso por sus pasteles calientes, el confitero Foulon expone sus renombradas especialidades, admirables pastelillos cónicos de manteca malva, coronados por una violeta de azúcar. En el escaparate del librero Dupaty se ven las novedades de la casa Plon, algunas obras técnicas, como por ejemplo, una teoría del Navío, un tratado del Velamen, una gran historia ilustrada de Bouville y ediciones de lujo elegantemente presentadas: *Koenigsmarck,* encuadernado en cuero azul; *Le livre de mes fils,* de Paul Doumer, encuadernado en cuero crudo con flores purpúreas. Ghislaine «Costura fina, modelos de París», separa a Piégois, el florista, de Paquin, el anticuario. El peinador Gustave, con sus cuatro manicuras, ocupa el primer piso de un inmueble nuevo, pintado de amarillo.

Desde hace dos años, en la esquina del callejón des Moulins-Gémeneaur y de la calle Tournebride, una impúdica tiendecita exhibe aún una propaganda del *Tu-pu-nez,* producto insecticida. Había florecido en los tiempos en que se pregonaba el bacalao en la plaza Sainte-Cécile; tenía cien años. Los escaparates de la portada rara vez estaban limpios; había que hacer un esfuerzo para distinguir, a través del polvo y el vapor, una multitud de pequeños personajes vestidos con jubones color de fuego, que figuraban ratas y ratones. Los animales desembarcaban de un navío de alto bordo, apoyados en bastones; apenas tocaban tierra, una campesina coquetonamente vestida, pero lívida y negra de grasa, los ahuyentaba rociándolos con *Tu-pu-nez.* Me gustaba mucho esa tienda, tenía un aire cínico y obstinado; recordaba con insolencia los derechos de los parásitos y la grasa a dos pasos de la iglesia más costosa de Francia.

La vieja herborista murió el año pasado y su sobrino ha vendido la casa. Bastó derribar unas paredes; ahora es una salita de conferencias, «La Bombonera». El año pasado Henry Bordeaux dio una charla sobre alpinismo.

Por la calle Tournebride no hay que ir con prisa; las familias caminan lentamente. A veces se gana una fila porque toda una familia ha entrado en casa de Foulon o de Piégeois. Pero en otros momentos, es preciso detenerse y marcar el paso porque dos familias que pertenecen, una a la columna ascendente y otra a la columna descendente, se han encontrado y se toman de las manos. Avanzo a pasos cortos. Mi cabeza domina las dos columnas, y veo sombreros, un mar de sombreros. En su mayoría son negros y duros. De vez en cuando se ve uno que vuela en la punta de un brazo y descubre el tierno espejo de un cráneo; después de unos instantes de vuelo pesado, se posa. En la calle Tournebride 16, el sombrerero Urbain, especialista en quepis, hace planear como un símbolo un inmenso sombrero rojo de arzobispo cuyas borlas de oro penden a dos metros del suelo.

Se produce un alto; acaba de formarse un grupo precisamente debajo de las borlas. Mi vecino espera sin impaciencia, con los brazos colgando; creo que este viejecito, pálido y frágil como una porcelana, es Coffier, el presidente de la Cámara de Comercio. Según parece, intimida mucho porque nunca dice nada. Vive en lo alto del Coteau Vert, en una gran casa de ladrillos cuyas ventanas están siempre abiertas de par en par. Se acabó; el grupo se ha disgregado; reanuda la marcha. Acaba de formarse otro, pero ocupa menos lugar; no bien constituido se aprieta contra el escaparate de Ghislaine. La columna ni siquiera se detiene; apenas se aparta un poco; desfilamos frente a seis personas tomadas de la mano: «Buenos días, señor, buenos días, estimado señor, cómo está usted; pero cúbrase, señor, se enfriará; gracias, señora, es que no hace calor. Querida, te presento al doctor Lefrançois; doctor, encantada de conocerlo, mi marido siempre me habla del doctor Lefrançois que tan bien lo ha atendido, pero cúbrase, doctor, este frío le hará daño. Pero el doctor se curaría enseguida; ay, señora, los médicos son los que están peor atendidos; el doctor es un músico notable. Dios mío, doctor, no lo sabía; ¿toca usted el violín? El doctor tiene mucho talento».

El viejecito que está a mi lado es seguramente Coffier; una de las mujeres del grupo, la morena, lo devora con los ojos mientras sonríe al doctor. Como si pensara: «Ahí está el señor Coffier, el presidente de la Cámara de Comercio; qué aspecto intimidador, dicen que es tan frío». Pero M. Coffier no se digna ver nada: éstas son gentes del bulevar Maritime, no pertenecen al gran mundo. Desde que vengo a esta calle a ver los sombrerazos del domingo, he aprendido a distinguir las gentes del bulevar y las del Coteau. Cuando un tipo lleva un abrigo nuevecito, un sombrero flexible, una camisa deslumbrante, cuando desplaza aire, no es posible equivocarse: es del bulevar Maritime. Las gentes del Coteau Vert se distinguen por un no sé qué miserable y abatido. Tienen los hombros estrechos y un aire de insolencia en sus caras gastadas. Juraría que ese señor gordo que lleva a un niño de la mano, pertenece al Coteau; su rostro es gris y su corbata está anudada como un cordel.

El señor gordo se nos acerca; mira fijo a M. Coffier. Pero poco a poco antes de cruzarse con él, desvía la cabeza y se pone a bromear paternalmente con su hijo, clavando los ojos en sus ojos, como un papá cabal, y de pronto, volviéndose con presteza hacia nosotros, echa una viva ojeada al viejecito y hace un saludo amplio y seco, con un ademán circular. El muchachito, desconcertado, no se ha descubierto; es un asunto de personas mayores.

En el ángulo de la calle Basse-de-Vieille nuestra columna tropieza con una columna de fieles que salen de misa; unas diez personas chocan y se saludan arremolinándose, pero los sombrerazos son demasiado rápidos para que pueda detallarlos; por encima de esa multitud gorda y pálida, la iglesia Sainte-Cécile yergue su monstruosa masa blanca: blanco de tiza sobre un cielo oscuro; detrás de esas murallas resplandecientes, retiene en sus flancos un poco del negro de la noche. La marcha se reanuda en un orden ligeramente modificado. M. Coffier ha quedado detrás de mí. Una señora de azul marino se pega a mi costado derecho. Viene de misa. Guiña los ojos, un poco deslumbrada por la mañana. Ese señor que camina delante de ella y que tiene una nuca tan delgada, es su marido.

En la otra acera, un señor que lleva a su mujer del brazo acaba de susurrarle unas palabras al oído y se ha puesto a sonreír. Enseguida ella despoja cuidadosamente de toda expresión su cara cremosa y da unos pasos como ciega. Esos signos no engañan: van a saludar. En efecto, al cabo de un instante el señor echa la mano al aire. Cuando sus dedos están próximos al fieltro, vacilan un segundo antes de posarse delicadamente. Mientras levanta con suavidad el sombrero, bajando un poco la cabeza para facilitar la extracción, su mujer da un saltito grabando en su rostro una sonrisa juvenil. Una sombra los domina inclinándose; pero sus dos sonrisas gemelas no se borran enseguida; permanecen unos instantes en sus labios, con una especie de remanencia. Cuando el señor y la señora se cruzan conmigo, han recobrado su impasibilidad pero todavía les queda un aire alegre en torno de la boca.

Se acabó; la multitud es menos densa, los sombrerazos escasean, los escaparates de los comercios han perdido exquisitez; estoy al final de la calle Tournebride. ¿Voy a cruzar y remontar la calle por la otra acera? Creo que ya tengo bastante; ya he visto bastantes cráneos rosados, caras menudas, distinguidas, borrosas. Cruzaré la plaza Marignan. Al extirparme con precaución de la columna, una cabeza de verdadero señor surge, muy cerca de un sombrero negro. Es el marido de la señora de azul marino. ¡Ah! Qué hermoso cráneo largo de dolicocéfalo, con pelo corto y duro, qué bello bigote americano con hilos de plata. Y sobre todo la sonrisa, la admirable sonrisa cultivada. También hay unas gafas en alguna parte, sobre una nariz.

El marido se volvía hacia la mujer y le decía:

—Es un nuevo dibujante de la fábrica. Me pregunto qué puede hacer aquí. Es un buen muchacho, tímido; me divierte.

Contra el cristal del salchichero Julien, el joven dibujante que acaba de cubrirse, ruborizado todavía, con los ojos bajos, el semblante obstinado, guarda todas las apariencias de una intensa voluptuosidad. Es el primer domingo, no cabe duda, que se atreve a cruzar la calle Tournebride. Parece un chico de primera comunión. Ha anudado las manos detrás de la espalda y vuelve el rostro con una expresión de pudor realmente excitante; mira, sin verlas, cuatro salchichas delgadas, brillantes de gelatina que se extienden sobre un aderezo de perejil.

Una mujer sale de la salchichería y lo toma del brazo. Es su esposa, muy joven a pesar de su piel gastada. Puede rondar por los alrededores de la calle Tournebride, nadie la tomará por una señora: la traiciona el brillo cínico de sus ojos, su aire razonable y entendido. Las verdaderas señoras no conocen el precio de las cosas; gustan de las hermosas locuras; sus ojos son bellas flores, cándidas flores de invernáculo.

Al dar la una llego a la cervecería Vézelise. Allí están los viejos, como de costumbre. Dos de ellos han empezado a comer. Hay cuatro jugando a la malilla mientras beben el aperitivo. Los otros están de pie y los miran jugar, mientras les preparan los cubiertos. El más alto, de barba caudalosa, es agente de cambio. Otro es comisario jubilado de la Inscripción Marítima. Comen y beben como a los veinte años. El domingo se hartan de chucrut. Los recién llegados interpelan a los otros que ya están comiendo:

—Bueno, ¿siempre el chucrut dominical?

Se sientan y suspiran, a sus anchas:

—Mariette, nena, un medio litro sin cuello y un chucrut.

Esta Mariette es una bribona. Cuando me siento a la mesa del fondo, un viejo color escarlata se pone a toser de furor. Mariette le sirve un vermut.

—Sírvame un poco más, vamos —dice tosiendo.

Pero ella también se enfada, no había terminado de servir:

—Pero déjeme servirle, ¿quién le ha dicho algo? Usted es de los que contestan antes de que se les pregunte.

Los otros se echan a reír.

—¡Triunfo!

Al ir a sentarse, el agente de cambio toma a Mariette de los hombros:

—Hoy es domingo, Mariette. ¿Esta tarde va al cine con su galán?

—¡Ah, no! Hoy libra Antoinette. En cuanto al galán, yo me pago la juerga.

El agente de cambio se sienta frente a un viejo afeitado, de semblante afligido. El viejo afeitado empieza enseguida un animado relato. El agente de cambio no lo escucha: hace unas muecas y se mesa la barba. Nunca se escuchan.

Reconozco a mis vecinos: son pequeños comerciantes de la vecindad. El domingo la criada tiene «salida». Entonces vienen aquí y se instalan siempre en la misma mesa. El marido come una hermosa costilla rosada de buey. La mira de cerca y resopla de vez en cuando. La mujer mordisquea de su plato. Es una rubia fuerte, cuarentona, de mejillas rosadas y algodonosas. Tiene hermosos senos duros bajo la blusa de raso. Se bebe, como un hombre, su botella de Burdeos tinto en cada comida.

Voy a leer *Eugénie Grandet.* No es que me guste mucho, pero hay que hacer algo. Abro el libro al azar; madre e hija hablan del amor incipiente de Eugénie:

Eugénie le besó la mano, diciendo:

—¡Qué buena eres, mamá querida!

Estas palabras iluminaron el viejo rostro materno, ajado por largos dolores.

—¿Te parece bien? —preguntó Eugénie.

Mme. Grandet respondió con una sonrisa, y después de guardar silencio, dijo, en voz baja:

—Entonces, ¿ya lo quieres? Estaría mal.

—¿Mal? —replicó Eugénie—. ¿Por qué? Si te gusta, si le gusta a Nanon, ¿por qué no había de gustarme? Mira, mamá, pongamos la mesa para el almuerzo.

Dejó su labor; la madre hizo otro tanto, diciéndole:

—Está en sus tierras.

Pero se complació en justificar la locura de su hija, compartiéndola.

Eugénie llamó a Nanon.

—¿Qué más quiere usted, señorita?

—Nanon, ¿habrá crema para el mediodía?

—Ah, para el mediodía sí —respondió la vieja criada.

—Bueno, dale café bien cargado; he oído decir a M. des Grassins que el café se hace muy cargado en París. Ponle mucho.

—¿Y de dónde quiere usted que lo saque?

—Cómpralo.

—¿Y si el señor me encuentra?

—Está en sus prados.

Mis vecinos habían guardado silencio desde mi llegada, pero de pronto la voz del marido me saca de mi lectura.

El marido, con aire divertido y misterioso:

—Dime, ¿has visto?

La mujer se sobresalta y lo mira, saliendo de su sueño. Él come y bebe; luego prosigue, con el mismo aire misterioso:

—¡Ah, ah!

Silencio; la mujer vuelve a su sueño.

De pronto se estremece y pregunta:

—¿Qué dices?

—Suzanne, ayer.

—Ah, sí —dice la mujer—, había ido a ver a Victor.

—¿Qué te había dicho yo?

La mujer rechaza el plato con gesto impaciente.

—Eso no está bien.

Las bolitas de carne gris que ha escupido guarnecen el borde del plato. El marido continúa su idea.

—Esa mujercita...

Se calla y sonríe vagamente. Frente a nosotros, el viejo agente de cambio acaricia el brazo de Mariette soplando un poco. Al cabo de un momento:

—Ya te lo dije el otro día.

—¿Qué me habías dicho?

—Victor, que ella iría a verlo. ¿Qué hay? —pregunta bruscamente con semblante espantado—. No te gusta.

—No está bien.

—Ya no es así —dice él con importancia—, ya no es como en tiempos de Hécart. ¿Sabes dónde está Hécart?

—Está en Domremy, ¿no?

—Sí, ¿quién te lo dijo?

—Tú: me lo dijiste el domingo.

Ella come una miga de pan que toma del mantel de papel. Luego alisa con la mano el papel en el borde de la mesa, vacilando dice:

—¿Sabes? Te equivocas, Suzanne es más...

—Es posible, nenita, es posible —responde él distraído. Busca con la mirada a Mariette, le hace una seña.

—Hace calor.

Mariette se apoya familiarmente en el borde de la mesa.

—Oh, sí, hace calor —dice la mujer, gimiendo—, una se ahoga aquí, y además el buey no es bueno, se lo diré al patrón, ya no es como antes, abra un poco el postigo, Mariette.

El marido recobra su cara divertida:

—Dime, ¿no viste sus ojos?

—¿Pero cuándo, pichón?

Él la remeda con impaciencia:

—¿Pero cuándo, pichón? Es muy tuyo: en verano, cuando nieva.

—¿Ayer, quieres decir? ¡Ah, bueno!

El hombre ríe, mira a lo lejos, recita muy rápido con cierta aplicación:

—*Ojos de gato que en las brasas...*

Está tan satisfecho que parece haber olvidado lo que quería decir. Ella también se divierte, sin segunda intención.

—Ja, ja, malo.

Le da unos golpecitos en el hombro.

—Malo, malo.

El hombre repite con más seguridad:

—*De gato que en las brasas...*

Pero la mujer ya no ríe:

—No, de veras, tú sabes que ella es seria.

El hombre se inclina, le cuchichea una larga historia al oído. Ella permanece un momento con la boca abierta, el rostro un poco tenso y risueño, como quien va a desternillarse de risa; y bruscamente se echa hacia atrás y le araña las manos.

—No es cierto, no es cierto.

Él dice, con aire razonable y pausado:

—Escúchame, nena, él lo dijo: si no fuera cierto, ¿por qué habría de decirlo?

—No, no.

—Pero si él lo dijo; escucha, supón...

Ella se echó a reír:

—Me río porque pienso en René.

El hombre también se ríe. La mujer sigue, en voz baja e importante:

—Entonces es que se dio cuenta el martes.

—El jueves.

—No, el martes, sabes, a causa de...

Ella dibuja en los aires una especie de elipse.

Largo silencio. El marido moja miga de pan en la salsa. Mariette cambia los platos y les lleva tartas. Dentro de un rato yo también pediré una tarta. De improviso la mujer, un poco soñadora, con una sonrisa orgullosa algo escandalizada en los labios, dice, en voz lenta:

—¡Oh, no, sabes!

Hay tanta sensualidad en la voz que él se conmueve, le acaricia la nuca con su mano gorda.

—Charles, quieto; me excitas, querido —murmura ella sonriendo, con la boca llena.

Intento reanudar la lectura:

—¿Y de dónde quiere usted que lo saque?

—Cómpralo.

—¿Y si el señor me encuentra?

Pero todavía oigo a la mujer que dice:

—Mira, haré reír a Marthe, voy a contárselo.

Mis vecinos se han callado. Después de la tarta, Mariette les ha llevado ciruelas pasas y la mujer está ocupada en poner graciosamente los huesos en la cuchara. El marido, mirando el cielo raso, tamborilea una marcha en la mesa. Parecería que su estado normal es el silencio, y la palabra una fiebre ligera que les da de vez en cuando.

—¿Y de dónde quiere usted que lo saque?
—Cómpralo.

Cierro el libro, me voy a pasear.

Cuando salí de la cervecería Vézelise eran cerca de las tres; yo sentía la tarde en todo mi cuerpo entorpecido. No mi tarde: la de ellos, la que cien mil bouvilleses iban a vivir en común. A esa misma hora, después del copioso y largo almuerzo del domingo, se levantaban de la mesa, y para ellos algo estaba muerto. El domingo había gastado su ligera juventud. Era necesario digerir el pollo y la tarta, vestirse para salir.

La campanilla del Cine Eldorado repicaba en el aire claro. Esta campanilla a la luz del día es un ruido familiar del domingo. Más de cien personas hacían cola a lo largo del muro verde. Esperaban ávidamente la hora de las dulces tinieblas, del relajamiento, del abandono, la hora en que la pantalla, reluciente como un guijarro blanco bajo el agua, hablaría y soñaría por ellas. Vano deseo: algo quedaría contraído: era demasiado el miedo de que les aguaran el hermoso domingo. Dentro de un instante, como todos los domingos, iban a sufrir una decepción: el film sería idiota, el vecino fumaría en pipa y escupiría entre sus rodillas, o Lucie estaría tan desagradable, sin una palabra amable, o, como si lo hiciera a propósito, justamente hoy, por una vez que iban al cinematógrafo, le reaparecería el dolor intercostal. Dentro de un instante, como todos los domingos, pequeñas cóleras sordas crecerían en la sala oscura.

Seguí por la tranquila calle Bressan. El sol había disipado las nubes, el tiempo era bueno. Una familia acababa de salir de la villa «La ola». La hija se abotonaba los guantes en la acera. Podía tener treinta años. La madre, plantada en el primer peldaño de la escalinata, miraba hacia delante, con aire seguro, respirando ampliamente. Del padre sólo veía yo la espalda enorme. Curvado sobre la cerradura, cerraba la puerta. La casa quedaba vacía y negra hasta que regresaran. En las casas vecinas, ya acerrojadas y desiertas, los muebles y los pisos crujían dulcemente. Antes de salir, alguien había apagado el fuego en la chimenea del comedor. El padre alcanzó a las dos mujeres, y la familia, sin decir una palabra, se puso en camino. ¿Adónde iban? El domingo se va al cementerio monumental o de visita a casa de los parientes, o si uno está del todo libre, a pasear por la Jettée. Yo estaba libre: caminé por la calle Bressan que desemboca en la Jettée-Promenade.

El cielo era de un azul pálido; un poco de humo, algunos penachos; de vez en cuando una nube a la deriva pasaba delante del sol. Veía a lo lejos la balaustrada de cemento blanco que corre a lo largo de la Jettée-Promenade; el mar brillaba a través de los agujeros. La familia tomó a la derecha, por la calle del Aumônier-Hilaire, que trepa el Coteau Vert. Los vi subir a pasos lentos: ponían tres manchas negras en el cabrilleo del asfalto. Doblé a la izquierda y entré en la multitud que desfilaba a la orilla del mar.

Era más heterogénea que a la mañana. Parecía como si todos esos hombres no hubieran tenido fuerzas para sostener la hermosa jerarquía social de la que tan orgullosos estaban antes del almuerzo. Los comerciantes y los funcionarios marchaban juntos; se dejaban codear y hasta empujar y desplazar por pequeños empleados de facha pobre. Las aristocracias, las «élites», los grupos profesionales se habían fundido en esa multitud tibia. Eran hombres casi solos que ya no representaban nada.

Un charco de luz en la lejanía era la bajamar. Algunos escollos a flor de agua horadaban con sus cabezas esa superficie de claridad. Sobre la arena yacían barcas pesqueras, no lejos de los pegajosos cubos de piedra arrojados en montón al pie de la escollera para protegerla de las olas, formando agujeros llenos de bichos. A la entrada del antepuerto, sobre el cielo blanqueado por el sol, recortaba su sombra una draga. Todas las tardes, hasta la medianoche, aúlla, gime y marcha a una velocidad de todos los demonios. Pero el domingo, los obreros pasean por tierra; sólo queda un guardián a bordo; la draga calla.

El sol era claro y diáfano: un vinito blanco. Su luz rozaba apenas los cuerpos, dándoles sombras, no relieves; los rostros y las manos eran manchas de oro pálido. Esos hombres con gabán parecían flotar dulcemente a unas pulgadas del suelo. De vez en cuando el viento empuja hacia nosotros sombras trémulas como agua; los rostros se apagaban un instante, se ponían gredosos.

Era domingo; encajonada entre los balaustres y las verjas de los chalets de recreo, la multitud se derramaba en olitas para perderse en mil arroyos detrás del gran hotel de la Compañía Transatlántica. ¡Cuántos niños! Niños en coche, en brazos, de la mano o caminando de a dos, de a tres, delante de sus padres, con gravedad fingida. Yo había visto todos esos rostros pocas horas antes, casi triunfantes, en la juventud de una mañana de domingo. Ahora, bañados de sol, sólo expresaban calma, aflojamiento, una especie de obstinación.

Pocos gestos; todavía algunos sombrerazos, pero sin amplitud, sin la alegría nerviosa de la mañana. Todos se dejaban ir un poco hacia atrás, con la cabeza levantada, mirando la lejanía, abandonados al viento que los empujaba hinchando sus abrigos. De vez en cuando una risa seca, pronto sofocada, el grito de una madre: Jeannot, Jeannot, ven. Y después, el silencio. Ligero olor a tabaco rubio: son los empleados que fuman *Salambó, Aícha,* cigarrillos del domingo. En algunos rostros más descuidados, creí leer un poco de tristeza; pero no, esas gentes no estaban ni tristes ni alegres: descansaban. Sus ojos muy abiertos y fijos, reflejaban pasivamente el mar y el cielo. Dentro de un rato, de regreso, beberían una taza de té en familia, en la mesa del comedor. Por el momento, querían vivir con el mínimo gasto, economizar gestos, palabras, pensamientos, hacer la plancha: tenían un solo día para borrar las arrugas, las patas de gallo, los pliegues amargos que deja el trabajo de la semana. Un solo día. Sentían que los minutos se les deslizaban entre los dedos; ¿tendrían tiempo de acumular bastante juventud para empezar de nuevo el lunes por la mañana? Respiraban a pleno pulmón porque el aire del mar vivifica; sólo su aliento, regular y profundo como el de las personas dormidas, demostraba que vivían. Yo andaba con tiento, no sabía qué hacer con mi cuerpo duro y fresco, en medio de esa multitud trágica en reposo.

El mar estaba ahora de color pizarra; subía lentamente. A la noche habría marea alta; esa noche la Jettée-Promenade estaría más desierta que el bulevar Noir. Hacia delante y a la izquierda una luz roja brillaría en el canal.

El sol descendía lentamente sobre el mar. Incendiaba al pasar la ventana de un chalet normando. Una mujer encandilada se llevó con aire cansado una mano a los ojos y agitó la cabeza.

—Gastón, me encandila —dijo ella con una sonrisa vacilante.

—Ah, es un hermoso sol —respondió el marido—; no calienta, pero sin embargo, da gusto.

Ella añade, volviéndose hacia el mar.

—Creí que podríamos verla.

—No hay ninguna posibilidad —dice el hombre—, está al sol.

Deberían de hablar de la isla Caillebotte, cuya punta meridional tendría que verse entre la draga y el muelle del antepuerto.

La luz se suaviza. En esa hora inestable, algo anunciaba la noche. El domingo había pasado ya. Las villas y la balaustrada gris parecían recuerdos muy cercanos. Los rostros iban perdiendo uno a uno su ocio; muchos se pusieron casi tiernos.

Una mujer encinta se apoyaba en un muchacho rubio de aspecto brutal.

—Allá, allá, mira —dijo ella.

—¿Qué?

—Allá, allá, las gaviotas.

El muchacho se encogió de hombros: no había gaviotas. El cielo estaba casi puro, un poco rosado en el horizonte.

—Las he oído. Escucha, gritan.

El hombre respondió:

—Es algo que ha rechinado.

Brilló un pico de gas. Creí que había pasado el farolero. Los niños lo acechan, pues él da la señal de regreso. Pero era un último reflejo del sol. El cielo estaba claro aún, pero la tierra se envolvía en penumbra. La multitud raleaba; se oía distintamente el estertor del mar. Una mujer joven, apoyada con las dos manos en la balaustrada, levantó hacia el cielo su cara azul, rayada de negro por la pintura de los labios. Me pregunté un instante si no iba yo a amar a los hombres. Pero, después de todo, era el domingo de ellos, no el mío.

La primera luz encendida fue la del faro Caillebotte; un muchachito se detuvo cerca de mí y murmuró con semblante extasiado:

—¡Oh, el faro!

Entonces sentí mi corazón colmado de un gran sentimiento de aventura.

Doblo a la izquierda, y por la calle des Voiliers llego al Pequeño Prado. Han bajado los cierres metálicos de los escaparates. La calle Tournebride está clara, pero desierta, ha perdido su breve gloria matinal; nada la distingue ya, a esta hora, de las calles vecinas. Se ha levantado un viento bastante fuerte. Oigo crujir el sombrero de lata del arzobispo.

Estoy solo, la mayoría de los paseantes han regresado a sus casas, leen el diario de la noche mientras escuchan la radio. El domingo declinante les ha dejado un gusto a ceniza, y piensan ya en el lunes. Pero para mí no hay ni lunes ni domingo; hay días que se empujan en desorden, y de pronto, relámpagos como éste.

Nada ha cambiado y sin embargo todo existe de otra manera. No puedo describirlo; es como la Náusea y sin embargo es precisamente lo contrario: al fin me sucede una aventura, y cuando me interrogo veo que *me sucede que yo soy yo y que estoy aquí; soy yo* quien hiende la noche; me siento feliz como un héroe de novela.

Algo va a producirse: en la sombra de la calle Basse-de-Vieille hay algo que me aguarda; allá, exactamente en el ángulo de esta calle tranquila, comenzará mi vida. Me veo avanzar, con un sentimiento de fatalidad. En la esquina de la calle hay una especie de mojón blanco. De lejos parecía todo negro, y a cada paso vira un poco más hacia el blanco. Ese cuerpo oscuro que se aclara poco a poco me hace una impresión extraordinaria: cuando esté completamente claro, completamente blanco, me detendré exactamente a su lado, y entonces comenzará la aventura. Ahora ese faro blanco que emerge de la sombra está tan cerca que casi tengo miedo; pienso un instante en volver sobre mis pasos. Pero no es posible romper el encantamiento. Avanzo, extiendo la mano, toco el mojón.

Ésta es la calle Basse-de-Vieille y la enorme masa de Sainte-Cécile, agazapada en la sombra, con sus vitrales relucientes. El sombrero de lata chirría. No sé si el mundo se ha concentrado de golpe o si yo establezco entre los sonidos y las formas una unidad tan fuerte; ni siquiera puedo concebir que nada de lo que me circunda sea distinto de lo que es.

Me detengo un instante, aguardo, siento latir mi corazón; escudriño con la mirada la plaza desierta. No veo nada. Se ha levantado un viento bastante fuerte. Me equivoqué, la calle Basse-de-Vieille era una posta: la *cosa* me espera en el fondo de la plaza Ducoton.

Tengo mucha prisa por reanudar el camino. Me parece que he tocado la cima de la dicha. Qué no hice en Marsella, en Shanghai, en Meknes, para conseguir un sentimiento tan pleno. Hoy ya no espero nada, vuelvo a mi casa, al final de un domingo vacío: la cosa está allá.

Echo a andar. El viento me trae el grito de una sirena. Estoy solo, pero camino como un ejército que irrumpiera en una ciudad. En este momento hay navíos resonantes de música en el mar; se encienden luces en todas las ciudades de Europa; nazis y comunistas se tirotean en las calles de Berlín; obreros sin trabajo callejean en Nueva York; mujeres delante del espejo, en habitaciones caldeadas, se ponen cosmético en las pestañas. Y yo estoy aquí, en esta calle desierta, y cada tiro que parte de una ventana de Neulölln, cada vómito de sangre de los heridos, cada ademán preciso y menudo de las mujeres que se engalanan, responde a cada uno de mis pasos, a cada latido de mi corazón.

Frente al pasaje Gillet ya no sé qué hacer. ¿Acaso no me aguardan en el fondo del pasaje? Pero también en la plaza Ducoton, al final de la calle Tournebride hay cierta cosa que me necesita para nacer. Estoy lleno de angustia: el menor gesto me compromete. No puedo adivinar qué quieren de mí. Sin embargo, es preciso escoger; sacrifico el pasaje Gillet, ignoraré para siempre lo que me reservaba.

La plaza Ducoton está vacía. ¿Me equivoqué? Me parece que no lo soportaría. Realmente, ¿no va a suceder nada? Me acerco a las luces del café Mably. Estoy desorientado, no sé si entraré; echo una ojeada a través de los grandes vidrios empañados.

La sala está abarrotada. El aire es azul por el humo de los cigarrillos y el vapor que desprenden las ropas húmedas. La cajera está en el mostrador. La conozco bien; es pelirroja como yo; tiene una enfermedad en el vientre. Se pudre dulcemente bajo las faldas, con una sonrisa melancólica, semejante al olor a violetas que exhalan a veces los cuerpos en descomposición. Un estremecimiento me recorre de la cabeza a los pies: ella..., ella es lo que me aguardaba. Estaba allí, irguiendo su busto inmóvil sobre el mostrador; sonreía. Desde el fondo de este café algo retrocede a los momentos dispersos del domingo y los suelda unos con otros, les da un sentido: he atravesado todo este día para rematar aquí, con la frente pegada a este cristal, para contemplar ese fino rostro que se abre sobre una cortina granate. Todo se ha detenido: ese gran vidrio, ese aire pesado, azul como agua, esa planta carnosa y blanca en el fondo del agua, y yo mismo, formamos un todo inmóvil y pleno; soy feliz.

Al volver al bulevar de la Rédoute, sólo me quedaba una amarga pena. Me decía: «Quizá no haya nada en el mundo que me interese tanto como este sentimiento de aventura. Pero viene cuando quiere; y se va rápido, me deja tan agotado. ¿Me hará estas breves visitas irónicas para demostrarme que he frustrado mi vida?».

Detrás de mí, en la ciudad, en las grandes calles desiertas, un formidable acontecimiento social agonizaba a la fría claridad de los faroles: era el fin del domingo.

Lunes

¿Cómo pude escribir ayer esta frase absurda y pomposa: «Estoy solo, pero camino como un ejército que irrumpiera en una ciudad»?

No necesito hacer frases. Escribo para poner en claro ciertas circunstancias. Desconfiar de la literatura. Hay que escribirlo todo al correr de la pluma, sin buscar las palabras.

En el fondo, lo que me disgusta es haber estado sublime anoche. Cuando tenía veintidós años, me emborrachaba y enseguida explicaba que yo era un tipo de la clase de Descartes. Sabía muy bien que me estaba inflando de heroísmos, pero me dejaba llevar, eso me gustaba. Al día siguiente, sentía tanto asco como si me hubiera despertado en una cama vomitada. No vomito cuando estoy borracho, pero sería preferible. Ayer ni siquiera tenía la excusa de la embriaguez. Me exalté como un imbécil. Necesito limpiarme con pensamientos abstractos, transparentes como agua.

Decididamente ese sentimiento de la aventura no procede de los acontecimientos: ya tenemos la prueba. Más bien es la manera de encadenarme los instantes. Creo que esto es lo que pasa: de pronto uno siente que el tiempo transcurre, que cada instante conduce a otro, éste a otro y así sucesivamente; que cada instante se aniquila, que no vale la pena intentar retenerlo, etcétera. Y entonces atribuimos esta propiedad a los acontecimientos que se presentan *en* los instantes; lo que pertenece a la forma lo referimos al contenido. En suma, se habla mucho del famoso transcurso del tiempo, pero nadie lo ve. Vemos una mujer, pensamos que será vieja, pero no la *vemos* envejecer ni nos sentimos envejecer con ella; es el sentimiento de la aventura.

Se llama así, si mal no recuerdo, a la irreversibilidad del tiempo. El sentimiento de la aventura sería, simplemente, el de la irreversibilidad del tiempo. Pero ¿por qué no lo tenemos siempre? ¿Acaso no será siempre irreversible el tiempo? Hay momentos en que uno tiene la impresión de que puede hacer lo que quiere, adelantarse o retroceder, que esto no tiene importancia; y otros en que se diría que las mallas se han apretado, y en estos casos se trata de no errar el golpe, porque sería imposible empezar de nuevo.

Anny hacía rendir el máximo al tiempo. En la época en que ella estaba en Djibuti y yo en Adén, cuando iba a verla por veinticuatro horas se ingeniaba para multiplicar los malentendidos entre nosotros, hasta que sólo quedaban exactamente sesenta minutos antes de mi partida: sesenta minutos, precisamente el tiempo necesario para sentir el transcurso de los segundos, uno por uno. Recuerdo una de aquellas veladas. Yo debía marcharme a medianoche. Habíamos ido al cine al aire libre; estábamos desesperados, Anny tanto como yo, sólo que ella dirigía el juego. A las once, al comienzo del filme principal, me tomó la mano y la estrechó entre las suyas sin decir una palabra. Me sentía invadido por una alegría acre, y comprendí sin necesidad de mirar el reloj que eran las once. A partir de ese momento apareció en la pantalla una imagen completamente blanca; la oscuridad se suavizó y vi que Anny lloraba. A medianoche me soltó la mano después de apretarla violentamente; me levanté y me fui sin decirle una sola palabra. Eso era trabajo bien hecho.

Las siete de la noche

Jornada de trabajo. No ha marchado del todo mal; he escrito seis páginas con cierto placer. Sobre todo porque eran consideraciones abstractas sobre el reinado de Pedro I. Después de la orgía de anoche, me quedé todo el día quieto. ¡No hubiera necesitado apelar a mi voluntad! Me sentía muy a mis anchas desmontando los resortes de la aristocracia rusa.

Sólo ese Rollebon me irrita. Se las da de misterioso en las cosas más íntimas. ¿Qué pudo hacer en Ucrania en el mes de agosto de 1804? Habla de su viaje en términos velados:

«La posteridad juzgará si mis esfuerzos, que el éxito no podía coronar, merecían un rechazo brutal y humillaciones que hube de soportar en silencio, cuando tenía en mi mano el medio de acallar y atemorizar a los que se burlaban».

Me dejé atrapar una vez; se mostraba lleno de pomposa reticencia con motivo de un breve viaje que había hecho a Bouville en 1790. Perdí un mes verificando sus hechos y movimientos. Al fin de cuentas, había dejado encinta a la hija de uno de sus arrendatarios. ¿No es simplemente un farsante?

Ese pequeño presumido tan mentiroso me irrita; tal vez sea despecho; me encanta que mintiera a los demás, pero hubiera querido que hiciese una excepción conmigo; creí que nos entenderíamos como lobos de la misma camada, prescindiendo de todos esos muertos, y que acabaría por decirme la verdad. No dijo nada, absolutamente nada; igual que a Alejandro o a Luis XVIII, a quien engañaba. Me importa mucho que Rollebon haya sido un tipo «bien». Bribón, sin duda; ¿quién no lo es? ¿Pero un bribón grande o chico? No estimo bastante las investigaciones históricas para perder el tiempo con un muerto cuya mano no me dignaría tocar si estuviera vivo. ¿Qué sé de él? No es posible vida más bella que la suya; ¿pero la tuvo? Si por lo menos sus cartas no fueran tan hinchadas... ¡Ah! Sería preciso haber conocido su mirada; quizá inclinara la cabeza sobre el hombro de un modo encantador, o levantara con aire astuto el largo dedo índice junto a la nariz, o bien, entre dos mentiras corteses, le acometiera a veces un breve arrebato de violencia sofocado enseguida. Pero ha muerto; quedan de él un *Tratado de estrategia* y *Reflexiones sobre la virtud.*

Si me dejara llevar, lo imaginaría muy bien; bajo su ironía brillante, que dejó tantas víctimas, es un simple, casi un ingenuo. Piensa poco, pero, por una especie de gracia profunda, hace en toda ocasión exactamente lo que debe. Su bellaquería es cándida, espontánea, muy generosa, tan sincera como su amor a la virtud. Y cuando ha traicionado a sus benefactores y amigos, encara los acontecimientos con gravedad, para sacar la moraleja. Nunca pensó que tuviera el menor derecho sobre los demás, ni los demás sobre él; considera injustificados y gratuitos los dones de la vida. Se ata fuertemente a todo, pero de todo se desprende con facilidad. Y nunca escribió sus cartas, sus obras; las hizo componer por el escribano público.

Sólo que, para llegar a esto, más bien tendría que escribir una novela sobre el marqués de Rollebon.

Las once de la noche

Cené en el *Rendez-vous des Cheminots.* Como estaba la patrona, tuve que hacerle el amor, pero fue por cortesía. Me desagrada un poco, es demasiado blanca y además huele a recién nacido. La patrona oprimía mi cabeza contra su pecho en un arrebato de pasión; cree que lo hace bien. En cuanto a mí, hurgaba en su sexo distraídamente bajo la colcha; luego se me entumeció el brazo. Pensaba en M. de Rollebon: después de todo, ¿qué me impide escribir una novela sobre su vida? Dejé caer mi brazo a lo largo del flanco de la patrona y de pronto vi un jardincito con árboles bajos y anchos de los que colgaban inmensas hojas cubiertas de pelos. Hormigas, ciempiés y polillas corrían por todas partes. Había animales más horribles aún; sus cuerpos eran una rebanada de pan tostado como el de los canapés de pollo; caminaban de costado con patas de cangrejo. Las hojas anchas estaban negras de bichos. Detrás de los cactos y las chumberas, la veleda del jardín señalaba su sexo con el dedo. «Este jardín huele a vómito», grité.

—No hubiera querido despertarlo —dijo la patrona—, pero tenía un pliegue de la sábana debajo de las nalgas; además debo bajar para atender a los clientes del tren de París.

Martes de Carnaval

Maurice Barrès recibió una buena azotaina. Éramos tres soldados y uno de nosotros tenía un agujero en medio de la cara. Maurice Barrès se acercó y nos dijo: «¡Está bien!» y entregó a cada uno un ramillete de violetas. «No sé dónde meterlo», dijo el soldado de la cabeza agujereada. Entonces Maurice Barrès dijo: «Debe ponérselo en medio del agujero que tiene usted en la cabeza». El soldado respondió: «Voy a metérselo en el culo». Y atrapamos a Maurice Barrès y le quitamos los pantalones. Debajo del pantalón tenía un hábito rojo. Levantamos el hábito y Maurice Barrès se puso a gritar: «Cuidado, llevo pantalones con polainas». Pero lo azotamos hasta hacerle sangre y en el trasero le dibujamos, con los pétalos de las violetas, la cabeza de Déroulède.

Recuerdo mis sueños con mucha frecuencia después de un tiempo. Además, he de moverme mucho mientras duermo, porque a la mañana encuentro toda la ropa en el suelo. Hoy es Martes de Carnaval, pero en Bouville esto no significa gran cosa; apenas hay en toda la ciudad unas cien personas para disfrazarse.

Cuando bajaba la escalera me llamó la patrona:

—Hay una carta para usted.

Una carta: la última que recibí era del director de la biblioteca de Rouen, el mes de mayo último. La patrona me lleva a su escritorio; me entrega un largo sobre amarillo e hinchado, carta de Anny. Hacía cinco años que no tenía noticias suyas. La carta ha ido a buscarme a mi antiguo domicilio de París; lleva sello del primero de febrero.

Salgo con el sobre entre los dedos; no me atrevo a abrirlo; Anny no ha cambiado el papel de cartas; me pregunto si siempre lo comprará en la pequeña librería de Picadilly. Pienso si habrá conservado también su peinado, aquel pesado cabello rubio que no quería cortarse. Ha de luchar pacientemente delante del espejo para salvar su rostro, no por coquetería ni por miedo a envejecer; quiere quedarse como es, exactamente como es. Acaso fuera lo que yo prefería en ella: esa fidelidad poderosa y severa al menor rasgo de su imagen.

Las letras firmes de la dirección, trazadas con tinta violeta (tampoco ha cambiado de tinta), todavía brillan un poco.

«Señor Antoine Roquentin.»

Cómo me gusta leer mi nombre en estos sobres. Entre brumas he encontrado una de sus sonrisas, he adivinado sus ojos, su cabeza inclinada; cuando estaba sentado, venía a plantarse sonriendo delante de mí. Me dominaba con todo el busto, me tomaba de los hombros y me sacudía con los brazos extendidos.

El sobre es pesado, debe de contener por lo menos seis hojas. Las patas de mosca de mi antigua portera cruzan la hermosa letra: «Hotel Printania-Bouville».

Estas letritas no brillan.

Cuando abro el sobre, mi desilusión me rejuvenece seis años: «No sé como se las arregla Anny para hinchar así los sobres; nunca hay nada dentro».

Esta frase la dije cien veces en la primavera de 1924, luchando, como hoy, para extraer del forro un pedazo del papel cuadriculado. El forro es esplendoroso: verde oscuro con estrellas de oro; parece una tela pesada y tiesa. El forro solo constituye las tres cuartas partes del peso del sobre.

Anny ha escrito con lápiz.

«Pasaré por París dentro de unos días. Ven a verme al Hotel d'Espagne el 20 de febrero. ¡Te lo ruego! (agregó "te lo ruego" encima de la línea, y lo unió al "verme" con una curiosa espiral). *Tengo* que verte. Anny».

En Meknes, en Tánger, a veces, cuando volvía por la noche, encontraba un billete sobre la cama: «Quiero verte enseguida». Corría, Anny me abría con cejas levantadas y expresión de asombro: ya no tenía nada que decirme; me reprochaba un poco que hubiera ido. Iré; tal vez se niegue a recibirme. O bien me dirán en el mostrador del hotel: «Nadie con ese nombre ha parado aquí». No creo que lo haga. Sólo que, dentro de ocho días, puede escribirme que ha cambiado de opinión, y que será para otra vez.

Las gentes están en su trabajo. Se anuncia un Martes de Carnaval bien aburrido. La calle des Mutilés huele fuertemente a madera húmeda, como siempre que va a llover. No me gustan estos días raros; los cines dan *matinées,* los niños de las escuelas tienen vacaciones; hay en las calles un vago airecito de fiesta que solicita incesantemente la atención y se desvanece no bien uno repara en él.

Sin duda veré de nuevo a Anny, pero no puedo decir que esta idea me haga precisamente feliz. Desde que recibí su carta, me siento desocupado. Por suerte es mediodía; no tengo hambre, pero comeré para pasar el rato. Entro en el restaurante *Camille,* en la calle des Horlogers.

Es un local bien cerrado; sirven chucrut o cazuela toda la noche. El público viene a cenar a la salida del teatro, los agentes de policía mandan a los viajeros que llegan de noche con hambre. Ocho mesas de mármol. Un asiento de cuero corre pegado a las paredes. Dos espejos comidos por manchas rojizas. Los vidrios de las dos ventanas y de la puerta son esmerilados. El mostrador está en el fondo. También hay un cuarto de costado. Pero nunca entré; es para las parejas.

—Deme una tortilla de jamón.

La criada, una mujer enorme de mejillas rojas, no puede evitar la risa cuando habla con un hombre.

—No tengo permiso. ¿Quiere usted una tortilla de patatas? El jamón está guardado, sólo el patrón puede cortarlo.

Pido una cazuela. El patrón se llama Camille y es un matón.

La criada se va. Estoy solo en este viejo recinto sombrío. En mi maleta hay una carta de Anny. Una falsa vergüenza me impide releerla. Trato de recordar las frases una por una.

«Querido Antoine.»

Sonrío; no, claro que no, Anny no ha escrito «querido Antoine».

Hace seis años —acabábamos de separarnos de común acuerdo— decidí marcharme a Tokio. Le escribí unas palabras. Ya no podía llamarla «amor mío»; comencé con toda inocencia: «Querida Anny».

«Admiro tu soltura —me respondió—; nunca he sido ni soy tu querida Anny. Y te ruego que creas que no eres mi querido Antoine. Si no sabes cómo llamarme, no me llames; será preferible».

Saco la carta de la maleta. No ha escrito «querido Antoine». Al pie de la carta tampoco hay una fórmula de cortesía. «Tengo que verte. Anny.» Nada que pueda darme seguridad. No puedo quejarme: reconozco en esto su amor a lo perfecto. Ella siempre quería realizar «momentos perfectos». Si el instante no se prestaba, todo le era indiferente; la vida desaparecía de sus ojos, se arrastraba perezosa como una muchacha en la edad ingrata. O si no, me buscaba pendencia:

—Te suenas como un burgués, solemnemente, y toses en el pañuelo con satisfacción.

Era preferible no responder, había que esperar; de improviso, a alguna señal imperceptible para mí, se sobresaltaba, endurecía sus hermosas facciones lánguidas y comenzaba su trabajo de hormiga. Tenía una magia imperiosa y encantadora; canturreaba entre dientes, mirando a todos lados, luego se erguía sonriente, venía a sacudirme por los hombros, y durante unos instantes parecía dar órdenes a los objetos que la rodeaban. Me explicaba, en voz baja y rápida, lo que esperaba de mí:

—Escucha, tú quieres hacer un esfuerzo ¿verdad? Has estado tan tonto la última vez. ¿Ves cómo podría ser bello este momento? Mira el cielo, mira el color del sol en la alfombra. Justamente me puse el vestido verde y no me pinté, estoy pálida. Retrocede, ve a sentarte a la sombra; ¿comprendes lo que tienes que hacer? ¡Bueno, vamos a ver! ¡Qué tonto eres! Háblame.

Yo sentía que el éxito de la empresa estaba en mis manos; el instante tenía un sentido oscuro que era preciso afinar y perfeccionar: había que hacer ciertos gestos, decir ciertas palabras; abrumado por el peso de mi responsabilidad, desencajaba los ojos y no veía nada; me debatía en medio de los ritos que Anny inventaba en el momento, y los desgarraba con mis grandes brazos como telas de araña. En esos momentos ella me odiaba.

Claro que iré a verla. La estimo y la quiero aún con toda el alma. Deseo que otro haya tenido más suerte y habilidad en el juego de los momentos perfectos.

—Tu endemoniado pelo lo echa todo a perder —decía—. ¿Qué puedes hacer con un pelirrojo?

Sonreía. Primero perdí el recuerdo de sus ojos, luego el de su largo cuerpo. Retuve lo más que pude su sonrisa, y hace tres años también la perdí. Hace un rato, bruscamente, cuando recibí la carta de manos de la patrona, volvió: creí ver a Anny sonriendo. Aún trato de recordarlo; esa ternura está ahí, muy cerca; lo único que pide es nacer. Pero la sonrisa no vuelve: se acabó. Permanezco vacío y seco.

Entra un hombre, friolento.

—Señoras, señores, buenas tardes.

Se sienta sin quitarse el abrigo verdoso. Frota las manos una contra otra, entrecruzando los dedos.

—¿Qué le sirvo?

El hombre se sobresalta, mira inquieto.

—¿Eh? Un «byrrch» con agua.

La criada no se mueve. En el espejo, su rostro parece dormido. En realidad, sus ojos están abiertos, pero son rendijas. Ella es así; no se apresura a servir a los clientes; siempre se demora un rato soñando con las órdenes recibidas. Ha de proporcionarle un pequeño placer imaginativo; creo que piensa en la botella que tomará del mostrador, de rótulo blanco con letras rojas, en el espeso jarabe negro que servirá; es en cierto modo como si ella bebiera.

Deslizo la carta de Anny en la maleta; me ha dado lo que podía; no consigo remontarme a la mujer que la ha tenido en sus manos, que la ha doblado e introducido en el sobre. ¿Es siquiera posible pensar en alguien metido en el pasado? Mientras nos amamos, no permitíamos que el más ínfimo de nuestros instantes, el más leve de nuestros pesares se desprendiera de nosotros y quedara rezagado. Nos lo llevábamos todo, y todo permanecía vivo: los sonidos, los olores, los matices del día, los mismos pensamientos que no nos habíamos dicho, no cesábamos de gozarlos y padecerlos. En el presente, ni un recuerdo; un amor implacable y tórrido, sin sombras, sin perspectivas, sin refugio. Tres años presentes a la vez. Por eso nos separamos; no teníamos fuerzas para soportar la carga. Y cuando Anny me dejó, los tres años se derrumbaron en el pasado, de un solo golpe, de una sola pieza. Ni siquiera sufrí; me sentía vacío. Después, el tiempo reanudó su curso y el vacío se agrandó. Y en Saigón, cuando decidí regresar a Francia, todo lo que aún restaba —rostros extraños, lugares, muelles a la orilla de largos ríos—, todo se aniquiló. Y ahora mi pasado es un enorme agujero. Mi presente: esa criada de blusa negra que sueña junto al mostrador, y ese hombrecito. Me parece haber aprendido en los libros todo lo que sé de mi vida. El palacio de Benarés, la terraza del Rey Leproso, los templos de Java con sus grandes escaleras derruidas, se han reflejado un instante en mis ojos, pero quedaron allá, sin moverse. El tranvía que pasa delante del hotel Printania no se lleva, de noche, en los vidrios, el reflejo del cartel de neón; se inflama un instante y se aleja con los cristales negros.

Ese hombre no deja de mirarme; me fastidia. Se da demasiada importancia para su talla. Por fin, la criada decide servirlo. Levanta perezosamente el gran brazo negro, alcanza la botella y se la lleva junto con un vaso.

—Aquí está, señor.

—Señor Achille —dice él con urbanidad.

La criada sirve sin responder, de pronto el hombre se saca el dedo de la nariz y apoya las dos manos abiertas en la mesa. Ha echado la cabeza hacia atrás y le brillan los ojos. Dice, con voz fría:

—Pobre mujer.

La criada se sobresalta y yo también me sobresalto; la expresión del hombre es indefinible, de asombro tal vez, como si fuera otro el que acaba de hablar. Los tres estamos incómodos.

La gorda criada es la primera en recobrarse: le falta imaginación. Mira de arriba abajo al señor Achille con dignidad; sabe que le bastaría una sola mano para arrancarlo del asiento y arrojarlo afuera.

—¿Y por qué voy a ser una pobre mujer?

Él vacila. La mira desconcertado y ríe. Su rostro se pliega en mil arrugas; hace movimientos ligeros con el puño:

—Le ha molestado. Uno dice pobre mujer, sin intención.

Pero ella le vuelve la espalda y se mete detrás del mostrador; está realmente ofendida. El hombre ríe todavía:

—¡Ja, ja! Se me escapó. ¿Está enojada? Está enojada —dice dirigiéndose vagamente a mí.

Desvío la cabeza. Él levanta un poco el vaso, pero no piensa en beber; entorna los ojos con aire sorprendido e intimidado; se diría que trata de recordar algo. La criada se ha sentado en la caja; toma una costura. Todo ha vuelto al silencio pero ya no es el mismo silencio. Ha empezado a llover; las gotas golpean ligeramente los vidrios esmerilados; si todavía quedan niños disfrazados en las calles, se les ablandarán y embadurnarán las máscaras de cartón.

La criada enciende las lámparas; apenas son las dos, pero el cielo está negro, ya no ve bastante para coser. Luz suave; las gentes están en sus casas, también habrán encendido la luz. Leen, miran el cielo por la ventana. Para ellos... es otra cosa. Han envejecido de otra manera. Viven en medio de legados, de regalos, y cada uno de sus muebles es un recuerdo. Relojitos, medallas, retratos, caracoles, pisapapeles, biombos, chales. Tienen armarios llenos de botellas, telas, trajes viejos, periódicos; lo han guardado todo. El pasado es un lujo de propietario.

¿Dónde habría de conservar yo el mío? Nadie se mete el pasado en el bolsillo; hay que tener una casa para acomodarlo. Mi cuerpo es lo único que poseo; un hombre solo, con su cuerpo, no puede detener los recuerdos; le pasan a través. No debería quejarme: sólo quise ser libre.

El hombrecito se agita y suspira. Se ha apelotonado en su abrigo, pero de vez en cuando se endereza y adopta un aire altanero. Él tampoco tiene pasado. Buscando bien, sin duda encontraríamos en casa de primos que ya no lo visitan una fotografía suya en una fiesta, con un cuello postizo, una camisa de plastrón y un bigote duro de muchacho. De mí creo que ni siquiera queda eso.

Todavía me mira. Esta vez me hablará; me siento rígido. No es simpatía lo que hay entre nosotros; somos parecidos, eso es todo. Está solo como yo, pero más hundido que yo en la soledad. Ha de esperar su Náusea o algo por el estilo. Entonces, ahora hay gente que me reconoce y piensa, después de mirarme: «Ése es de los nuestros». Bueno... ¿Qué quiere? Debe de saber bien que nada podemos el uno por el otro. Las familias están en sus casas, en medio de sus recuerdos. Y aquí nosotros, dos restos sin memoria. Si se levantara de golpe, si me dirigiera la palabra, yo daría un salto.

La puerta se abre con estrépito, es el doctor Rogé.

—Buenas tardes a todo el mundo.

Entra, hosco y receloso, vacilando un poco sobre sus largas piernas, que apenas soportan su torso. Lo veo a menudo los domingos en la cervecería Vézelise, pero él no me conoce. Tiene la estructura de los antiguos monitores de Joinville: brazos como muslos, ciento diez de contorno de pecho y, sin embargo, no se mantiene de pie.

—Jeanne, nena.

Corretea hasta la percha para colgar el gran sombrero de fieltro. La criada ha doblado su costura y va sin prisa, durmiendo, a quitar al doctor su impermeable.

—¿Qué toma usted, doctor?

Él mira gravemente. Eso es lo que yo llamo una hermosa cabeza de hombre. Gastada, agrietada por la vida y las pasiones. Pero el doctor ha comprendido la vida, ha dominado sus pasiones.

—No sé qué es lo que quiero —dice con voz profunda.

Se ha dejado caer en el asiento que está frente a mí; se enjuga la frente. No bien deja de estar sobre sus piernas, se siente cómodo. Sus ojos, grandes ojos negros e imperiosos, intimidan.

—Será..., será..., será, será un viejo *calvados,* hija mía.

Sin hacer un movimiento, la criada contempla la enorme cara surcada. Está pensativa. El hombrecito ha levantado la cabeza con una sonrisa de liberación. Y es cierto: este coloso nos ha liberado. Había aquí algo horrible a punto de atraparnos. Respiro con fuerza; ahora estamos entre hombres.

—Bueno, ¿viene o no ese *calvados*?

La criada se sobresalta y echa a andar. El doctor extiende sus brazos gordos, rodea la mesa. M. Achille está muy contento; quisiera llamar la atención del doctor. Pero es inútil que balancee las piernas y salte en el asiento; es tan menudo que no hace ruido.

La criada trae el *calvados.* Con un cabeceo señala al doctor su vecino. El doctor Rogé hace girar el busto con lentitud: no puede mover el cuello.

—Ah, ¿eres tú, vieja porquería? —grita—. ¿Todavía no te has muerto?

Se dirige a la criada:

—¿Y ustedes admiten eso?

Mira al hombrecito con sus ojos feroces. Una mirada directa, que pone las cosas en su sitio. Explica:

—Es un viejo chiflado, nada más.

Ni siquiera se toma el trabajo de demostrar que bromea. Sabe que el viejo chiflado no se enfadará, que va a sonreír. Y así es: el otro sonríe con humildad. Un viejo chiflado: se afloja, se siente protegido contra sí mismo; hoy no le sucederá nada. Lo mejor es que yo también me tranquilizo. Un viejo chiflado: entonces era eso, nada más que eso.

El doctor ríe, me lanza una ojeada insinuante y cómplice: seguramente a causa de mi talla —y además tengo la camisa limpia— quiere asociarme a su broma.

No me río, no respondo a sus avances; entonces, sin dejar de reír, prueba conmigo el fuego terrible de sus pupilas. Nos miramos en silencio durante unos segundos; me mira de arriba abajo haciéndose el miope, me clasifica. ¿En la categoría de los chiflados? ¿En la de los granujas?

Con todo, es él quien aparta la cabeza; no vale la pena mentar esta gallinería frente a un tipo solo, sin importancia social; se olvida enseguida. Lía un cigarrillo y lo enciende; después permanece inmóvil, con los ojos fijos y duros, como los viejos.

Hermosas arrugas; las tiene todas: las barras transversales de la frente, las patas de gallo, los pliegues amargos a cada lado de la boca, sin contar las cuerdas amarillas que le cuelgan debajo del mentón. Es un hombre de suerte; aunque uno lo vea de lejos, piensa que ha de haber sufrido, y que es una persona que ha vivido. Además, se merece su cara, porque no ha errado ni un instante la manera de retener y utilizar el pasado; simplemente, lo ha conservado, lo ha convertido en experiencia para uso de mujeres y jóvenes.

M. Achille es feliz como no lo era seguramente desde hacía mucho tiempo. Abre la boca admirado; bebe el «byrrch» a traguitos, inflando las mejillas. ¡Bueno! ¡El doctor ha sabido pescarlo! No iba a ser el doctor quien se dejara fascinar por un viejo chiflado a punto de sufrir una crisis; un buen insulto, unas palabras bruscas como latigazos, eso es lo que le hacía falta. El doctor tiene experiencia; los médicos, los sacerdotes, los magistrados y los oficiales conocen a los hombres como si los hubieran parido.

Me avergüenzo por M. Achille. Somos de la misma pandilla; deberíamos formar un bloque contra ellos. Pero me falló, se ha pasado al otro bando; cree honestamente en la Experiencia. No en la suya ni en la mía. En la del doctor Rogé. Hace un instante, M. Achille se sentía raro, tenía la impresión de estar completamente solo; ahora sabe que hay otros de su clase, muchos otros; el doctor Rogé los ha conocido, podría contar a M. Achille la historia de cada uno y decirle cómo terminaron. M. Achille es simplemente un caso posible de reducir con facilidad a unas cuantas nociones comunes.

Cómo me gustaría decirle que lo engañan, que está haciendo el juego a los importantes. ¿Profesionales de la experiencia? Han arrastrado su vida en el embotamiento y la soñera, se han casado precipitadamente, por impaciencia, y han tenido hijos al azar. Han visto a los demás hombres en los cafés, en las bodas, en los entierros. De vez en cuando, presos en un remolino, se han debatido sin comprender qué les sucedía. Todo lo que pasaba alrededor empezó y concluyó sin que lo vieran; largas formas oscuras, acontecimientos que venían de lejos los rozaron rápidamente, y cuando quisieron mirar, todo había terminado ya. Y a los cuarenta años bautizan sus pequeñas obstinaciones y algunos proverbios con el nombre de experiencia; comienzan a actuar como distribuidores automáticos: dos céntimos en la hendedura de la izquierda y salen anécdotas envueltas en papel plateado; dos céntimos en la hendedura de la derecha y se obtienen preciosos consejos que se pegan a los dientes como caramelos blandos. También yo, en este sentido, podría conseguir que la gente me invitara, y dirían que soy un gran viajero de lo Eterno. Sí: los musulmanes orinan agachados; las comadronas hindúes utilizan vidrio machacado en bosta de vaca a guisa de ergotina; en Borneo, cuando una mujer tiene sus reglas, se pasa tres días y tres noches en el techo de su casa. He visto en Venecia entierros en góndolas, en Sevilla las fiestas de la Semana Santa; he visto la Pasión en Oberammergau. Naturalmente, todo eso es una flaca muestra de mi saber; podría recostarme en una silla y comentar divertido:

—¿Conoce usted Jihlava, estimada señora? Es una curiosa y pequeña localidad de Moravia, donde residí en 1924...

Y el presidente del tribunal, que ha visto tantos casos, tomará la palabra al final de mi historia:

—Qué cierto, señor, qué humano es eso. He visto un caso semejante al principio de mi carrera, fue en 1902. Yo era juez suplente en Limoges...

Sólo que en mi juventud me hartaron con estas cosas. Sin embargo, yo no pertenecía a una familia de profesionales. Pero también hay aficionados. Son los secretarios, los empleados, los comerciantes, lo que escuchan a los demás en el café; al acercarse a los cuarenta se sienten henchidos de una experiencia que no pueden verter fuera. Afortunadamente han tenido hijos y los obligan a consumarla. Quisieran hacernos creer que su pasado no está perdido, que sus recuerdos se han condensado y convertido delicadamente en Sabiduría. ¡Cómodo pasado! Pasado de bolsillo, librito dorado lleno de bellas máximas. «Créame, le hablo por experiencia; todo lo que sé me lo ha enseñado la vida.» ¿Se habrá encargado la Vida de pensar en ellos? Explican lo nuevo por lo viejo, y lo viejo lo han explicado por acontecimientos más viejos todavía, como esos historiadores que hacen de Lenin un Robespierre ruso, y de Robespierre un Cromwell francés; al fin de cuentas nunca han comprendido absolutamente nada... Detrás de sus aires de importancia se adivina una pereza tristona; ven desfilar apariencias, bostezan, piensan que no hay nada nuevo bajo el sol. «Un viejo chiflado», y el doctor Rogé pensaba vagamente en otros viejos chiflados, sin recordar ninguno en particular. Ahora, nada de lo que haga M. Achille puede sorprendernos. ¡*Si es* un viejo chiflado!

No es un viejo chiflado: tiene miedo. ¿De qué tiene miedo? Cuando queremos comprender una cosa, nos situamos frente a ella. Solos, sin ayuda; de nada podría servir todo el pasado del mundo. Y después la cosa desaparece con ella.

Las ideas generales son algo más halagador. Y además, los profesionales y los mismos aficionados acaban siempre por tener razón. Su sabiduría recomienda hacer el menor ruido posible, vivir lo menos posible, y dejarse olvidar. Sus mejores historias son las de imprudentes y originales que han recibido castigo. Bueno, sí; así sucede y nadie dirá lo contrario. Acaso M. Achille no tenga la conciencia muy tranquila. Acaso se diga que no estaría como está si hubiese escuchado los consejos de su padre, de su hermana mayor. El doctor tiene derecho a hablar; no ha frustrado su vida; ha sabido hacerla útil. Domina, tranquilo y poderoso, esa pequeña ruina; es una roca. El doctor Rogé ha bebido el *calvados*. Su gran cuerpo se apoltrona y sus párpados caen pesadamente. Por primera vez veo su rostro sin ojos; parece una máscara de cartón, como las que se venden hoy en los comercios. Sus mejillas tienen un horrible color rosa... De improviso se me aparece la verdad: este hombre morirá pronto. Seguramente lo sabe; basta con que se haya mirado en un espejo; cada día se asemeja un poco más al cadáver que será. Esto es la experiencia de los hombres; por eso me dije tantas veces que huele a muerte: es su última defensa. El doctor quisiera creerlo, quisiera enmascarar la insostenible realidad: que está solo, sin conocimientos, sin pasado, con una inteligencia que se embota y un cuerpo en descomposición. Por eso ha construido, ha arreglado, ha acolchado bien su pequeño delirio de compensación: se dice que progresa: ¿Hay agujeros en los pensamientos, instantes en que en su cabeza todo gira en el vacío? Es que su juicio ya no tiene la precipitación de la juventud. ¿No comprende lo que lee en los libros? Es que está tan lejos de los libros, en la actualidad. ¿Ya no puede hacer el amor? Pero lo ha hecho. Haberlo hecho es mucho mejor que seguir haciéndolo: la perspectiva permite el juicio, la comparación, la reflexión. Y para poder soportar su vista en los espejos, ese horrible rostro de cadáver trata de creer que en él se han grabado las lecciones de la experiencia.

El doctor vuelve un poco la cabeza. Sus párpados se entreabren, me mira con ojos rosados de sueño. Le sonrío. Quisiera que esta sonrisa le revelara todo lo que intenta ocultarse. Despertaría si pudiera decirse: «¡Ése *sabe* que voy a reventar!». Pero sus párpados caen de nuevo; se duerme. Me voy; dejo a M. Achille para que vele su sueño.

La lluvia ha cesado, el aire es suave, por el cielo ruedan lentamente bellas imágenes negras; es más de lo que se necesita como marco de un momento perfecto, Anny provocaría en nuestros corazones pequeñas y oscuras mareas para reflejar esas imágenes. No sé aprovechar la ocasión; voy sin rumbo, vacío y tranquilo, bajo este cielo desperdiciado.

Miércoles

No hay que tener miedo.

Jueves

Escribí cuatro páginas. Después, largo momento de felicidad. No reflexionar demasiado en el valor de la Historia. Uno corre el riesgo de hastiarse con ella. No olvidar que M. de Rollebon representa, en la hora actual, la única justificación de mi existencia.

De hoy en ocho días veré a Anny.

Viernes

La niebla era tan densa en el bulevar de la Rédoute, que creí prudente caminar pegado a los muros del cuartel; a mi derecha, los faros de los autos arrojaban hacia delante una luz mojada; era imposible saber dónde concluía la acera. Había gente a mi alrededor; yo oía el ruido de sus pasos, por momentos el ligero zumbido de sus palabras; pero no veía a nadie. Una vez, a la altura de mi hombro se formó un rostro de mujer, pero la bruma se lo tragó enseguida; otra vez alguien me rozó respirando muy fuerte. No sabía adónde iba, estaba demasiado absorto; era preciso avanzar con precaución, tantear el suelo con la punta del pie y aun extender las manos hacia delante. No me agradaba nada este ejercicio. Sin embargo, no se me ocurría volver; estaba obsesionado. Por fin, al cabo de una media hora, vi a lo lejos un vapor azulado. Guiándome por él, pronto llegué a la orilla de un gran resplandor; en el centro, taladrando la bruma con sus luces, reconocí el café Mably.

El café Mably tiene doce lámparas eléctricas; pero sólo había dos encendidas, una sobre la caja, otra en el cielo raso. El único camarero me empujó a la fuerza hacia un rincón oscuro.

—Aquí no, señor; estoy limpiando.

Andaba de chaqueta, sin chaleco ni cuello postizo, con una camisa blanca de rayas violetas. Bostezaba, me miraba con aire malhumorado, pasándose los dedos por el pelo.

—Un café solo, con medias lunas.

Se frotó los ojos sin responder y se alejó. La sombra, una sucia sombra glacial, me llegaba hasta los ojos. Seguramente no funcionaba el radiador.

No estaba solo. Había una mujer de tez pálida sentada frente a mí, y sus manos se agitaban sin interrupción, ya para acariciar la blusa, ya para enderezarse el sombrero negro. La acompañaba un rubio alto que comía un bollo sin decir palabra. El silencio me pareció pesado. Tenía ganas de encender la pipa, pero me hubiera resultado desagradable llamarles la atención con el chasquido de la cerilla.

Un timbre de teléfono. Las manos se detuvieron; permanecieron pegadas a la blusa. El camarero no se daba prisa. Terminó tranquilamente de barrer antes de ir a descolgar el receptor.

—Hola, ¿el señor Georges? Buenos días, señor Georges... Sí, señor Georges... El patrón no está... Sí, debería haber bajado... Ah, con este tiempo brumoso... Generalmente baja a las ocho... Sí, señor Georges, le daré el encargo. Hasta luego, señor Georges.

La niebla gravitaba sobre los vidrios como una pesada cortina de terciopelo gris. Una cara se pegó un instante al cristal y desapareció.

La mujer dijo, quejumbrosa:

—Átame el zapato.

—No está desatado —respondió el hombre sin mirar. Ella se puso nerviosa. Sus manos corrían a lo largo de la blusa y el cuello como gruesas arañas.

—Sí, sí, átame el zapato.

Él se agachó con aire de fatiga y le tocó ligeramente el pie debajo de la mesa:

—Ya está.

La mujer sonrió satisfecha. El hombre llamó al camarero.

—Camarero, ¿cuánto es?

—¿Cuántos bollos? —preguntó.

Yo había bajado los ojos para que no vieran que los estaba mirando. Después de unos instantes oí crujidos y vi aparecer el ruedo de una falda y dos botines manchados de barro.

A continuación los del hombre, charolados y puntiagudos. Los botines se adelantaron hacia mí, se detuvieron y dieron media vuelta: el hombre estaba poniéndose el abrigo. En ese momento una mano comenzó a bajar a lo largo de la falda, en la punta de un brazo rígido; vaciló un poco arañando la tela.

—¿Estás lista? —dijo el hombre.

La mano se abrió y fue a tocar una ancha estrella de barro en el botín derecho; luego desapareció.

—¡Uf! —dijo el hombre.

Había recogido una maleta junto al perchero. Salieron; los vi hundirse en la niebla.

—Son artistas —me dijo el camarero, trayéndome el café—; son los que hicieron el número del entreacto en el cine Palace. La mujer se venda los ojos y lee el nombre y la edad de los espectadores. Hoy se van porque es viernes y el programa cambia.

Fue a buscar un plato de medias lunas de la mesa que acababan de dejar los artistas.

—No vale la pena.

No tenía ganas de comer esas medias lunas.

—Tengo que apagar la luz. Dos lámparas para un solo cliente a las nueve de la mañana: el patrón me regañaría.

La penumbra invadió el café. Una débil claridad embadurnada de gris y pardo caía ahora de los altos vidrios.

—Quisiera ver al señor Fasquelle.

No había visto entrar a la vieja. Una bocanada de aire helado me hizo estremecer.

—El señor Fasquelle no ha bajado todavía.

—Me manda la señora Florent —continuó la vieja—. No vendrá hoy.

Mme. Florent es la cajera, la pelirroja.

—Este tiempo —dijo— es malo para su vientre.

El camarero adoptó un aire importante.

—Es la niebla —repondió—; como el señor Fasquelle: me sorprende que no haya bajado. Lo llamaron por teléfono. Por lo general baja a las ocho.

Maquinalmente la vieja miró el cielo raso:

—¿Está arriba?

—Sí, ése es su cuarto.

La vieja dijo, con voz lenta, como si hablara consigo misma:

—Podría ser que estuviera muerto...

—¡Bueno! —el rostro del camarero expresó la más viva indignación—. ¡Bueno! Gracias.

Podría ser que estuviera muerto... Este pensamiento me había rozado. Es del tipo de ideas que a uno se le ocurren en tiempo brumoso.

La vieja partió. Debería haberla imitado; el local estaba frío y oscuro. La niebla se filtraba por debajo de la puerta, subiría lentamente y lo anegaría todo. En la biblioteca municipal hubiera encontrado luz y fuego.

Otro rostro vino a aplastarse contra el cristal; hacía muecas.

—Espera un poco —dijo el camarero colérico, y salió corriendo.

El rostro se borró, me quedé solo. Me reproché amargamente haber salido de mi cuarto. Ahora la niebla lo habría invadido; me daría miedo volver.

Detrás de la caja, en la sombra, algo crujió. Era en la escalera privada: ¿bajaba al fin el encargado? Pero no, no apareció nadie; los peldaños crujían solos. M. Fasquelle seguía durmiendo. ¿O estaba muerto sobre mi cabeza? Lo hallaron muerto en su casa, una mañana de niebla. Como subtítulo: En el café, los clientes no sospechaban...

¿Pero estaba aún en la cama? ¿No se habría caído arrastrando consigo las sábanas y golpeándose la cabeza en el piso?

Yo conocía muy bien a M. Fasquelle; muchas veces se había interesado por mi salud. Es un gordo alegre, de barba cuidada; si ha muerto, será de un ataque. Estará de color berenjena, con la lengua fuera de la boca. La barba al aire, el cuello violeta bajo el pelo ensortijado.

La escalera privada se perdía en la oscuridad. Apenas lograba distinguir la perilla del pasamanos. Habría que cruzar esa sombra. La escalera crujiría. Arriba, la puerta del cuarto.

El cuerpo estaba allí, sobre mi cabeza. Yo haría girar el interruptor, tocaría la piel tibia para ver. No puedo más, me levanto. Si el camarero me sorprende en la escalera, le diré que oí ruido.

El camarero regresó bruscamente, sofocado.

—¡Eh, señor! —gritó.

¡Imbécil! Se me acercó.

—Son dos francos.

—Oí ruido allá arriba —le dije.

—¡No es tan temprano!

—Sí, pero no me parece nada bueno; eran como estertores y después hubo un ruido sordo.

En aquella sala oscura, con la niebla detrás de los vidrios, esto sonaba muy natural. No olvidaré los ojos que puso.

—Usted debería subir a ver —agregué, pérfidamente.

—¡Ah, no! —dijo; y después—: Tengo miedo de que me pesque. ¿Qué hora es?

—Las diez.

—Iré a las diez y media, si no ha bajado.

Di un paso hacia la puerta.

—¿Se va usted? ¿No se queda?

—No.

—¿Era un estertor de verdad?

—No sé —le dije al salir—, tal vez fuera que estaba pensando en eso.

La niebla se había despejado un poco. Me dirigí a prisa hacia la calle Tournebride; necesitaba sus luces. Fue una decepción; luz, sí, había; chorreaba por los escaparates de los comercios. Pero no era luz alegre, sino completamente blanca, a causa de la niebla, y caía sobre los hombros como una ducha.

Mucha gente, sobre todo mujeres: criadas, asistentas, también patronas, de las que dicen: «Compro yo misma; es más seguro». Husmeaban un poco los escaparates y al fin decidían entrar.

Me detuve delante de la salchichería Julien. De vez en cuando, a través del cristal venía una mano que señalaba las patas trufadas y las salchichas. Entonces una mujer gorda y rubia se inclinaba, ofreciendo el pecho, y cogía el pedazo de carne muerta entre sus dedos. En su cuarto, a cinco minutos de allí, M. Fasquelle estaba muerto.

Busqué a mi alrededor un apoyo sólido, una defensa contra mis pensamientos. No la había; poco a poco se desgarraba la niebla, pero algo inquietante seguía arrastrándose en la calle. Quizá no una verdadera amenaza: algo borrado, transparente. Pero eso era justamente lo que acababa por atemorizar. Apoyé la frente en el escaparate. Sobre la mayonesa de un huevo a la rusa advertí una gota de un rojo oscuro: era sangre. El rojo sobre el amarillo me revolvía el estómago.

Bruscamente tuve una visión: alguien había caído con la cara hacia delante, y sangraba en los platos. El huevo había rodado en la sangre; la rodaja de tomate que lo coronaba se había despegado aplastándose, rojo sobre rojo. La mayonesa un poco derretida formaba un charco de crema amarilla que dividía en dos brazos el arroyito de sangre.

«Es demasiado estúpido, tengo que recobrarme. Iré a trabajar a la biblioteca.»

¿Trabajar? Sabía que no iba a escribir una línea. Otro día perdido. Al cruzar el jardín público vi, en el banco donde por lo general me siento, una gran capa azul inmóvil. Uno que no tiene frío.

Cuando entré en la sala de lectura, el Autodidacto estaba por salir. Se me abalanzó:

—Debo darle las gracias, señor. Sus fotografías me han hecho pasar horas inolvidables.

Al verlo concebí una momentánea esperanza; entre dos quizás fuera más fácil atravesar esta jornada. Pero con el Autodidacto ser dos nunca es más que una apariencia.

Golpeó un volumen en cuarto. Era una historia de las religiones.

—Señor, nadie más indicado que Nouçapié para intentar esta vasta síntesis, ¿no es cierto?

Parecía cansado y le temblaban las manos.

—Tiene usted mala cara —le dije.

—¡Ah, señor, ya lo creo! Me sucede algo abominable.

El guardián se nos acercaba; es un corso bajito y rabioso, con bigotes de tambor mayor. Se pasea horas enteras entre las mesas, taconeando. En invierno escupe en el pañuelo y después lo pone a secar en la estufa.

El Autodidacto se aproximó hasta echarme el aliento en la cara:

—No le diré nada delante de ese hombre —me dijo con aire confidencial—. Si usted quisiera, señor...

—¿Qué?

Enrojeció y sus caderas ondularon graciosamente.

—¡Señor, ah, señor! Bueno, ahí va: ¿me haría usted el honor de almorzar conmigo el miércoles?

—Con mucho gusto.

Tenía tantas ganas de almorzar con él como de ahorcarme.

—Qué honor me hace —dijo el Autodidacto. Agregó rápidamente—: Iré a buscarlo a su casa, si usted quiere —y desapareció, sin duda por temor de que yo mudara de opinión si me daba tiempo.

Eran las once y media. Trabajé hasta las dos menos cuarto. Mal trabajo: tenía un libro bajo los ojos, pero mi pensamiento volvía sin cesar al café Mably. ¿Habría bajado ya M. Fasquelle? En el fondo no creía demasiado en su muerte y precisamente eso me irritaba; era una idea flotante, no podía ni persuadirme ni desprenderme de ella. Los zapatos del corso crujían en el piso. Varias veces vino a plantarse delante de mí como si quisiera hablarme. Pero cambiaba de idea y se alejaba.

A eso de la una los lectores salieron. Yo no tenía hambre; sobre todo, no quería marcharme. Trabajé un momento más y de pronto me sobresalté: me sentía amortajado en el silencio.

Alcé la cabeza: estaba solo. El corso debía de haber bajado a ver a su mujer, que es portera de la biblioteca; yo deseaba el ruido de sus pasos. Oí exactamente una leve caída del carbón en la estufa. La niebla había invadido el recinto, no la verdadera niebla disipada hacía rato; la otra, esa que colmaba aún las calles, que salía de las paredes, del pavimento. Una especie de inconsistencia de las cosas. Los libros seguían allí, naturalmente, acomodados por orden alfabético en los anaqueles, con sus lomos negros o castaños y sus rótulos U.P. – l.f.17996 (Uso Público – Literatura francesa), o U.P. – c.n. (Uso Público – Ciencias naturales). Pero... ¿cómo decirlo? Por lo general poderosos y rechonchos, con la estufa, las lámparas verdes, las grandes ventanas, las escaleras de mano, ponen diques al porvenir. Mientras uno permanezca entre estas paredes, lo que suceda ha de suceder a la derecha o a la izquierda de la estufa. Aunque el mismo San Dionisio entrara trayendo su cabeza en las manos, tendría que entrar por la derecha, marcharía entre dos anaqueles dedicados a la literatura francesa y la mesa reservada a las lectoras. Y si no tocara tierra, si flotara a veinte centímetros del suelo, su cuello ensangrentado estaría exactamente a la altura del tercer anaquel de libros. De modo que esos objetos sirven por lo menos para fijar los límites de lo verosímil.

Bueno, hoy ya no fijaban absolutamente nada; era como si su existencia misma fuera dudosa, como si les costara el mayor esfuerzo pasar de un instante a otro. Apreté fuertemente en mis manos el volumen que leía; pero las sensaciones más violentas estaban embotadas. Nada parecía verdadero, me sentía rodeado por una decoración de papel que podía sufrir un brusco trasplante. El mundo aguardaba, reteniendo el aliento, haciéndose pequeño; aguardaba su crisis, su Náusea, como M. Achille el otro día.

Me levanté. Ya no podía estarme quieto en medio de esas cosas debilitadas. Iba a echar una ojeada por la ventana al cráneo de Impétraz. *Todo* puede producirse, *todo* puede suceder. Evidentemente no la clase de horror que los hombres han inventado; Impétraz no se pondría a bailar en su pedestal; sería otra cosa.

Miré con espanto esos seres inestables que quizá dentro de una hora, de un minuto se desplomarían; bueno, sí; yo estaba allí, vivía en medio de esos libros llenos de conocimientos: unos describían las formas inmutables de las especies animales, otros explicaban que la cantidad de energía se conserva íntegra en el universo; yo estaba allí, de pie delante de una ventana cuyos vidrios tenían un índice de refracción determinado. ¡Pero qué barreras débiles! Supongo que es por pereza que el mundo se asemeja de un día a otro. Parecía como si hoy quisiera cambiar. Y entonces, *todo, todo* podía suceder.

No tengo tiempo que perder: en el origen de este malestar se encuentra el asunto del café Mably. Es preciso que vuelva allí, que vea a M. Fasquelle con vida y le toque, si es necesario, la barba, las manos. Entonces tal vez me libere.

Tomé el abrigo apresuradamente y me lo eché por los hombros, sin ponérmelo; escapé. Al cruzar el jardín público, encontré en el mismo sitio al hombre de la capa; tenía una enorme cara pálida entre dos orejas escarlatas de frío.

El café Mably centelleaba de lejos; esta vez debían de estar encendidas las doce lámparas. Apreté el paso; era necesario terminar. Eché primero una mirada por la gran vidriera; la sala estaba desierta. No se veía a la cajera, tampoco al camarero ni a M. Fasquelle.

Tuve que hacer un gran esfuerzo para entrar; no me senté. Grité:

—¡Camarero!

Nadie respondió. Una taza vacía en una mesa. Un terrón de azúcar en el platillo.

—¿No hay nadie?

Un abrigo colgaba de la percha. Sobre un velador se apilaban revistas en carpetas negras. Aceché el menor ruido conteniendo la respiración. La escalera privada crujió ligeramente. Afuera, la sirena de un barco. Salí retrocediendo, sin quitar los ojos de la escalera.

Lo sé: a las dos de la tarde los clientes son escasos. M. Fasquelle tenía gripe; seguramente había enviado al camarero por unas diligencias, en busca de un médico, quizá. Sí, pero yo *necesitaba* ver a M. Fasquelle. A la entrada de la calle Tournebride me volví; contemplé con desagrado el café resplandeciente y desierto. Las persianas del primer piso estaban cerradas.

Un verdadero pánico se apoderó de mí. Ya no sabía adónde iba. Corría a lo largo de las dársenas, di vueltas por las calles desiertas del barrio Beauvoisis; las casas me miraban huir con sus ojos melancólicos. Me repetía angustiado: ¿adónde ir?, ¿adónde ir? *Todo* puede suceder. De vez en cuando, con el corazón palpitante, daba una brusca media vuelta: ¿qué ocurría a mis espaldas? Quizá eso comenzara detrás de mí, y cuando me volviera, de pronto, sería demasiado tarde. Mientras pudiera ver los objetos, no se produciría nada: miraba todo lo posible el pavimento, las casas, los picos de gas; mis ojos pasaban rápidamente de unos a otros para sorprenderlos y detenerlos en medio de sus metamorfosis. No parecían demasiado naturales, pero yo me decía con fuerza: es un pico de gas, es una fuente, y trataba de reducirlos a su aspecto cotidiano mediante el poder de mi mirada. Varias veces encontré bares en el camino: el *Café des Brentons,* el *Bar de la Marne.* Me detenía, vacilaba delante de sus cortinas de tul rosado; quizá esos locales bien cerrados habían sido perdonados, quizá encerraban aún una parcela aislada, olvidada, del mundo de ayer. Pero era preciso empujar la puerta, entrar. No me atrevía; reanudaba la marcha. Las puertas de las casas, sobre todo, me daban miedo. Temí que se abrieran solas. Terminé caminando por el centro de la calzada.

Desemboqué bruscamente en el muelle de los diques del norte. Barcas pesqueras, pequeños yates. Apoyé el pie en una argolla empotrada en la piedra. Allí, lejos de las casas, lejos de las puertas, conocería un instante de reposo. En el agua tranquila y salpicada de granos negros, flotaba un corcho.

«¿Y *debajo* del agua? ¿No has pensado en lo que puede haber *debajo* del agua?»

¿Un animal? ¿Un gran carapacho medio hundido en el fango? Doce pares de patas surcan el limo lentamente. El animal se incorpora un poco de vez en cuando. En el fondo del agua. Me acerqué, espiando un remolino, una débil ondulación. El corcho seguía inmóvil entre los granos negros.

En ese momento oí voces. Era tiempo. Giré sobre mí mismo y proseguí la carrera.

Alcancé a los dos hombres que hablaban en la calle de Castiglione. Al ruido de mis pasos se estremecieron violentamente y se volvieron juntos. Vi que sus ojos inquietos se clavaban en mí, y después detrás de mí para ver si no venía otra cosa. ¿Entonces eran como yo, tenían miedo? Cuando los dejé atrás, nos miramos: casi nos dirigimos la palabra. Pero de improviso las miradas expresaron desconfianza; en un día como éste no se habla con cualquiera.

Me encontré en la calle Boulibert, sin aliento. Bueno; la suerte estaba echada: regresaría a la biblioteca, tomaría una novela, trataría de leer. Mientras costeaba la verja del jardín público, vi al hombre de la capa. Seguía allí, en el jardín desierto, la nariz se le había puesto tan roja como las orejas.

Iba a empujar la puerta, pero la expresión de su rostro me detuvo: arrugaba los ojos y reía a medias, con aire estúpido y dulzón. Pero al mismo tiempo miraba fijamente hacia delante algo que yo no podía ver, con una mirada tan dura e intensa que me volví bruscamente.

Frente a él, con un pie en el aire y la boca entreabierta, una chiquilla de unos diez años, fascinada, lo miraba, tironeando nerviosamente de su pañoleta, y adelantando su rostro puntiagudo.

El tipo sonreía para sí como quien va a hacer una buena broma. De golpe se levantó con las manos en los bolsillos de la capa que le llegaba hasta los pies. Dio dos pasos y puso los ojos en blanco. Creía que se caería. Pero continuaba sonriendo con aire somnoliento.

De pronto comprendí: ¡la capa! Hubiera querido impedirlo. Me habría bastado con toser o empujar la puerta. Pero también me fascinaba el rostro de la chiquilla. Tenía las facciones tensas de miedo, el corazón debía de latirle horriblemente; sólo que, además, yo leía en ese hocico de rata algo poderoso y maligno. No curiosidad, sino más bien una especie de segura espera. Me sentía impotente; yo estaba fuera, al borde del jardín, al borde del pequeño drama; pero a ellos los unía la oscura potencia de sus deseos; formaban una pareja. Contuve la respiración, quería ver qué se pintaría en esa cara de revieja cuando el hombre, a mis espaldas, apartara los paños de la capa.

Pero de pronto la niña, liberada, sacudió la cabeza y echó a correr. El tipo de la capa me había visto; fue lo que le detuvo. Permaneció un segundo inmóvil en medio de la avenida, y echó a andar encorvando la espalda. La capa le golpeaba las pantorrillas.

Empujé la puerta y lo alcancé de un salto.

—¡Eh, usted! —grité.

El hombre se echó a temblar.

—Una gran amenaza se cierne sobre la ciudad —le dije cortésmente al pasar.

Entré en la sala de lectura y cogí de una mesa *La Chartreuse de Parme*. Trataba de absorberme en la lectura, de encontrar un refugio en la clara Italia de Stendhal. Lo conseguía por momentos, en breves alucinaciones, para recaer en el día amenazador, frente a un viejecito que se aclaraba la garganta, y un muchacho soñador, repantingado en la silla.

Pasaban las horas, los vidrios se habían puesto negros. Éramos cuatro, sin contar el corso que sellaba en su escritorio las últimas adquisiciones de la biblioteca. Estaban el viejecito, el muchacho rubio, una joven que prepara su licenciatura, y yo. De vez en cuando uno de nosotros alzaba la cabeza, echaba una mirada rápida y desconfiada a los otros tres, como si tuviera miedo. En cierto momento el viejecito se echó a reír; vi que la joven se estremecía de pies a cabeza. Pero yo había descifrado el título del libro que leía el viejo: era una novela divertida.

Las siete menos diez. Pensé bruscamente que la biblioteca cerraba a las siete. Otra vez me vería arrojado a la ciudad. ¿Adónde iba a ir? ¿Qué haría?

El viejo había terminado la novela. Pero no se marchaba. Daba en la mesa golpes secos y regulares con el dedo.

—Señores —dijo el corso—, va a ser hora de cerrar.

El muchacho se sobresaltó y me echó una breve ojeada. La joven miraba al corso, luego retomó el libro y pareció sumergirse en la lectura.

—Hora de cerrar —dijo el corso cinco minutos más tarde.

El viejo meneó la cabeza con aire indeciso. La joven dejó a un lado el libro, pero sin levantarse.

El corso no salía de su asombro. Dio unos pasos vacilantes e hizo girar un interruptor. En las mesas de lectura las lámparas se apagaron. Sólo la ampolla central permanecía encendida.

—¿Hay que marcharse? —preguntó despacio el viejo.

Con lentitud, con pesar, el joven se levantó. Aquello fue jugar a quién tardaría más en ponerse el abrigo. Cuando salí, la mujer seguía sentada, con una mano abierta apoyada en el libro.

Abajo, la puerta de entrada se abría a la noche. El muchacho, que iba delante, se volvió, bajó lentamente la escalera, cruzó el vestíbulo; en el umbral se detuvo un instante, se lanzó hacia la noche y desapareció.

Al llegar al pie de la escalera, alcé la cabeza. Al cabo de un momento, el viejecito abandonó la sala de lectura, abrochándose el abrigo. Cuando hubo bajado los tres primeros peldaños, tomé impulso y me zambullí cerrando los ojos.

Sentí en el rostro una ligera caricia fresca. A lo lejos, alguien silbaba. Levanté los párpados: llovía. Una lluvia suave y tranquila. La plaza estaba apaciblemente iluminada por los cuatro faroles. Una plaza de provincia bajo la lluvia. El joven se alejaba a grandes trancos; era él quien silbaba; tuve ganas de gritar a los otros dos, ignorantes aún, que podían salir sin temor, que había pasado la amenaza.

El viejecito apareció en el umbral. Se rascó la mejilla con aire turbado, sonrió ampliamente y abrió el paraguas.

Sábado por la mañana

Un sol encantador, con una niebla ligera que promete buen tiempo para todo el día. Tomé el desayuno en el café Mably.

Mme. Florent, la cajera, me dedica una graciosa sonrisa. Grito desde mi mesa:

—¿El señor Fasquelle está enfermo?

—Sí, señor; una fuerte gripe; tiene para unos cuantos días de cama. Su hija llegó esta mañana de Dunkerque. Se ha instalado aquí para cuidarlo.

Por primera vez desde que recibí la carta, estoy francamente contento de ver a Anny. ¿Qué ha hecho en estos seis años? ¿Estaremos incómodos cuando nos veamos? Anny ignora la incomodidad. Me recibirá como si la hubiese dejado ayer. Con tal de que no me porte como un animal y no la prevenga en mi contra desde el principio. Recordar que no he de tenderle la mano; lo detesta.

¿Cuántos días pasaremos juntos? Quizá la traiga a Bouville. Bastaría que viviera aquí unas horas, que durmiera una noche en el hotel Printania. Después no sería lo mismo; ya no podría tener miedo.

Por la tarde

El año pasado, cuando hice mi primera visita al Museo de Bouville, me sorprendió el retrato de Olivier Blévigne. ¿Falta de proporciones, de perspectiva? No hubiera sabido decirlo, pero algo me molestaba; el diputado no parecía seguro en la tela.

Después volví varias veces. Pero mi incomodidad persistía. No quise admitir que Bordurin, premio de Roma y seis veces condecorado, hubiera cometido un error en el dibujo.

Pero esta tarde, hojeando una vieja colección del *Satirique Bouvillois,* publicación de chantaje cuyo propietario fue acusado de alta traición durante la guerra, sospeché la verdad. Enseguida salí de la biblioteca y fui a dar una vuelta por el Museo.

Crucé rápidamente la penumbra del vestíbulo. En las baldosas blancas y negras, mis pasos no hacían ruido alguno. A mi alrededor, todo un pueblo de yeso retorcía sus brazos. Entreví, al pasar delante de dos grandes puertas, vasos resquebrajados, platos, un sátiro azul y amarillo sobre un zócalo. Era la sala Bernard Palissy, dedicada a la cerámica y a las artes menores. Pero la cerámica no me divierte. Un señor y una señora de luto contemplaban respetuosamente los objetos de barro cocido.

Sobre la entrada del gran salón —o salón Bordurin-Renaudas— habían colgado, sin duda desde hacía poco, una tela grande desconocida para mí. Estaba firmada por Richard Séverand y se llamaba *La muerte del célibe*. Era una donación del Estado.

Desnudo hasta la cintura, el torso un poco verde, como corresponde a los muertos, el célibe yacía en una cama deshecha. Las sábanas y colchas en desorden probaban una larga agonía. Sonreí pensando en M. Fasquelle. Él no estaba solo; lo cuidaba su hija. En la tela, el ama de llaves, de facciones marcadas por el vicio, había abierto ya el cajón de la cómoda y contaba unos escudos. Por una puerta abierta se veía, en la penumbra, un hombre de gorra aguardando con un cigarrillo pegado al labio inferior. Cerca de la pared, un gato indiferente bebía leche a lengüetazos.

Ese hombre había vivido para sí. Como castigo severo y merecido, nadie había ido a cerrarle los ojos en su lecho de muerte. El cuadro me hacía una última advertencia; aún era tiempo, podía volver sobre mis pasos. Pero si seguía adelante, que supiera esto: en el gran salón donde iba a entrar había más de ciento cincuenta retratos colgados en las paredes; exceptuando algunos jóvenes arrebatados demasiado pronto a sus familias, y la madre superiora de un orfanato, ninguno de los allí representados había muerto célibe, ninguno había muerto sin hijos ni intestado, ninguno sin los últimos sacramentos. En regla, ese día como todos los otros, con Dios y con el mundo, esos hombres habían pasado dulcemente a la muerte, para reclamar la parte de vida eterna a la cual tenían derecho.

Pues habían tenido derecho a todo: a la vida, al trabajo, a la riqueza, al mando, al respeto y, para terminar, a la inmortalidad.

Me recogí un instante y entré. El guardián dormía junto a una ventana. Una luz rubia que caía de los vidrios, manchaba los cuadros. Nada viviente había en esa gran sala rectangular, salvo un gato que escapó asustado cuando entré. Pero sentí la mirada de ciento cincuenta pares de ojos.

Todos los que formaron parte de la «élite» bouvillesa entre 1875 y 1910 están allí, hombres y mujeres, pintados con escrúpulo por Renaudas y Bordurin.

Los hombres construyeron Sainte-Cécile-de-la-Mer. Fundaron en 1882 la Federación de Armadores y Comerciantes de Bouville «para agrupar en un haz poderoso a todas las buenas voluntades; para cooperar en la obra de recuperación nacional, y mantener en jaque a los partidos del desorden...». Ellos hicieron de Bouville el puerto comercial francés mejor equipado para descarga de carbón y madera. Dieron toda la amplitud deseable a la estación marítima, y por medio de perseverantes dragados, llevaron a 10,70m la profundidad del agua con marea baja. En veinte años el tonelaje de los barcos de pesca, que era de 5.000 toneladas en 1869, se elevó, gracias a ellos, a 18.000. Sin retroceder ante ningún sacrificio para facilitar la ascensión de los mejores representantes de la clase trabajadora, crearon, por propia iniciativa, diversos centros de enseñanza técnica y profesional que prosperaron bajo su alta protección. Rompieron la famosa huelga de las dársenas en 1898, y dieron sus hijos a la patria en 1914.

Las mujeres, dignas compañeras de esos luchadores, fundaron la mayoría de los patronatos, casas cuna, talleres de caridad. Pero fueron, ante todo, esposas y madres. Educaron hermosos niños, les enseñaron sus deberes y derechos, la religión y las tradiciones de Francia.

El tinte general de los retratos tiraba al castaño oscuro. Los colores vivos habían sido proscritos por razones de decencia. Sin embargo, en los retratos de Renaudas, que pintaba con preferencia a los ancianos, la nieve del pelo y las patillas resaltaba sobre el fondo negro; Renaudas sobresalía en el tratamiento de las manos. En Bordurin, de técnica inferior, las manos eran en cierto modo sacrificadas, pero los cuellos postizos brillaban como mármol.

Hacía mucho calor y el guardián roncaba suavemente. Eché una ojeada circular a las paredes; vi manos y ojos; aquí y allá una mancha de luz comía un rostro. Al encaminarme hacia el retrato de Olivier Blévigne, algo me retuvo: apoyado en la barandilla, el comerciante Pacôme dejaba caer sobre mí una clara mirada.

Estaba de pie, con la cabeza ligeramente echada hacia atrás; tenía en una mano, junto al pantalón gris perla, un sombrero de copa y guantes. No pude evitar cierta admiración, no vi en él nada mediocre, nada que diera motivo a la crítica: pies pequeños, manos finas, anchos hombros de luchador, elegancia discreta, con una pizca de fantasía. Ofrecía cortésmente a los visitantes la nitidez sin arrugas de su rostro; hasta flotaba en sus labios la sombra de una sonrisa. Pero sus ojos grises no sonreían. Podía tener cincuenta años; estaba joven y fresco como a los treinta. Era guapo.

Renuncié a pillarlo en falta. Pero él no me soltó. Leí en sus ojos un juicio tranquilo e implacable.

Comprendí entonces todo lo que nos separaba: lo que yo podía pensar de él no lo alcanzaba, era exactamente psicología como la de las novelas. Pero su juicio me traspasaba como una espada y ponía en duda hasta mi derecho a existir. Había aparecido por casualidad, existía como una piedra, como una planta, como un microbio. Mi vida crecía a la buena de Dios, y en todas direcciones. Unas veces me enviaba vagas señales; otras sólo sentía un zumbido sin consecuencias.

Pero con este hermoso hombre sin defectos, muerto hoy, con Jean Pacôme, hijo del Pacôme de la Defensa Nacional, la cosa era muy distinta: los latidos de su corazón y los rumores sordos de sus órganos le llegaban en forma de pequeños derechos instantáneos y puros. Durante sesenta años, sin desfallecimientos, había hecho uso del derecho a vivir. ¡Qué magníficos ojos grises! Jamás había pasado por ellos la sombra de una duda. Además, Pacôme no se había equivocado nunca.

Siempre cumplió con su deber, con todos sus deberes. De hijo, de esposo, de padre, de jefe. También reclamó sin debilidad sus derechos: niño, el derecho a ser bien educado en una familia unida, el derecho a heredar un nombre sin tacha, un negocio próspero; marido, el derecho a gozar de cuidados, de un tierno afecto; padre, el de ser venerado; jefe, el derecho a ser obedecido sin chistar. Pues un derecho es la otra cara de un deber. Su éxito extraordinario (los Pacôme son hoy la familia más rica de Bouville) nunca debió de asombrarle. Nunca se dijo que era feliz, y cuando algo le proporcionaba placer, debía de entregarse a él con moderación, diciendo: «Es un entretenimiento». De este modo, al pasar al rango de derecho, el placer perdía su agresiva futilidad. A la izquierda, un poco más arriba de su pelo gris azulado, en un anaquel, vi unos libros. Eran bellas encuadernaciones; seguramente serían clásicos. Sin duda Pacôme leía por la noche, antes de dormirse, unas páginas de «su viejo Montaigne» o una oda de Horacio en el texto latino. A veces también leería, para informarse, una obra contemporánea. Así había conocido a Barrès y a Bourget. Al cabo de un rato dejaba el libro. Sonreía. La mirada perdía su admirable vigilancia; se tornaba casi soñadora. Decía: «Cuánto más simple y difícil es cumplir con el deber».

Nunca más pensó en sí mismo: era un jefe.

Otros jefes colgaban de las paredes; era lo único que había. Jefe era ese anciano verde grisáceo en su sillón. El chaleco blanco resultaba una afortunada evocación de su pelo plateado. (En esos retratos —pintados sobre todo con fines de edificación moral—, la exactitud llegaba hasta el crepúsculo, pero sin excluir la preocupación artística). Posaba su larga y fina mano en la cabeza de un muchachito. Había un libro abierto sobre sus rodillas. Pero su mirada erraba en la lejanía. Veía todas esas cosas invisibles para los jóvenes. Su nombre figuraba en un losange de madera dorada, encima del retrato; debía llamarse Pacôme, o Parrottin o Chaigneau. No se me ocurrió ir a comprobarlo; para sus allegados, para ese niño, para él mismo, era simplemente el abuelo; dentro de un instante, si consideraba llegada la hora de mostrar a su nieto el alcance de sus futuros deberes, hablaría de sí mismo en tercera persona: «Vas a prometer a tu abuelo que serás muy juicioso, queridito, y estudiarás mucho el año próximo. Tal vez el año próximo el abuelo ya no esté aquí».

En el ocaso de la vida, derramaba sobre todos su indulgente bondad. Yo mismo, en caso de que me viera —pues era transparente a sus miradas—, hallaría gracia a sus ojos; él pensaría que en otros tiempos había tenido abuelos. No reclamaba nada: ya no hay deseos a esa edad. Nada, salvo que bajaran ligeramente el tono al entrar; que hubiera a su paso un matiz de ternura y respeto en las sonrisas; nada, salvo que su nuera dijese, a veces: «Papá es extraordinario, está más joven que todos nosotros»; salvo ser el único capaz de calmar las cóleras del nieto, poniéndole las manos en la cabeza y diciendo enseguida: «El abuelo sabe consolar estas grandes penas»; nada, salvo que su hijo solicitara su consejo varias veces al año sobre cuestiones delicadas; en fin, nada, salvo sentirse sereno, apaciguado, infinitamente cuerdo. La mano del viejo señor apenas pesaba sobre los bucles de su nieto; era casi una bendición. ¿En qué podía pensar? En su pasado honroso que le confería el derecho a hablar de todo y a tener en todo la última palabra. No llegué bastante lejos el otro día: la Experiencia es mucho más que una defensa contra la muerte; es un derecho: el derecho de los ancianos.

El general Aubry, colgado de la moldura, con su gran sable, era un jefe. Otro jefe, el presidente Hébert, fino letrado, amigo de Impétraz. Su rostro era largo y simétrico, con un interminable mentón señalado, precisamente bajo el labio, por una perilla; adelantaba un poco la mandíbula con aire divertido de quien hace un distingo o suelta una objeción de principio como un ligero eructo. Soñaba, sosteniendo una pluma de ganso en la mano, también él, diablos, se entretenía, y haciendo versos. Pero tenía el ojo de águila de los jefes.

¿Y los soldados? Yo estaba en el centro de la sala, punto de mira de todos esos ojos graves. No era un abuelo, ni un padre, ni siquiera un marido. No votaba, apenas pagaba algunos impuestos; no podía envanecerme ni de los derechos del contribuyente, ni de los del elector, ni siquiera del humilde derecho a la honorabilidad que veinte años de obediencia confieren al empleado. Mi experiencia comenzaba a asombrarme seriamente. ¿No sería yo una simple apariencia?

«¡Vaya —me dije de improviso—, yo soy el soldado!». Esto me hizo reír sin rencor.

Un quincuagenario rollizo me devolvió cortésmente una hermosa sonrisa. Renaudas lo había pintado con amor; no había dado toques demasiado tiernos a las pequeñas orejas carnosas y cinceladas, ni, sobre todo, a las manos de sabio o de artista. Su rostro me era desconocido, seguramente habría pasado con frecuencia delante de la tela sin reparar en ella. Me acerqué, leí: Rémy Parrottin, nacido en Bouville en 1849, profesor de la Escuela de Medicina de París.

Parrottin: el doctor Wakefield me había hablado de él. «Una vez en mi vida conocí a un gran hombre. Era Rémy Parrottin. Seguí sus cursos durante el invierno de 1904 (como usted sabe, pasé dos años en París para estudiar obstetricia). Me hizo comprender lo que es un jefe. Tenía fluido, se lo aseguro. Nos electrizaba: nos hubiera llevado al fin del mundo. Y además, era un gentleman; poseía una inmensa fortuna y dedicaba una buena parte de ella a ayudar a los estudiantes pobres.»

De modo que este príncipe de la ciencia me había inspirado algunos sentimientos fuertes la primera vez que oí hablar de él. Ahora estaba en su presencia, y me sonreía. ¡Cuánta inteligencia y afabilidad en su sonrisa! Su cuerpo regordete reposaba muellemente en el fondo de un gran sillón de cuero. Este sabio sin pretensiones ponía enseguida cómoda a la gente. Hasta hubiera pasado por un infeliz de no ser por la espiritualidad de su mirada.

No hacía falta mucho para adivinar la razón de su prestigio: era querido porque lo comprendía todo, se le podía decir todo. Se asemejaba un poco a Renan, en suma, pero más distinguido. Era de los que dicen: «¿Los socialistas? ¡bueno, yo voy más lejos que ellos!». Para seguirlo por este camino peligroso, era preciso abandonar enseguida, estremeciéndose, la familia, la Patria, el derecho de propiedad, los valores más sagrados. Hasta se dudaba un segundo del derecho de la «élite» burguesa a mandar. Un paso más, y de improviso todo quedaba restablecido, maravillosamente fundado en sólidas razones, a la antigua. Uno se volvía y divisaba allá atrás a los socialistas, lejos ya, muy pequeños, que agitaban el pañuelo gritando: «Espérennos».

Además, yo sabía por Wakefield que el Maestro gustaba, como él mismo decía, de «alumbrar las almas». Como se mantenía joven, le agradaba rodearse de juventud; recibía con frecuencia a los jóvenes de buena familia que se destinaban a la medicina. Wakefield había ido varias veces a almorzar con él. Después de la comida pasaban al salón de fumar. El jefe trataba como si fueran hombres a esos estudiantes que no estaban ya muy lejos del primer cigarrillo; les ofrecía cigarros. Se tendía en un diván y hablaba largamente, con los ojos entornados, rodeado por la multitud ávida de sus discípulos. Evocaba recuerdos, contaba anécdotas, deduciendo moralejas picantes y profundas. Y si entre esos jóvenes bien educados había alguno que le hacía frente, Parrottin se interesaba especialmente por él. Lo incitaba a que hablara, lo escuchaba atentamente, le sugería ideas, temas de meditación. Era forzoso que un día el joven lleno de ideas generosas, excitado por la hostilidad de los suyos, cansado de pensar solo y contra todos, pidiera al Jefe que lo recibiese a solas; y balbuciente de timidez, le entregaba sus más íntimos pensamientos, sus indignaciones, sus esperanzas. Parrottin lo estrechaba contra su pecho. Decía: «Lo comprendo, lo comprendí desde el primer día». Conversaba. Parrottin iba lejos, más lejos aún, tan lejos que el muchacho lo seguía a duras penas. Con algunas pláticas con estilo, podía observarse una sensible mejoría en el joven rebelde. Veía claro en sí mismo, aprendía a conocer los vínculos profundos que lo ligaban a su familia, a su medio, comprendía por fin el papel admirable de la «élite». Y para terminar, como por arte de magia, la oveja descarriada que había seguido a Parrottin paso a paso, se encontraba en el redil, ilustrada, arrepentida. «Ha curado más almas», concluía Wakefield, «que yo cuerpos».

Rémy Parrottin me sonreía afablemente. Dudaba, trataba de comprender mi posición para cambiarla despacito y conducirme al redil. Pero yo no le tenía miedo: no era una oveja. Miré su hermosa frente serena y sin arrugas, su pequeño vientre, su mano abierta sobre la rodilla. Le devolví la sonrisa y lo dejé.

Jean Parrottin, su hermano, presidente de la S.A.B., apoyaba las dos manos en el borde de una mesa cargada de papeles; toda su actitud daba a entender al visitante que la audiencia había terminado. Su mirada era extraordinaria; parecía abstracta, y brillaba de Derecho puro. Sus ojos deslumbrantes le devoraban toda la cara. Debajo de ese incendio, advertí unos labios delgados y prietos de místico: «Es extraño», me dije: «Se parece a Rémy Parrottin». Me volví hacia el Gran Jefe; al examinarlo a la luz de este parecido, surgía bruscamente de su dulce rostro un no sé qué árido y desolado, el aire de familia. Regresé a Jean Parrottin.

Este hombre tenía la simplicidad de una idea. Sólo le quedaban huesos, carne muerta y Derecho puro. Un verdadero caso de poseso, pensé. Cuando el Derecho se apodera de un hombre, no hay exorcismo que pueda expulsarlo; Jean Parrottin había consagrado toda su vida a pensar en el Derecho, nada más. En lugar del incipiente dolor de cabeza que yo sentía, como siempre que visito un museo, él hubiera sentido en sus sienes el derecho doloroso a que lo cuidaran. Era preciso no hacerlo pensar demasiado, no llamar su atención sobre realidades desagradables, sobre su muerte posible, sobre los sufrimientos de los demás. Sin duda, en su lecho de muerte, a la hora en que, desde Sócrates, es de rigor pronunciar algunas palabras rituales, dijo a su mujer, como uno de mis tíos a la suya que lo había velado doce noches: «A ti, Thérèse, no te doy las gracias; no has hecho más que cumplir con tu deber». Cuando un hombre llega a esto, hay que quitarse el sombrero.

Sus ojos, que yo miraba embobado, me despedían. No me fui, estuve resueltamente indiscreto. Sabía, por haber contemplado mucho tiempo en la biblioteca de El Escorial cierto retrato de Felipe II, que cuando se mira a la cara un rostro resplandeciente de Derecho, al cabo de un momento ese brillo se apaga y queda un residuo ceniciento; ese residuo era el que me interesaba.

Parrottin ofrecía una hermosa resistencia. Pero de golpe se apagó su mirada; el cuadro se empañó. ¿Qué quedaba? Ojos ciegos, la boca delgada como una serpiente, y mejillas. Mejillas pálidas y redondas de niño; se desplegaban en la tela. Los empleados de la S.A.B. nunca las habían sospechado; no se demoraban demasiado en el despacho de Parrottin. Al entrar encontraban esa terrible mirada como un muro. Detrás, estaban a cubierto las mejillas, blancas y blandas. ¿Al cabo de cuántos años las habría notado su mujer? ¿Dos? ¿Cinco? Me imagino que un día, mientras el marido dormía a su lado y un rayo de luna acariciaba la nariz, o mientras digería penosamente, a la hora del calor, repantingado en un sillón, con los ojos entornados y un charco de sol en la barbilla, se había atrevido a mirarlo de frente: toda esa carne se le apareció sin defensa, abotargada, babosa, vagamente obscena. Sin duda, a partir de entonces Mme. Parrottin asumió el mando.

Retrocedí unos pasos, envolví en una sola ojeada a todos los grandes personajes: Pacôme, el presidente Hébert, los dos Parrottin, el general Aubry. Habían usado sombrero de copa; los domingos encontraban en la calle Tournebride a Mme. Gratien, la mujer del alcalde, que vio a Santa Cecilia en sueños. Le dirigían grandes saludos ceremoniosos cuyo secreto se ha perdido.

Estaban pintados con gran exactitud y, sin embargo, bajo el pincel, sus rostros habían perdido la misteriosa debilidad de los rostros humanos. Sus caras, aun las más flojas, eran netas como porcelana; en vano buscaba yo algún parentesco con los árboles y los animales, con los pensamientos de la tierra o el agua. Pensaba que en vida no habían tenido ese carácter de necesidad. Pero en el momento de pasar a la posteridad se habían confiado a un pintor de renombre para que operara discretamente en sus rostros esos dragados, esas perforaciones, esas irrigaciones que transformaran el mar y los campos en los alrededores de Bouville. De este modo, con el concurso de Renaudas y Bordurin, habían avasallado a toda la Naturaleza: afuera y en sí mismos. Lo que estas telas ofrecían a mi mirada era el hombre representado por el hombre, con su más bella conquista como único adorno: el ramillete de los Derechos del Hombre y del Ciudadano. Admiré sin reservas el género humano.

Habían entrado un señor y una señora. Estaban vestidos de negro y trataban de pasar inadvertidos. Se detuvieron sobrecogidos, en el umbral, y el señor se descubrió maquinalmente.

—¡Ah! —exclamó la señora muy conmovida.

El señor recobró rápidamente su sangre fría. Dijo, en tono respetuoso:

—Es toda una época.

—Sí —dijo la señora—, es la época de mi abuela.

Dieron unos pasos y encontraron la mirada de Jean Parrottin. La señora se quedó con la boca abierta, pero el señor no era orgulloso; tenía unos ojos humildes, debía de conocer bien las miradas intimidantes y las audiencias abreviadas. Tiró dulcemente a su mujer del brazo:

—Mira a éste —dijo.

La sonrisa de Rémy Parrottin siempre había complacido a los humildes. La mujer se acercó y leyó, con aplicación:

—Retrato de Rémy Parrottin, nacido en Bouville en 1849, profesor de la Escuela de Medicina de París, por Renaudas.

—Parrottin, de la Academia de las Ciencias —dijo su marido—, por Renaudas, del Instituto. ¡Eso es la Historia!

La señora meneó la cabeza y miró al Gran Jefe.

—¡Qué bien está! —dijo—. ¡Qué expresión inteligente!

El marido hizo un amplio ademán.

—Todos éstos son los que han hecho Bouville —dijo con simplicidad.

—Está bien que los hayan puesto aquí juntos —dijo la mujer, enternecida.

Éramos tres soldados de maniobras en aquella sala inmensa. El marido, que reía respetuosamente, en silencio, me echó una mirada inquieta, y bruscamente dejó de reír. Apartándome, fui a plantarme frente al retrato de Olivier Blévigne. Me invadió un dulce gozo; bueno, yo tenía razón. Era realmente demasiado cómico.

La mujer se había acercado.

—¡Gastón —dijo con brusca osadía—, ven!

El marido vino hacia nosotros.

—Mira, éste, Olivier Blévigne, tiene su calle. ¿Sabes? La callecita que trepa por el Coteau Vert exactamente antes de llegar a Jouxtebouville.

Agregó, al cabo de un instante:

—No parecía cómodo.

—¡No! Los criticones encontrarían motivo para hablar.

La frase iba dirigida a mí. El señor me miró con el rabillo del ojo y esta vez se le oyó reír, con un aire fatuo y reparón, como si él mismo fuera Olivier Blévigne.

Olivier Blévigne no reía. Nos apuntaba con la mandíbula apretada; la manzana de Adán le sobresalía.

Hubo un momento de silencio y de éxtasis.

—Parece que fuera a moverse —dijo la señora.

El marido explicó, cortésmente:

—Era un gran comerciante en algodón. Después hizo política; fue diputado.

Yo lo sabía. Hace dos años consulté por él el *Pequeño diccionario de grandes hombres de Bouville* del padre Morellet. Copié el artículo.

«Blévigne, Olivier-Martial, hijo del anterior, nacido y muerto en Bouville (1849-1908), cursó Derecho en París y obtuvo la licenciatura en 1872. Fuertemente impresionado por la insurrección de la Comuna, que lo obligó, como a tantos parisienses, a refugiarse en Versalles bajo la protección de la Asamblea Nacional, se juró, a la edad en que los jóvenes sólo piensan en el placer, «consagrar su vida al restablecimiento del Orden». Mantuvo su palabra; a su regreso a nuestra ciudad fundó el famoso Club del Orden, que reunió todas las noches, durante largos años, a los principales comerciantes y armadores de Bouville. Este círculo aristocrático del que pudo decirse, en broma, que era más cerrado que el Jockey, ejerció hasta 1908 una saludable influencia en los destinos de nuestro gran puerto comercial. Olivier Blévigne se casó en 1880 con Marie Louise Pacôme, hija menor del comerciante Charles Pacôme (ver este nombre) y fundó, a la muerte de éste, la casa Pacôme-Blévigne e hijo. Poco después se interesó por la política y presentó su candidatura a la diputación. "El país —dijo en un discurso célebre— padece la enfermedad más grave: la clase dirigente ya no quiere mandar. ¿Y quién mandará, señores, si aquellos que por herencia, educación, experiencia, y que son más aptos para el ejercicio del poder se apartan de él por resignación o cansancio? Lo he dicho muchas veces: mandar no es un derecho de la 'élite', sino su principal deber. Señores, os conjuro: ¡restauraremos el principio de autoridad!".

»Fue elegido por primera vez el 4 de octubre de 1885 y reelegido después constantemente. Pronunció numerosos y brillantes discursos con una elocuencia enérgica y ruda. Estaba en París en 1898 cuando estalló la terrible huelga. Se trasladó urgentemente a Bouville, donde fue el animador de la resistencia. Tomó la iniciativa de negociar con los huelguistas. Estas negociaciones, inspiradas en un espíritu amplio y conciliador, fueron interrumpidas por la escaramuza de Jouxtebouville. Se sabe que una intervención discreta de las tropas restableció la calma en los ánimos.

»La muerte prematura de su hijo Octave, que ingresara muy joven en la Escuela Politécnica y de quien quería "hacer un jefe", asestó un terrible golpe a Olivier Blévigne. No pudo recobrarse, y murió dos años más tarde, en febrero de 1908.

»Colecciones de discursos: *Las fuerzas morales* (1894. Agotado). *El deber de castigar* (1900. Los discursos de esta colección fueron pronunciados en su totalidad a propósito del *affaire* Dreyfus. Agotado). *Voluntad* (1902. Agotado). Después de su muerte se reunieron los últimos discursos y algunas cartas a sus íntimos bajo el título: *Labor improbus* (Ed. Plon, 1910). Iconografía: existe un excelente retrato suyo por Bordurin en el Museo de Bouville».

Un excelente retrato, sea. Olivier Blévigne usaba un bigotito negro y su rostro oliváceo era un poco parecido al de Maurice Barrès. Seguramente los dos hombres se conocieron; sesionaban en las mismas bancas. Pero el diputado de Bouville no tenía la soltura del presidente de la Liga de Patriotas. Era rígido como un garrote y saltaba de la tela como un diablo de su caja. Sus ojos chispeaban; la pupila era negra, la córnea rojiza. Fruncía sus pequeños labios carnosos y apretaba la mano derecha contra su pecho.

¡Cómo me había atormentado ese retrato! Unas veces encontraba a Blévigne demasiado alto, otras demasiado bajo. Pero ahora sabía a qué atenerme.

Conocí la verdad hojeando el *Satirique Bouvillois*. El número del 6 de noviembre de 1905 estaba consagrado por entero a Blévigne. Aparecía en la tapa, minúsculo, colgado de la melena de Combes, con esta leyenda: «El piojo del león». Y desde la primera página se explicaba todo: Olivier Blévigne medía un metro cincuenta y tres. Su breve talla y su voz de rana, que más de una vez había hecho desternillar de risa a la Cámara entera, eran motivo de mofa. Lo acusaban de usar taloneras de caucho en los botines. Por el contrario, Mme. Blévigne, Pacôme de soltera, era un caballo. «Es oportuno decir —agregaba el cronista— que tiene el doble por la mitad».

¡Un metro cincuenta y tres! Sí; Bordurin, con celoso cuidado, lo había rodeado de esos objetos que no corren el riesgo de empequeñecer; un puf, un sillón bajo, un anaquel con algunos volúmenes en doce, un pequeño velador persa. Pero le dio la misma talla que a su vecino Jean Parrottin y las dos telas tenían las mismas dimensiones. Resultaba que en una el velador era casi tan grande como la mesa enorme de la otra, y el puf llegaría al hombro de Parrottin. El ojo realizaba instintivamente la comparación entre los dos retratos; ésa era la causa de mi malestar.

En la actualidad me daban ganas de reír; ¡un metro cincuenta y tres! Si yo hubiera querido hablar a Blévigne, habría debido inclinarme o doblar las rodillas. Ya no me asombraba que levantara con tanto ímpetu la nariz al aire: el destino de los hombres de esta talla se juega siempre a unas pulgadas por encima de sus cabezas.

¡Admirable poder del arte! De ese hombrecito de voz chillona pasaría a la posteridad un rostro amenazador, un gesto soberbio y sangrientos ojos de toro. El estudiante aterrorizado por la Comuna, el diputado minúsculo y rabioso; esto se lo había llevado la muerte. Pero gracias a Bordurin, el presidente del Club del Orden, el orador de *Las fuerzas morales* era inmortal.

—¡Oh, pobre Pipo!

La señora lanzó un grito sofocado: bajo el retrato de Octave Blévigne, «hijo del anterior», una mano piadosa había trazado estas palabras:

«Muerto en la Politécnica, en 1904».

—¡Murió! Como el hijo de Arondel. Tenía una cara tan inteligente. ¡Cuánto habrá sufrido su mamá! También, exigen demasiado en esas grandes escuelas. El cerebro trabaja hasta durante el sueño. A mí me gustan mucho esos bicornios, quedan elegantes. ¿Se llaman casuarios?

—No, los casuarios son los de Saint-Cyr.

Contemplé yo también al politécnico muerto a temprana edad. Su tez de cera y su bigote reflexivo hubieran bastado para despertar la idea de una muerte próxima. Además, él había previsto su destino; se notaba cierta resignación en sus ojos claros que veían lejos. Pero al mismo tiempo llevaba alta la cabeza, con ese uniforme representaba al ejército francés.

¡Tu Marcellus eris! Manibus date lilia prenis...

Una rosa cortada, un politécnico muerto: ¿puede haber algo más triste?

Seguí despacio por la larga galería, saludando al pasar, sin detenerme, los rostros distinguidos que salían de la penumbra: M. Bossoire, presidente del tribunal de comercio; M. Faby, presidente del consejo de administración del puerto autónomo de Bouville; M. Boulange, comerciante, con su familia; M. Ranequin, alcalde de Bouville; M. de Lucien, nacido en Bouville, embajador de Francia en los Estados Unidos y poeta; un desconocido con uniforme de prefecto; la madre Sainte-Louise, superiora del Gran Orfelinato; M. y Mme. Thèrèson; M. Thiboust-Gourin, presidente general del consejo de prohombres; M. Bobot, administrador principal de la Inscripción Marítima; M. Brion, Minette, Grelot, Lafévre; el doctor Pain y señora; el propio Bordurin, pintado por su hijo Pierre Bordurin. Miradas claras y frías, facciones finas, labios delgados. M. Boulange era económico y paciente; M.Thiboust-Gourin tan duro consigo mismo como con los demás. Mme. Thèrèson luchaba sin flaquear contra un mal profundo. Su boca infinitamente cansada hablaba bastante de su padecimiento. Pero esta mujer piadosa nunca había dicho: «Me duele». Sabía sobreponerse; componía listas de platos y presidía sociedades de beneficiencia. A veces, en mitad de una frase cerraba lentamente los párpados y la vida abandonaba su rostro. Ese desfallecimiento no duraba más de un segundo; Mme. Thèrèson abría enseguida los ojos, continuaba la frase. Y el taller de caridad cuchicheaba: «¡Pobre Mme. Thèrèson! Nunca se queja».

Había cruzado el salón Bordurin-Renaudas en toda su longitud. Me volví. Adiós, hermosos lirios, pura fineza en vuestros pequeños santuarios pintados; adiós hermosos lirios, orgullo nuestro y nuestra razón de ser, adiós. Cabrones.

Lunes

Ya no escribo mi libro sobre Rollebon; se acabó, ya no *puedo* escribirlo. ¿Qué voy a hacer de mi vida?

Eran las tres. Estaba sentado a mi mesa; había puesto a mi lado el legajo de cartas que robé en Moscú; escribía:

«El propósito era difundir los más siniestros rumores. M. de Rollebon debió de caer en el lazo, pues escribió a su sobrino, con fecha 13 de septiembre, que acababa de redactar su testamento».

El marqués estaba presente; mientras esperaba instalarlo definitivamente en la existencia histórica, le prestaba mi vida. Lo sentía como un calor ligero en el hueco del estómago.

De pronto caí en la objeción que no dejarían de hacerme: Rollebon estaba lejos de ser franco con su sobrino, a quien quería utilizar, si fallaba el golpe, como testigo de descargo ante Pablo I. Es muy posible que hubiera inventado la historia del testamento para dárselas de ingenuo.

Era una objeción sin importancia, un error sin consecuencias. Sin embargo, bastó para sumirme en un sueño taciturno. Evoqué, de improviso, la criada gorda del *Camille,* la cabeza huraña de M. Achille, la sala donde tan claramente sentí que estaba olvidado, abandonado en el presente. Me dije con cansancio:

«¿Cómo yo, que no había tenido fuerzas para retener mi propio pasado, puedo esperar que salvaré el de otro?».

Tomé la pluma e intenté reanudar la tarea; estaba harto de esas reflexiones sobre el pasado, sobre el presente, sobre el mundo. Sólo pedía una cosa: que me dejaran acabar tranquilamente mi libro.

Pero como mi mirada caía en el block de hojas blancas, me absorbió su aspecto y permanecí con la pluma en el aire, contemplando ese papel deslumbrador: qué duro y chillón era, qué presente. En él no había más que presente. Las palabras que acababa de trazar todavía no estaban secas y ya no me pertenecían.

«El propósito era difundir los más siniestros rumores...»

Esta frase la había pensado; había sido primero un poco de mí mismo. Ahora estaba grabada en el papel, formaba un bloque contra mí. Ya no la reconocía. Ni siquiera podía repensarla. Estaba allí, frente a mí; hubiera sido inútil buscarle una marca de origen. Cualquier otro hubiera podido escribirla. Pero yo, *yo* no tenía la seguridad de haberla escrito. Ahora las letras no brillaban, estaban secas. También eso había desaparecido: ya no quedaba nada de su efímero esplendor.

Eché una mirada ansiosa a mi alrededor: presente, nada más que presente. Muebles ligeros y sólidos, incrustados en su presente, una mesa, una cama, un ropero con espejo, y yo mismo. Se revelaba la verdadera naturaleza del presente: era todo lo que existe. El pasado no existía. En absoluto. Ni en las cosas, ni siquiera en mi pensamiento. Por supuesto, sabía desde mucho tiempo atrás que el mío se me había escapado. Pero hasta entonces creí que se había apartado simplemente fuera de mi alcance. Para mí el pasado era un retiro, otra manera de existir, un estado de vacaciones y de inactividad; al terminar su papel, cada acontecimiento se acomodaba juiciosamente en una caja y se convertía en acontecimiento honorario; tanto cuesta imaginar la nada. Ahora sabía: las cosas son en su totalidad lo que parecen, y *detrás* de ellas... no hay nada.

Durante unos minutos me absorbió este pensamiento. Después me encogí violentamente de hombros para desecharlo y acerqué el block de papel.

«... que acababa de redactar su testamento.»

Un asco inmenso me invadió de improviso y la pluma se me cayó de los dedos escupiendo tinta. ¿Qué había pasado? ¿Tenía la Náusea? No, no era eso; el cuarto mostraba su aire bonachón de todos los días. Apenas si la mesa me parecía más pesada, más espesa, y la estilográfica más compacta. Sólo que M. de Rollebon acababa de morir por segunda vez.

Hace un instante todavía estaba aquí, en mí, tranquilo y caliente, y de vez en cuando lo sentía moverse. Estaba bien vivo, más vivo para mí que el Autodidacto o la patrona del *Rendez-vous des Cheminots*. Por supuesto, tenía sus caprichos; podía pasarse varios días sin aparecer; pero a menudo, en misterioso buen tiempo, sacaba la nariz afuera, como el capuchino higrométrico, y yo veía su rostro descolorido y sus mejillas azules. Y aun cuando no apareciera, pesaba sobre mi corazón y yo me sentía pleno.

Ahora ya no quedaba nada. Como no quedaba el recuerdo de su fresco esplendor en esas marcas de tinta seca. Era culpa mía; yo había pronunciado las únicas palabras que no debía decir; dije que el pasado no existía. Y de golpe, sin ruido, M. de Rollebon retornó a su nada.

Tomé las hojas en mis manos, las palpé con una especie de desesperación:

«Fue él», me dije, «sin embargo, fue él quien trazó uno por uno estos signos. Él se apoyó en este papel, posó el dedo en las hojas para impedir que se movieran bajo la pluma».

Demasiado tarde: estas palabras ya no tenían sentido. Sólo existía un legajo de hojas amarillas que yo apretaba en mis manos. Y esta historia complicada: el sobrino de Rollebon asesinado en 1810 por la policía del zar, sus papeles confiscados y llevados a los archivos secretos, y cien años más tarde, cuando los Soviets asumieron el poder, depositados en la Biblioteca del Estado, de donde los robé en 1923. Pero esto no parecía verdadero, y de este robo que yo mismo cometí no conservaba ningún recuerdo cierto. Para explicar la presencia de estos papeles en mi cuarto, no hubiera sido difícil encontrar cien historias más verosímiles, todas ligeras como burbujas.

En vez de contar con ellas para comunicarme con Rollebon, sería mejor recurrir enseguida a las mesas de tres patas. Rollebon ya no estaba. De ningún modo. Si aún quedaban algunos huesos suyos, existían por sí mismos, con toda independencia; eran un poco de fosfato y carbonato de calcio con sales y agua.

Hice una última tentativa: me repetí las palabras de Mme. de Genlis, mediante las cuales de ordinario evoco al marqués: «Su carita arrugada, limpia y definida, picada de viruelas, donde había una malicia singular que saltaba a los ojos por mucho que hiciera para disimularla».

Se me apareció dócilmente su rostro, su nariz puntiaguda, sus mejillas azules, su sonrisa. Podía imaginar sus facciones a voluntad, quizá hasta con más facilidad que antes. Sólo que ya no era sino una imagen en mí, una ficción. Suspiré, me dejé caer contra el respaldo de la silla, con la impresión de una falta intolerable.

Dan las cuatro. Hace una hora que estoy aquí, en la silla, con los brazos colgando. Comienza a oscurecer. Fuera de esto nada ha cambiado en el cuarto: el papel blanco sigue en la mesa, al lado de la estilográfica y el tintero... Pero nunca más escribiré en la hoja empezada. Nunca más me dirigiré por la calle des Mutilés y el bulevar de la Rédoute a la biblioteca para consultar los archivos.

Tengo ganas de dar un salto y salir, tengo ganas de hacer cualquier cosa para aturdirme. Pero bien sé lo que me sucederá si levanto un dedo, si no me estoy absolutamente tranquilo. *No quiero* que eso me suceda todavía. Siempre es demasiado pronto. No me muevo; leo maquinalmente, en la hoja del block, el párrafo que dejé inconcluso:

«El propósito era difundir los más siniestros rumores. M. de Rollebon debió de caer en el lazo, pues escribió a su sobrino, con fecha 13 de septiembre, que acababa de redactar su testamento».

El gran asunto Rollebon ha terminado, como una gran pasión. Habrá que buscar otra cosa. Hace unos años, en Shanghai, en el despacho de Mercier, de improviso salí de un sueño, me desperté. Después soñé de nuevo: vivía en la corte de los zares, en viejos palacios tan fríos que en invierno se formaban estalactitas de hielo encima de las puertas. Hoy me despierto frente a un block de papel blanco. Los blandones, las fiestas glaciales, los uniformes, los bellos hombres temblorosos han desaparecido. En su lugar *algo* queda en el cuarto tibio, algo que no quiero ver.

M. de Rollebon era mi socio: él me necesitaba para ser, y yo lo necesitaba para no sentir mi ser. Yo proporcionaba la materia bruta, esa materia bruta que tenía para revender, con la cual no sabía qué hacer: la existencia, mi *existencia*. Su parte era representar. Permanecía frente a mí y se había apoderado de mi vida para *representarme* la suya. Yo ya no me daba cuenta de que existía, ya no existía en mí sino en él; por él comía, por él respiraba, cada uno de mis movimientos tenía sentido fuera, allí, justo frente a mí en él; ya no veía mi mano trazando letras en el papel, ni siquiera la frase que había escrito; detrás, más allá del papel, veía al marqués que había reclamado este gesto, cuya existencia consolidaba este gesto. Yo era sólo un medio de hacerlo vivir, él era mi razón de ser, me había librado de mí. ¿Qué haré ahora?

Sobre todo no moverse, *no moverse*... ¡Ah!

No puedo contener un encogimiento de hombros...

La Cosa, que estaba a la espera, se ha despertado, me ha caído encima, se escurre en mí, estoy lleno de ella. No es nada: la Cosa soy yo. La existencia liberada, desembarazada, refluye sobre mí. Existo.

Existo. Es algo dulce, tan dulce, tan lento. Y leve; como si se mantuviera solo en el aire. Se mueve. Por todas partes, roces que caen y se desvanecen. Muy suave, muy suave. Tengo la boca llena de agua espumosa. La trago, se desliza por mi garganta, me acaricia y renace en mi boca. Hay permanentemente en mi boca un charquito de agua blancuzca —discreta— que me roza la lengua. Y este charco también soy yo. Y la lengua. Y la garganta soy yo.

Veo mi mano que se extiende en la mesa. Vive, soy yo. Se abre, los dedos se despliegan y apuntan. Está apoyada en el dorso. Me muestra su vientre gordo. Parece un animal boca arriba. Los dedos son las patas. Me divierto haciéndolos mover muy rápidamente, como las patas de un cangrejo que ha caído de espaldas. El cangrejo está muerto, las patas se encogen, se doblan sobre el vientre de mi mano. Veo las uñas, la única cosa mía que no vive. Y de nuevo, mi mano se vuelve, se extiende boca abajo, me ofrece ahora el dorso. Un dorso plateado, un poco brillante, como un pez, si no fuera por los pelos rojos en el nacimiento de las falanges. Siento mi mano. Yo soy esos dos animales que se agitan en el extremo de mis brazos. Mi mano rasca una de sus patas con la uña de otra pata; siento su peso sobre la mesa, que no es yo. Esa impresión de peso es larga, larga, no termina nunca. No hay razón para que termine. Al final es intolerable… Retiro la mano, la meto en el bolsillo. Pero siento enseguida, a través de la tela, el calor del muslo. Enseguida hago saltar la mano del bolsillo; la dejo colgando contra el respaldo de la silla. Ahora siento su peso en el extremo de mi brazo. Tira un poco, apenas, muellemente, suavemente; existe. No insisto; dondequiera que la meta continuará existiendo y yo continuaré sintiendo que existe; no puedo suprimirla ni suprimir el resto de mi cuerpo, el calor húmedo que ensucia mi camisa, ni toda esta grasa cálida que gira perezosamente como si la revolviera con la cuchara, ni todas las sensaciones que se pasean aquí dentro, que van y vienen, suben desde mi costado hasta la axila, o bien vegetan dulcemente, de la mañana a la noche, en su rincón habitual.

Me levanto sobresaltado; si por lo menos pudiera dejar de pensar, ya sería mejor. Los pensamientos son lo más insulso que hay. Más insulso aún que la carne. Son una cosa que se estira interminablemente, y dejan un gusto raro. Y además, dentro de los pensamientos están las palabras, las palabras inconclusas, las frases esbozadas que retornan sin interrupción: «Tengo que termi... yo ex... Muerto... M. de Roll ha muerto... No soy... Yo ex...». Sigue, sigue, y no termina nunca. Es peor que lo otro, porque me siento responsable y cómplice. Por ejemplo, esta especie de rumia dolorosa yo la alimento: *existo*. Yo. El cuerpo, una vez que ha empezado, vive solo. Pero soy *yo* quien continúa, quien desenvuelve el pensamiento. Existo. Pienso que existo. ¡Oh, qué larga serpentina es esta sensación de existir! Y la desenvuelvo muy despacito... ¡Si pudiera dejar de pensar! Intento, lo consigo: me parece que la cabeza se me llena de humo... y vuelve a empezar: «Humo... no pensar... No quiero pensar. No tengo que pensar que no quiero pensar. Porque es también un pensamiento». ¿Entonces no se acabará nunca?

Mi pensamiento soy yo, por eso no puedo detenerme. Existo porque pienso... y no puedo dejar de pensar. En este mismo momento —es atroz— si existo *es porque* me horroriza existir. Yo, *yo* me saco de la nada a la que aspiro; el odio, el asco de existir son otras tantas maneras de *hacerme* existir, de hundirme en la existencia. Los pensamientos nacen a mis espaldas, como un vértigo, los siento nacer detrás de mi cabeza..., si cedo se situarán aquí delante, entre mis ojos, y sigo cediendo, y el pensamiento crece, crece, y ahora, inmenso, me llena por entero y renueva mi existencia.

Mi saliva está azucarada, mi cuerpo tibio; me siento insulso. Mi cortaplumas está sobre la mesa. Lo abro. ¿Por qué no? De todos modos, así introduciría algún cambio. Apoyo la mano izquierda en el anotador y me asesto un buen navajazo en la palma. El movimiento fue demasiado nervioso; la hoja se ha deslizado, la herida es superficial. Sangra. ¿Y qué? ¿Qué es lo que ha cambiado? Sin embargo, miro con satisfacción en la hoja blanca, a través de las líneas que tracé hace un rato, ese charquito de sangre que por fin ha cesado de ser yo. Cuatro líneas en una hoja blanca, una mancha de sangre: es un hermoso recuerdo. Tendré que escribir debajo: «Ese día renuncié a escribir un libro sobre el marqués de Rollebon».

¿Me curaré la mano? Vacilo. Miro el ligero fluir monótono de la sangre. Justamente ahora se coagula. Se acabó. Mi piel parece enmohecida alrededor del tajo. Debajo de la piel sólo queda una pequeña sensación semejante a las otras, quizá más insulsa todavía.

Dan las cinco y media. Me levanto, la camisa fría se pega a la carne. Salgo. ¿Por qué? Bueno, porque tampoco tengo razones para no hacerlo. Aunque me quede, aunque me acurruque en silencio en un rincón, no me olvidaré. Estaré allí, pesaré sobre el piso. Soy.

Compro un diario al pasar. Sensacional. ¡Fue hallado el cuerpo de la pequeña Lucienne! Olor a tinta, el papel se aja entre mis dedos. El innoble individuo ha huido. La niña fue violada. Hallaron su cuerpo, sus dedos crispados en el barro. Estrujo el papel con mis dedos crispados; olor a tinta. Dios mío, con qué fuerza existen hoy las cosas. La pequeña Lucienne fue violada. Estrangulada. Su cuerpo, su carne magullada, existen aún. Ella ya no existe. Sus manos. Ella ya no existe. Las casas. Camino entre las casas, estoy entre las casas, muy derecho por el pavimento; el pavimento existe bajo mis pies, las casas vuelven a cerrarse sobre mí, como el agua se cierra sobre mí, sobre el papel arrugado, soy. Soy, existo, pienso, luego soy; soy porque pienso, ¿por qué pienso? No quiero pensar más, soy porque pienso que no quiero ser, pienso que... porque... ¡puf! Huyo, el innoble individuo ha huido, su cuerpo violado. Ella sintió esa otra carne que se deslizaba sobre la suya. Yo..., ahora yo. Violada. Un dulce deseo sangriento de violación me atrapa por detrás, dulcemente, por detrás de las orejas, las orejas corren tras mí, el pelo rojo, el pelo es rojo en mi cabeza, hierba mojada, hierba rojiza, ¿también soy yo? ¿Y el diario también soy yo? Sujetar el diario, existencia junto a existencia, las cosas existen unas junto a otras, suelto el diario. La casa surge, existe frente a mí; camino a lo largo de la pared, un paso, el muro existe frente a mí, uno, dos, detrás de mí, el muro está detrás de mí, un dedo que rasca en mi calzoncillo, rasca, rasca y saca el dedo de la niña manchado de barro, el barro en mi dedo que salía de la alcantarilla enlodada y vuelve a caer despacito, despacito, se ablanda, rascaba con menos fuerzas; los dedos de la niña a la que están estrangulando, innoble individuo, rascaban con menos fuerza el barro, la tierra, el dedo se desliza despacito, primero cae la cabeza, caricia caliente contra mi muslo; la existencia es blanda y rueda y se zarandea, yo me zarandeo entre las casas, soy, existo, pienso, luego me zarandeo, soy, la existencia es una caída acabada, no caerá, caerá, el dedo rasca en un tragaluz, la existencia es una imperfección. El señor. El señor guapo existe. Expandirse; me duele la mano cortada, existe, existe, existe. El señor guapo existe. Legión de Honor existe, bigote, eso es todo; qué felicidad ser tan sólo la cinta de la Legión de Honor y un bigote, y el resto nadie lo ve, él ve las dos puntas agudas de su bigote a ambos lados de la nariz; no pienso, luego soy un bigote. No ve ni su cuerpo magro ni sus grandes pies, hurgando en el fondo del pantalón se descubriría un par de gomitas grises. Tienen la cinta de la Legión de Honor, los Cabrones tienen derecho a existir: «Existo porque es mi derecho»: Yo tengo derecho a existir, luego tengo derecho a no pensar; el dedo se levanta. ¿Acaso voy...? ¿Acariciar entre las sábanas blancas desplegadas la carne desplegada que cae otra vez, dulce, tocar los trasudores florecidos en las axilas, los elixires y los licores y las fluorescencias de la carne, entrar en la existencia del otro, en las mucosas rojas, hasta el pesado, dulce olor de existencia, sentirme existir entre los dulces labios mojados, los labios rojos de sangre pálida, los labios palpitantes que bostezan todos mojados de existencia, todos mojados de un pus claro entre los labios mojados, azucarados, que lagrimean como ojos? Mi cuerpo de carne que vive, la carne que bulle, da vueltas, vueltas, vueltas, el agua dulce y azucarada de mi carne, la sangre de mi mano, me duele mi carne magullada que da vueltas, camino, camino, huyo, soy un innoble individuo de carne magullada, magullada de existencia entre estas paredes. Tengo frío, doy un paso, tengo frío, un paso, doblo a la izquierda, doblo a la izquierda, él piensa que dobla a la izquierda, loco, ¿estoy loco? Dice que tiene miedo de estar loco, la existencia, ¿ves, pequeño, en la existencia?, se detiene, el cuerpo se detiene, piensa que se detiene, ¿de dónde viene? ¿Qué hace? Prosigue, tiene miedo, mucho miedo, innoble individuo, el deseo como bruma, el deseo, el asco, dice que está asqueado de existir, ¿está asqueado?, fatigado de estar asqueado de existir. Corre. ¿Qué espera? ¿Corre para escapar, para arrojarse en el dique? Corre, el corazón, el corazón, que late es una fiesta, el corazón existe, las piernas existen, el aliento existe, existe corriendo, alentando, latiendo blanda, suavemente, él se sofoca, me sofoco, dice que se sofoca; la existencia toma mis pensamientos por detrás y dulcemente los abre *por detrás;* me atrapan por detrás, me obliga por detrás a pensar, luego a ser algo, detrás de mí alguien me alienta en ligeras burbujas de existencia, él es burbuja de bruma de deseo, está pálido en el espejo como un muerto, Rollebon está muerto, Antoine Roquentin no está muerto, desvanecerme: dice que quisiera desvanecerse, corre, corre al hurón (por detrás) por detrás, *por detrás,* la pequeña Lucienne asaltada por detrás, violada por la existencia por detrás, él pide gracia, le da vergüenza pedir gracia, piedad, socorro, socorro, luego existo, entra en el *Bar de la Marine,* los pequeños espejos del pequeño burdel, está pálido en los pequeños espejos del pequeño burdel el alto pelirrojo blando que se deja caer en el asiento, el pick-up funciona, existe, todo gira, existe el pick-up, el corazón late; girad, girad licores de la vida, girad jaleas, jarabes de mi carne, dulzuras... el pick-up:

When the mellow moon begins to bean
Every night I dream a little dream

La voz, grave y ronca, aparece bruscamente y el mundo, el mundo de las existencias, se desvanece. Una mujer de carne ha tenido esta voz, ha cantado delante de un disco, con su mejor ropa, y su voz quedaba registrada. La mujer, ¡bah!, existía como yo, como Rollebon; no tengo ganas de conocerla. Pero hay esto. No se puede decir que exista. El disco que gira existe, el aire golpeado por la voz que vibra, existe, la voz que impresionó el disco existió. Yo que escucho, existo. Todo está lleno, existencia en todas partes, densa y pesada y dulce. Pero más allá de toda esta dulzura, inaccesible, muy cercano, tan lejos, ¡ay!, joven, despiadado y sereno está ese... ese rigor.

Martes

Nada. Existido.

Miércoles

Hay un círculo de sol en el mantel de papel. En el círculo una mosca atontada se arrastra, se calienta y frota las patas de delante una contra otra. Voy a hacerle el favor de aplastarla. No ve surgir este dedo índice gigante cuyos pelos dorados brillan al sol.

—¡No la mate, señor! —exclama el Autodidacto.

La mosca revienta, las tripas blancas le salen del vientre; la he librado de la existencia. Digo secamente al Autodidacto:

—Era un favor que había que hacerle.

¿Por qué estoy aquí? ¿Y por qué no había de estar? Es mediodía, espero que sea la hora de dormir. (Afortunadamente no pierdo el sueño.) Dentro de cuatro días veré a Anny; ésta es, por el momento, la única razón de mi vida. ¿Y después? ¿Cuándo Anny me haya dejado? Bien sé lo que espero, solapadamente: espero que no me deje nunca más. Sin embargo, debería saber que Anny jamás aceptará envejecer en mi presencia. Estoy débil y solo, la necesito. Hubiera querido verla cuando tenía fuerzas; Anny es despiadada con las ruinas.

—¿Está usted bien, señor? ¿Se siente bien?

El Autodidacto me mira de soslayo, con ojos risueños. Jadea un poco, con la boca abierta, como un perro extenuado. Lo confieso: esta mañana estaba casi contento de volver a verlo, necesitaba hablar.

—Qué contento estoy de tenerlo en mi casa —dice—; si siente usted frío podremos instalarnos al lado del calorífero. Esos señores se marcharán enseguida, han pedido la cuenta.

Alguien se preocupa por mí, se pregunta si tengo frío; hablo a otro hombre: hace años que no me ocurre esto.

—Se van, ¿quiere que nos cambiemos de lugar?

Los dos señores han encendido cigarrillos. Salen, ya están en el aire puro, al sol. Pasan a lo largo de los grandes cristales, sujetando el sombrero con las dos manos. Ríen; el viento infla sus abrigos. No, no quiero cambiar de lugar. ¿Para qué? Y además, a través de los cristales, entre los techos blancos de las casetas de baño, veo el mar verde y compacto.

El Autodidacto ha sacado de su cartera dos rectángulos de cartón violeta. Dentro de un rato los entregará en la caja. Descifro al revés en uno de ellos:

Casa Bottanet, cocina burguesa.
Almuerzo a precio fijo: 6 francos.
Entremeses a elección.

Carne con guarnición.
Queso o postre.
140 francos las 20 tarjetas.

Ahora reconozco a este tipo que come en la mesa redonda, cerca de la puerta: se aloja con frecuencia en el hotel Printania, es un viajante de comercio. De vez en cuando posa en mí su mirada atenta y sonriente; pero no me ve; está demasiado absorto en el examen de lo que come. Del otro lado de la caja, dos hombres rojos y rechonchos saborean almejas y beben vino blanco. El más bajo, que tiene un fino bigote amarillo, cuenta una historia con la que él mismo se divierte. Hace silencios y ríe, mostrando unos dientes deslumbrantes. El otro ni ríe; su ojos son duros. Pero dice a menudo «sí» con la cabeza. Cerca de la ventana, un hombre enjuto y moreno, de facciones distinguidas, con un hermoso pelo blanco echado hacia atrás, lee pensativamente un periódico. En el asiento, a su lado, ha puesto una cartera de cuero. Bebe agua de Vichy. Dentro de un momento, todos estos hombres saldrán; pesados por la comida, acariciados por la brisa, con el abrigo bien abierto, la cabeza algo caliente, zumbándoles un poco, caminarán a lo largo de la balaustrada mirando a los niños en la playa y los barcos en el mar; irán a su trabajo. Yo no iré a ninguna parte, no tengo trabajo.

El Autodidacto ríe con inocencia y el sol retoza en sus escaso cabellos:

—¿Quiere usted elegir sus platos?

Me tiende la lista: tengo derecho a un entremés a elección: cinco rodajas de salchichón o rábanos o langostinos o un platito de apio y remolacha. Los caracoles de Borgoña están fuera de la lista.

—Tráigame un salchichón —digo a la criada.

El Autodidacto me arrebata la lista de las manos:

—¿No hay nada mejor? Aquí tiene caracoles de Borgoña.

—Es que no me gustan mucho los caracoles.

—¡Ah! ¿Entonces ostras?

—Son cuatro francos más —dice la criada.

—Bueno, ostras, señorita, y rábanos para mí. Me gustan mucho los rábanos.

—A mí también.

—¿Y después? —pregunta.

Recorro la lista de carnes. El buey estofado me tentaría. Pero sé de antemano que comeré pollo a la cazadora; es la única carne fuera de lista.

—Servirá usted —dice— un pollo a la cazadora al señor. A mí, buey estofado, señorita.

Vuelve la lista: los vinos están en el reverso:

—Tomaremos vino —anuncia con aire un poco solemne.

—¡Bueno —dice la criada—, qué novedad! Jamás bebe usted vino.

—Pero puedo soportar muy bien un vaso de vino a su debido tiempo. Señorita, ¿quiere traernos una jarra de rosado de Anjou?

El Autodidacto deja la lista, corta el pan en trocitos y frota el tenedor con la servilleta. Echa una ojeada al hombre de pelo blanco que lee el diario, y me sonríe:

—Por lo general, vengo aquí con un libro, aunque el médico me lo haya desaconsejado: uno come demasiado rápidamente, no mastica. Pero tengo un estómago de avestruz, puedo tragar cualquier cosa. Durante el invierno de 1917, cuando estuve prisionero, la comida era tan mala que todo el mundo cayó enfermo. Naturalmente, yo me hice llevar por enfermo como los demás, pero no tenía nada.

Ha sido prisionero de guerra... Es la primera vez que me habla de esto; no salgo de mi asombro: no puedo imaginármelo otra cosa que Autodidacto.

—¿Dónde estuvo usted prisionero?

No responde. Ha dejado el tenedor y me mira con prodigiosa intensidad. Va a contarme sus tribulaciones: ahora recuerdo que algo no marchaba en la biblioteca. Soy todo oídos; lo único que deseo es compadecerme de las penas de los demás. Será un cambio para mí. Yo no tengo tribulaciones, dispongo de dinero como un rentista, no tengo jefe, ni mujer, ni hijos; existo, eso es todo. Y esta tribulación es tan vaga, tan metafísica, que me da vergüenza.

El Autodidacto no quiere hablar. Qué curiosa mirada me echa; no es una mirada para ver, sino más bien para comunión de almas. El alma del Autodidacto ha subido y aflora en sus magníficos ojos de ciego. Que la mía haga otro tanto, que venga a pegar su nariz a los cristales; las dos se harán reverencias.

No quiero comunión de almas, no he caído tan bajo. Retrocedo. Pero el Autodidacto avanza el pecho sobre la mesa, sin quitarme los ojos de encima. Afortunadamente, la sirvienta le trae los rábanos. Se desploma de nuevo en la silla, el alma desaparece de sus ojos, y se pone a comer dócilmente.

—¿Se arreglaron sus dificultades?

Se sobresalta:

—¿Qué dificultades, señor? —pregunta con aire espantado.

—Usted sabe cuáles, el otro día me habló de ellas.

Enrojece violentamente.

—¡Ah! —dice con voz seca—. ¡Ah, sí, el otro día! Bueno, es ese corso, señor, ese corso de la biblioteca.

Vacila por segunda vez, con terquedad de carnero.

—Son habladurías señor, no quiero importunarlo.

No insisto. Come sin que se note, con una rapidez extraordinaria. Ya ha terminado los rábanos cuando me traen las ostras. Sólo queda en su plato un paquete de colas verdes y un poco de sal mojada.

Afuera, se han detenido dos jóvenes frente a la lista que un cocinero de cartón les tiende en la mano izquierda (en la derecha blande una sartén). Vacilan. La mujer tiene frío, hunde el mentón en el cuello de piel. El joven es el primero en decidirse, abre la puerta y se hace a un lado para dejar paso a su compañera.

Ella entra. Mira a su alrededor con semblante amable y se estremece un poco:

—Hace calor —dice con voz grave.

El joven cierra la puerta.

—Buenos días —dice.

El Autodidacto se vuelve y responde amablemente:

—Buenos días.

Los otros clientes no contestan, pero el señor distinguido baja un poco el periódico y escruta a los recién llegados con una profunda mirada.

Antes de que la criada, que acude a ayudarlo, haya podido hacer un ademán, el joven se ha desembarazado con agilidad de su impermeable. Lleva, en lugar de chaqueta, un blusón de cuero con cremallera. La criada, un poco decepcionada, se vuelve hacia su mujer. Pero él se le anticipa una vez más y con movimientos suaves y precisos, ayuda a su compañera a quitarse el abrigo. Se sientan cerca de nosotros, uno junto al otro. No parecen conocerse desde hace mucho. La muchacha tiene un rostro fatigado y puro, un poco disgustado. De pronto se quita el sombrero y sacude el pelo negro sonriendo.

El Autodidacto los contempla largamente, con bondad; luego se vuelve hacia mí y me hace un guiño enternecido como si quisiera decir: «¡Qué hermosos son!».

No son feos. Callan, se sienten felices de estar juntos, felices de que los vean juntos. A veces, cuando Anny y yo entrábamos en algún restaurante de Piccadilly, nos sentíamos objeto de contemplaciones enternecidas. Anny se irritaba pero, lo confieso, yo me enorgullecía un poco. Sobre todo me asombraba; nunca he tenido el aire limpito que sienta tan bien a ese joven, y tampoco puede decirse que mi fealdad sea conmovedora. Sólo que éramos jóvenes; ahora mi edad me permite enternecerme con la juventud de los demás. No me enternezco. La mujer tiene ojos oscuros y dulces; el hombre una piel anaranjada, un poco granulosa, y un mentoncito encantador y firme. Me conmueven, es cierto, pero también me repugnan un poco. Los siento tan lejos de mí; el calor los pone lánguidos, prosiguen en su corazón un mismo sueño, tan dulce, tan débil. Se sienten satisfechos, miran confiados las paredes amarillas, las gentes; consideran que el mundo está bien así, exactamente así, y cada uno de ellos, provisionalmente, encuentra el sentido de su vida en la del otro. Pronto constituirán entre los dos una sola vida, una vida llena y tibia que ya no tendrá ningún sentido, pero no se darán cuenta.

Parecen intimidarse el uno al otro. Para terminar, el joven, con aire torpe y resuelto, toma con la punta de los dedos la mano de su compañera. Ella respira fuertemente y se inclinan juntos sobre la lista. Sí, son felices. ¿Y después?

El Autodidacto adopta un aire divertido, un poco misterioso:

—Lo vi a usted antes de ayer.

—¿Dónde?

—¡Ah! ¡Ah! —dice respetuosamente burlón.

Me hace esperar un instante y añade:

—Salía usted del Museo.

—Ah, sí —digo—, antes de ayer no, el sábado.

—¿Vio la famosa reproducción del atentado de Orsini, en madera tallada?

—No la conozco.

—¿Es posible? Está en una salita, al entrar, a la derecha. Es obra de un insurrecto de la Comuna que vivió en Bouville hasta la amnistía, oculto en un desván. Quiso embarcarse para América, pero aquí la policía del puerto está muy bien organizada. Un hombre admirable. Empleó su ocio forzoso en tallar un gran panel de encina. No disponía de otros instrumentos que un cortaplumas y una lima de uñas. El panel tiene un metro cincuenta de largo por un metro de ancho; toda la obra es de una pieza; hay setenta personajes, cada uno del tamaño de mi mano, sin contar los dos caballos que tiran del coche del emperador. Y las caras, señor, esas caras hechas con lima, tienen todas fisonomía, aire humano. Señor, si me lo permite, es una obra que vale la pena de ser vista.

No quiero comprometerme:

—Simplemente fui a ver otra vez los cuadros de Bordurin.

El Autodidacto se entristece bruscamente:

—¿Los retratos del gran salón? Señor —dice con una sonrisa temblorosa—, no entiendo nada de pintura. Claro, no se me escapa que Bordurin es un gran pintor, veo que tiene, ¿cómo se dice?, oficio, paleta. Pero el placer, señor, el placer estético me es ajeno.

Le digo con simpatía:

—A mí me pasa lo mismo con la escultura.

—¡Ah, señor! A mí también. Y con la música, y con la danza. Sin embargo, no carezco de ciertos conocimientos. Bueno, es inconcebible: he visto jóvenes que no sabían la mitad de lo que sé y sin embargo, plantados delante de un cuadro, parecían experimentar placer.

—Lo fingirían —digo con aire alentador.

—Quizá...

El Autodidacto piensa un momento:

—Lo que me aflige no es tanto estar privado de cierta clase de goce, sino más bien que toda una rama de la actividad humana me sea extraña... Sin embargo, soy un hombre y esos cuadros los han hecho *hombres*...

Prosigue de improviso, con la voz cambiada:

—Señor, una vez me atreví a pensar que lo bello sólo es cuestión de gusto. ¿No hay reglas diferentes para cada época? ¿Me permite usted, señor?

Veo con sorpresa que saca del bolsillo una libreta de cuero negro. La hojea un instante: muchas páginas en blanco, y de trecho en trecho, algunas líneas trazadas con tinta roja. Se ha puesto muy pálido. Deja la libreta sobre el mantel y apoya su gran mano en la página abierta. Tose turbado:

—A veces se me ocurren... no me atrevo a decir pensamientos. Es muy curioso: estoy así, leyendo y de golpe no sé qué pasa, me siento como iluminado. Primero no hice caso, después me decidí a comprar una libreta.

Se detiene y me mira: está esperando.

—¡Ah! ¡Ah! —digo.

—Señor, estas frases son, naturalmente, provisionales; mi instrucción no ha terminado.

Toma la libreta en sus manos trémulas; está muy conmovido:

—Aquí hay, justamente, algo sobre pintura. Sería feliz si usted me permitiera leerlo.

—Con mucho gusto —digo.

Lee:

«Nadie cree ya en lo que el siglo XVIII consideraba verdadero. ¿Por qué hemos de deleitarnos aún con las obras que consideraba bellas?».

Me mira con aire suplicante:

—¿Qué cabe pensar en esto, señor? ¿Es quizá un poco paradójico? Creía poder dar a mi idea la forma de una broma.

—Bueno... me parece muy interesante.

—¿La leyó ya en alguna parte?

—Por supuesto que no.

—¿De veras, nunca, en ninguna parte? Entonces, señor —dice, entristecido—, no es verdad. Si fuera verdad, alguien lo hubiera pensado ya.

—Espere —le digo—, ahora que reflexiono, creo que he leído algo así.

Le brillan los ojos; saca el lápiz.

—¿En qué autor? —me pregunta con tono preciso.

—En... en Renan.

Está extasiado.

—¿Tendría usted la bondad de citarme el pasaje exacto? —dice chupando la punta del lápiz.

—Lo he leído hace mucho tiempo, sabe.

—Oh, no es nada, no es nada.

Escribe el nombre de Renan en la libreta, sobre la frase.

—¡He coincidido con Renan! Escribí el nombre con lápiz —explica con semblante arrebatado— pero esta noche lo pasaré en tinta roja.

Mira un momento su libreta, arrobado; yo espero que me lea otras frases. Pero la cierra con precaución y se la mete en el bolsillo. Sin duda juzga que es bastante felicidad para una sola vez.

—Qué agradable —dice con aire íntimo— poder conversar, a veces, como ahora, con naturalidad.

Esta losa, como podía suponerse, aplasta nuestra conversación languideciente. Sigue un largo silencio.

Desde la llegada de los jóvenes, la atmósfera del restaurante se ha transformado. Los dos hombres rojos guardan silencio; detallan sin incomodarse los encantos de la muchacha. El señor distinguido ha dejado el periódico y mira a la pareja complacido, casi cómplice. Piensa que la vejez es cuerda, la juventud bella; menea la cabeza con cierta coquetería: sabe que aún es guapo, está admirablemente conservado, que con su tez morena y su cuerpo delgado todavía puede seducir. Juega a sentirse paternal. Los sentimientos de la criada parecen más simples: se ha plantado delante de los jóvenes y los contempla con la boca abierta.

Ellos hablan en voz alta. Les han servido entremeses, pero no los tocan. Aguzando el oído puedo pescar partes de la conversación. Entiendo mejor lo que dice la mujer con su voz rica y velada.

—No, Jean, no.

—¿Por qué no? —murmura el joven con apasionada vivacidad.

—Ya se lo he dicho.

—Ésa no es una razón.

Se me escapan unas palabras; después la mujer hace un gesto encantador de cansancio:

—He probado demasiadas veces. Ya pasé la edad en que se puede empezar a vivir de nuevo. Soy vieja, ¿sabe?

El joven se ríe con ironía. Ella prosigue:

—No podría soportar una... decepción.

—Hay que tener confianza —dice el joven—; así como está, en este momento, usted no vive.

Ella suspira:

—¡Lo sé!

—Mire a Jeannette.

—Sí —dice ella con un mohín.

—Bueno, a mí me parece muy bien lo que ha hecho. Ha tenido coraje.

—Pero —dice la muchacha— ella casi se precipitó sobre la ocasión. Le diré que si yo lo hubiese querido, habría tenido cientos de ocasiones de ese tipo. Preferí esperar.

—Tuvo usted razón —dice él tiernamente—, tuvo usted razón en esperarme.

La mujer ríe a su vez:

—¡Qué vanidoso! Yo no he dicho eso.

No los escucho más; me irritan. Se acostarán juntos. Lo saben. Cada uno sabe que el otro lo sabe. Pero como son jóvenes, castos y decentes, como cada uno quiere conservar su propia estima y la del otro, como el amor es una gran cosa poética que es preciso no espantar, van varias veces por semana a los bailes y a los restaurantes a ofrecer el espectáculo de sus pequeñas danzas rituales y mecánicas...

Después de todo, hay que matar el tiempo. Son jóvenes y robustos, todavía tienen para unos treinta años. Entonces no se dan prisa, se demoran y no están equivocados. Cuando se hayan acostado juntos, habrá que buscar otra cosa para ocultar el enorme absurdo de la existencia. Con todo..., ¿es absolutamente necesario engañarse?

Recorro la sala con la vista. ¡Qué farsa! Todas esas personas están sentadas con aire de seriedad: comen. No, no comen: reparan sus fuerzas para llevar a cabo la tarea que les incumbe. Cada uno tiene su pequeño empecinamiento personal que le impide darse cuenta de que existe; no hay uno que no se crea indispensable para alguien o para algo. ¿No era el Autodidacto el que me decía el otro día: «Nadie más indicado que Nouçapie para emprender esta vasta síntesis»? Cada uno de ellos hace una cosita, y nadie más indicado para hacerla. Nadie más indicado que el viajante de comercio, de aquí, para colocar la pasta dentífrica Swan. Nadie más indicado que ese interesante joven para hurgar bajo las faldas de su vecina. Y yo estoy entre ellos, y si me miran, han de pensar que no hay nadie más indicado que yo para hacer lo que hago. Pero *yo sé.* No lo demuestro, pero sé que existo y que ellos existen. Y si conociera el arte de persuadir, iría a sentarme junto al hermoso señor de pelo blanco y le explicaría lo que es la existencia. Pensando en la cara que pondría, lanzo una carcajada. El Autodidacto me mira sorprendido. Quisiera detenerme, pero no puedo: me río hasta las lágrimas.

—Está usted alegre, señor —me dice el Autodidacto con aire circunspecto.

—Es que pienso —le digo riendo— que estamos todos aquí, comiendo y bebiendo para conservar nuestra preciosa existencia, y no hay nada, nada, ninguna razón para existir.

El Autodidacto se ha puesto grave. Hace un esfuerzo para comprenderme. Me reí demasiado fuerte; he visto que varias cabezas se volvían hacia mí. Y además lamento haber dicho tanto. Después de todo, a nadie le interesa.

Repite lentamente.

—Ninguna razón para existir... ¿Quiere usted decir, señor, que la vida no tiene objeto? ¿No es eso lo que llaman pesimismo?

Reflexiona un instante más y dice, despacio:

—He leído hace unos años un libro de un autor americano; se llamaba: *¿Vale la pena vivir la vida?* ¿No es la cuestión que usted plantea?

Evidentemente no, no es la cuestión que yo planteo. Pero no quiero explicar nada.

—Concluía —me dice el Autodidacto en tono consolador— defendiendo el optimismo voluntario. La vida tiene un sentido si uno quiere dárselo. Primero hay que obrar, lanzarse a una empresa. Cuando se reflexiona, la suerte ya está echada, uno está comprometido. No sé qué piensa usted de esto, señor.

—Nada —digo.

O más bien pienso que es ésa la clase de mentira que se dicen perpetuamente el viajante de comercio, los dos jóvenes y el señor de pelo blanco.

El Autodidacto sonríe con un poco de malicia y mucha solemnidad:

—Tampoco es mi opinión. Pienso que no necesitamos buscar tan lejos el sentido de nuestra vida.

—¿Eh?

—Hay un objetivo, señor, hay un objetivo... Están los hombres.

Exacto: olvidaba que es humanista. Permanece un segundo silencioso, el tiempo necesario para hacer desaparecer, limpia, inexorablemente, la mitad del buen estofado y toda una rebanada de pan. «Están los hombres...» Ese individuo tierno acaba de pintarse de cuerpo entero. Sí, pero no sabe decirlo bien. Tiene los ojos llenos de alma, indiscutiblemente, pero el alma no basta. En otros tiempos frecuenté a humanistas parisienses; cien veces les oí decir «están los hombres», y era otra cosa. Virgan era inigualable. Se quitaba los lentes como si quisiera mostrarse desnudo en su carne de hombre, clavaba en mí sus ojos conmovedores, con una lenta mirada de fatiga que parecía desvestirme para captar mi esencia humana, y murmuraba, melodiosamente: «Están los hombres, viejo, están los hombres», dando al «están» una especie de torpe poder, como si el amor a los hombres continuamente nuevo y asombrado, se trabara en sus alas gigantescas.

La mímica del Autodidacto no ha adquirido esa suavidad; su amor a los hombres es ingenuo y bárbaro: un humanista de provincias.

—Los hombres —le digo—, los hombres..., en todo caso no parece usted preocuparse mucho por ellos; siempre está solo, siempre con la nariz metida en los libros.

El Autodidacto bate palmas y se echa a reír maliciosamente:

—Es un error suyo. ¡Ah, señor, permítame que se lo diga: qué error!

Se recoge un instante y acaba de deglutir discretamente. Su rostro está radiante como la aurora. Detrás de él, la muchacha lanza una carcajada. Su compañero se ha inclinado y le habla al oído.

—Su error es muy natural —dice el Autodidacto—, hubiera debido decírselo hace tiempo... Pero soy tan tímido, señor; buscaba una ocasión.

—Ya se ha presentado —le digo cortésmente.

—También lo creo. ¡También yo lo creo! Señor, lo que voy a decirle... —se detiene enrojecido—: Pero quizá lo importuno.

Lo tranquilizo. Lanza un suspiro de felicidad.

—No todos los días se encuentran hombres como usted, señor, que unen la amplitud de opiniones a la penetración de la inteligencia. Hace meses que quería hablarle, explicarle lo que he sido, lo que soy.

Su plato está vacío y limpio como si acabaran de traérselo. De improviso descubro, al lado del mío, una fuentecita de estaño con una pierna de pollo nadando en una salsa oscura. Hay que comer eso.

—Hace un rato le hablaba de mi cautiverio en Alemania. Allí empezó todo. Antes de la guerra estaba solo y no me daba cuenta; vivía con mis padres, que eran buenas gentes, pero no me entendía con ellos. Cuando pienso en aquellos años... ¿Cómo pude vivir así? Estaba muerto, señor, y no lo sospechaba; tenía una colección de sellos postales.

Me mira y se interrumpe.

—Señor, está usted pálido, parece cansado. ¿Por lo menos no lo aburro?

—Me interesa mucho.

—Vino la guerra y me alisté sin saber por qué. Estuve dos años sin comprender, porque la vida del frente dejaba poco tiempo para la reflexión y, además, los soldados eran demasiado groseros. Al final de 1917 caí prisionero. Después me dijeron que muchos soldados recobraron, en el cautiverio, la fe de su infancia. Señor —dice el Autodidacto bajando los párpados sobre sus pupilas inflamadas—, yo no creo en Dios; la ciencia desmiente su existencia. Pero en el campo de concentración aprendí a creer en los hombres.

—¿Soportaban su suerte valerosamente?

—Sí —dice con aire vago—, eso también. Además, nos trataban bien. Pero yo quería hablar de otra cosa; los últimos meses de la guerra ya no nos daban trabajo. Cuando llovía, nos hacían entrar en un cobertizo de madera donde cabíamos unos doscientos apiñados. Cerraban la puerta, nos dejaban allí apretados unos contra otros, en una oscuridad casi completa.

Vacila un instante.

—No sabría explicárselo, señor. Todos aquellos hombres estaban allí, uno apenas los veía, pero los sentía muy cerca, escuchaba el ruido de su respiración... Una de las primeras veces que nos encerraron en aquel cobertizo era tal la apretura que primero creí ahogarme, y después, súbitamente, una poderosa alegría se elevó en mí; estuve a punto de desmayarme; entonces sentí que amaba a esos hombres como si fuesen hermanos; hubiera querido besarlos a todos. Después, cada vez que volvía, experimentaba el mismo gozo.

Tengo que comer el pollo, estará frío. El Autodidacto ha terminado hace mucho y la criada aguarda para cambiar los platos.

—Aquel cobertizo había adquirido, a mis ojos, un carácter sagrado. A veces lograba burlar la vigilancia de los guardianes, me deslizaba allí y en la oscuridad, recordando las alegrías que había conocido, caía en una especie de éxtasis. Las horas pasaban, pero yo no lo advertía. A veces lloraba.

Debo de estar enfermo: no hay otra manera de explicar la formidable cólera que acaba de trastornarme. Sí, una cólera de enfermo; me temblaban las manos, la sangre me subió a la cara, y para terminar, también mis labios comenzaron a temblar. Todo esto simplemente porque el pollo estaba frío. Además, yo también estaba frío, y esto era lo más penoso; quiero decir que el fondo continuaba así desde hacía treinta y seis horas, absolutamente frío, helado. La cólera me traspasó como un torbellino, era una especie de escalofrío, un esfuerzo de mi conciencia por reaccionar, para luchar contra ese descenso de temperatura. Vano esfuerzo; por una bagatela hubiese molido a golpes al Autodidacto o a la criada, abrumándolos de injurias. Pero no me hubiera entregado por entero al juego. Mi rabia se debatía en la superficie, y durante un momento tuve la penosa impresión de ser un bloque de hielo envuelto en llamas, una *omelette-surprise*. Esta agitación superficial se desvaneció y oí al Autodidacto:

—Todos los domingos iba a misa. Señor, nunca he sido creyente. ¿Pero no podría decirse que el verdadero misterio de la misa es la comunión entre los hombres? Un mendicante francés, que era manco, celebraba el oficio. Teníamos un armonio. Escuchábamos de pie, con la cabeza descubierta, y mientras los sones del armonio me transportaban, sentía que era uno con todos los hombres de mi alrededor. Ah, señor, cómo me gustaban aquellas misas. Todavía ahora, a veces voy a la iglesia, los domingos por la mañana, para recordarlas. En Sainte-Cécile tenemos un organista notable.

—¿Echó usted de menos esa vida?

—Sí, señor, en 1919. Fue el año de mi liberación. Pasé meses muy penosos. No sabía qué hacer, languidecía. Donde veía hombres reunidos, allí me metía. Inclusive he llegado —agrega sonriendo— a seguir al cortejo fúnebre de un desconocido. Un día, desesperado, arrojé al fuego la colección de sellos... Pero encontré mi camino.

—¿De veras?

—Alguien me aconsejó... Señor, sé que puedo contar con su discreción. Soy (quizás no sean sus ideas, pero tiene usted un espíritu tan amplio), soy socialista.

Ha bajado los ojos y sus largas pestañas palpitan:

—Desde el mes de septiembre de 1921 estoy afiliado al partido socialista de S.F.I.O. Esto es lo que quería decirle.

Resplandece de orgullo. Me mira, con la cabeza echada hacia atrás, los ojos medio cerrados, la boca entreabierta; parece un mártir.

—Está muy bien —digo—, es muy hermoso.

—Señor, sabía que usted me aprobaría. ¿Y cómo podría censurarse a alguien que acaba de decir: he dispuesto de mi vida de tal manera, y ahora soy perfectamente feliz?

Abre los brazos y me presenta las palmas de las manos, con los dedos hacia el suelo, como si fuera a recibir los estigmas. Sus ojos están vidriosos, veo rodar en su boca una masa oscura rosada.

—Ah —digo—, si es usted feliz...

—¿Feliz? —su mirada es incómoda, ha levantado los párpados y me mira con semblante duro—. Usted podrá juzgarlo, señor. Antes de tomar esa decisión me sentía tan espantosamente solo que pensé en el suicidio. Lo que me contuvo fue la idea de que nadie, absolutamente nadie se conmovería con mi muerte, que estaría aún más solo en la muerte que en la vida.

Se yergue, infla las mejillas.

—Ya no estoy solo, señor. Nunca.

—Ah, ¿conoce usted mucha gente? —digo.

Sonríe y enseguida me doy cuenta de mi ingenuidad.

—Quiero decir que ya no me *siento* solo. Pero naturalmente, señor, no es necesario que esté con alguien.

—Sin embargo —digo—, en la filial socialista...

—¡Ah! Conozco a todo el mundo. Pero a la mayoría sólo de nombre. Señor —dice con aire travieso—, ¿acaso está uno obligado a elegir sus compañeros de manera tan estrecha? Mis amigos son todos los hombres. Cuando voy a la oficina, por la mañana, delante, detrás de mí hay hombres que van a su trabajo. Los veo, si me atreviera les sonreiría, pienso que soy socialista, que todos ellos son el objeto de mi vida, de mis esfuerzos, y que todavía no lo saben. Es una fiesta para mí, señor.

Me interroga con la mirada; apruebo meneando la cabeza, pero siento que está un poco decepcionado, que quisiera más entusiasmo. ¿Qué puedo hacer? ¿Es culpa mía si en todo lo que me dice reconozco al pasar el plagio, la cita; si veo reaparecer, mientras él habla, a todos los humanistas que he conocido? ¡Ay, he conocido tantos! El humanista radical es particularmente amigo de los funcionarios. El humanista llamado «de izquierda» considera su principal cuidado velar por los valores humanos; no pertenece a ningún partido porque no quiere traicionar lo humano, pero sus simpatías se inclinan a los humildes; a los humildes consagra su bella cultura clásica. En general es un viudo de hermosos ojos, siempre empañados de lágrimas; llora en los aniversarios. También quiere al gato, al perro, a todos los mamíferos superiores. El escritor comunista ama a los hombres después del segundo plan quinquenal; castiga porque ama. Púdico como todos los fuertes, sabe ocultar sus sentimientos, pero también, con una mirada, con una inflexión de voz, sabe insinuar tras sus rudas palabras de justiciero, una pasión áspera y dulce por sus hermanos. El humanista católico, el rezagado, el benjamín, habla de los hombres con un aire maravillado. ¡Qué hermoso cuento de hadas, dice, la más humilde de las vidas, la de un *docker* londinense, la de una aparadora! Ha elegido el humanismo de los ángeles; escribe, para edificación de los ángeles, largas novelas tristes y bellas que suelen obtener el premio Femina.

Éstos son los primeros grandes papeles. Pero hay otros, una bandada: el filósofo humanista, que se inclina hacia sus camaradas como un hermano mayor, y que conoce sus responsabilidades; el humanista que ama a los hombres tal como son, el que los ama tal como deberían ser, el que quiere salvarlos con su consentimiento y el que los salvará a pesar de ellos, el que quiere crear mitos nuevos y el que se conforma con los antiguos, el que ama en el hombre su muerte, el que ama en el hombre su vida, el humanista jocundo, que siempre tiene una broma, el humanista sombrío, que se encuentra de preferencia en los velatorios. Todos se odian entre sí, en tanto que individuos, naturalmente, no en tanto que hombres. Pero el Autodidacto lo ignora: los ha encerrado en sí mismo como gatos en una bolsa y se destrozan mutuamente sin que él lo advierta.

Me mira ya con menos confianza.

—¿No lo siente como yo, señor?

—Dios mío...

Viendo su semblante inquieto, un poco rencoroso, lamento un segundo haberlo decepcionado. Pero él prosigue, amablemente:

—Ya sé; usted tiene sus investigaciones, sus libros; sirve a la misma causa a su manera.

Mis libros, *mis* investigaciones, imbécil. No podía hacer mejor plancha.

—No escribo para eso.

El rostro del Autodidacto se transforma al instante; se diría que ha olfateado al enemigo; nunca le había visto esta expresión. Algo ha muerto entre nosotros.

Pregunta, fingiendo sorpresa:

—Pero... si no soy indiscreto, ¿por qué escribe usted, señor?

—Bueno..., no sé, así, por escribir.

Tiene una buena oportunidad para sonreír, piensa que me ha desconcertado:

—¿Escribiría en una isla desierta? ¿No se escribe siempre para ser leído?

Por costumbre ha dado a su frase el tono interrogativo. En realidad afirma. El barniz de suavidad y de timidez se ha descamado; ya no lo reconozco. Sus facciones transparentan una pesada obstinación, es un muro de suficiencia. Aún no he vuelto de mi asombro, cuando le oigo decir:

—Que me digan: escribo para cierta categoría social, para un grupo de amigos, enhorabuena. Quizá escriba usted para la posteridad. Pero mal que le pese, señor, escribe para alguien.

Espera una respuesta. Como no llega, sonríe débilmente:

—¿No será usted un misántropo?

Sé lo que disimula este falaz esfuerzo de conciliación. Me pide poca cosa, en suma; que acepte simplemente un rótulo. Pero es una trampa: si consiento, el Autodidacto triunfa, enseguida me envuelve, me atrapa, me sobrepasa, pues el humanismo considera y concilia todas las actitudes humanas. Si uno le hace frente, favorece su juego: vive de sus contrarios. Hay una raza de gente terca y limitada, raza de bandidos que siempre pierde contra él: el humanismo digiere todas sus violencias, sus peores excesos, y los convierte en una linfa blanca y espumosa. Ha digerido el antiintelectualismo, el maniqueísmo, el misticismo, el pesimismo, el anarquismo, el egotismo: son todas las etapas, pensamientos incompletos que sólo encuentran justificación en él. La misantropía también tiene su lugar en este concierto: es una disonancia necesaria para la armonía total. El misántropo es hombre; por lo tanto, el humanista ha de ser en cierta medida misántropo. Pero es un misántropo científico, que ha sabido dosificar su odio, que odia primero a los hombres para poder amarlos después.

No quiero que me integren ni que mi hermosa sangre roja vaya a engordar a esa bestia linfática; no cometeré la tontería de calificarme de «antihumanista». No soy humanista, eso es todo.

—Considero —digo al Autodidacto— que no es posible odiar a los hombres, del mismo modo que no es posible amarlos.

El Autodidacto me mira con aire protector y lejano. Murmura como si midiera sus palabras:

—Hay que amarlos, hay que amarlos...

—¿Amar a quiénes? ¿A los que están aquí?

—A ellos también. A todos.

Se vuelve hacia la pareja de radiante juventud; eso es lo que hay que amar. Contempla un momento al señor de pelo blanco. Después me mira de nuevo; leo en su rostro una muda interrogación. Digo que no con la cabeza. Parece compadecerme.

—Usted tampoco —le digo irritado—, usted tampoco los ama.

—¿De veras, señor? ¿Me permite que opine de otro modo?

Se ha puesto de nuevo respetuoso hasta la punta de las uñas, pero adopta una mirada irónica como quien se divierte enormemente. Me odia. Sería un gran error enternecerme con este maniático. Lo interrogo a mi vez:

—¿Entonces usted ama a esos dos jóvenes que tiene detrás?

Los mira de nuevo, reflexiona:

—Usted quiere hacerme decir —replica suspicaz— que los amo sin conocerlos. Bueno, señor, lo confieso, no los conozco... Siempre que el amor no sea, justamente, el verdadero conocimiento —agrega, con una risa fatua.

—Pero ¿qué es lo que ama?

—Veo que son jóvenes y lo que amo en ellos es la juventud. Entre otras cosas, señor.

Se interrumpe y presta atención:

—¿Oye usted lo que dicen?

¡Sí oigo! El joven, alentado por la simpatía que lo rodea, cuenta, a voz en cuello, un partido de fútbol que su equipo ganó el año pasado contra un club de El Havre.

—Le está contando una historia —digo al Autodidacto.

—¡Ah! No entiendo bien. Pero oigo las voces, la voz suave, la voz grave; alternan. Es... es tan simpático.

—Sólo que yo oigo también lo que dice, desgraciadamente.

—¿Y qué?

—Que representan una comedia.

—¿De veras? ¿La comedia de la juventud, quizá? —pregunta con ironía—. Me permitirá usted, señor, que la considere muy provechosa. ¿Acaso basta representarla para retornar a la edad de ellos?

Permanezco sordo a su ironía; prosigo:

—Usted les da la espalda, lo que dicen se le escapa... ¿De qué color es el pelo de la muchacha?

Se turba:

—Bueno, yo... —desliza una mirada hacia los jóvenes y recobra su seguridad—. ¡Negro!

—¡Ya ve!

—¿Cómo?

—Ya ve que no los ama. Tal vez no pudiera reconocerlos en la calle. Para usted sólo son símbolos. No le enternecen nada; a usted le enternece la Juventud del Hombre, el Amor del Hombre y la Mujer, la Voz Humana.

—Bueno, ¿y eso no existe?

—¡Claro que no, eso no existe! Ni la Juventud, ni la Edad Madura, ni la Vejez, ni la Muerte...

El rostro del Autodidacto, amarillo y duro como un membrillo, se ha coagulado en una convulsión reprobadora. Sin embargo prosigo:

—Es como ese viejo señor que está detrás de usted, bebiendo agua de Vichy. Supongo que usted ama en él al Hombre Maduro; al Hombre Maduro que se encamina con valor hacia su declinación y que cuida su apariencia porque no quiere dejarse estar.

—Exactamente —me dice, desafiándome.

—¿Y no ve que es un cabrón?

Ríe, me considera un aturdido, echa una breve ojeada al hermoso rostro con su marco de cabello blanco:

—Pero señor, admitiendo que parezca lo que usted dice, ¿cómo puede juzgar a ese hombre por su cara? Un rostro, señor, no dice nada cuando está inmóvil.

¡Ciegos humanistas! Ese rostro dice tanto, es tan claro; pero sus almas tiernas y abstractas jamás se han dejado conmover por el sentido de un rostro.

—¿Cómo puede usted —dice el Autodidacto— *detener* a un hombre, decir que *es* esto o aquello? ¿Quién puede agotar a un hombre? ¿Quién puede conocer los recursos de un hombre?

¡Agotar a un hombre! Saludo de paso al humanismo católico al que, sin saberlo, el Autodidacto ha pedido en préstamo esta fórmula.

—Sé —le digo—, sé que todos los hombres son admirables. Usted es admirable. Yo soy admirable. En tanto que criaturas de Dios, naturalmente.

Me mira sin comprender; luego dice con una tenue sonrisa:

—No cabe duda de que usted bromea, señor; lo cierto es que todos los hombres tienen derecho a nuestra admiración. Es difícil, señor, muy difícil ser un hombre.

Sin darse cuenta ha abandonado el amor a los hombres en Cristo; menea la cabeza y por un curioso fenómeno de mimetismo, se asemeja al pobre Guéhenno.

—Discúlpeme —le digo—, pero entonces no estoy muy seguro de ser un hombre: nunca lo consideré muy difícil. Me parecía que bastaba con dejarse estar.

El Autodidacto ríe francamente, pero sus ojos siguen siendo malignos:

—Usted es demasiado modesto, señor. Para soportar su condición, la condición humana, necesita usted, como todo el mundo, mucho coraje. Señor, el instante próximo quizá sea el de su muerte, usted lo sabe y puede sonreír; vamos, ¿no es admirable? En el más insignificante de sus actos —añade con acritud— hay una inmensidad de heroísmo.

—¿Y de postre, señores? —dice la criada.

El Autodidacto se ha puesto muy blanco, sus párpados cubren a medias sus ojos de piedra. Hace un movimiento débil con la mano, para invitarme a elegir.

—Queso —digo con heroísmo.

—¿Y el señor?

Se sobresalta.

—¿Eh? Ah, sí, bueno, no tomaré nada, he terminado.

—¡Louise!

Los dos hombres gordos pagan y se van. Uno de ellos cojea. El patrón los acompaña hasta la puerta: son clientes de importancia, les han servido una botella de vino en un cubo de hielo.

Contemplo al Autodidacto con un poco de remordimiento: se recreó toda la semana imaginando este almuerzo en el que podría comunicar a otro hombre su amor a los hombres. Tiene tan pocas ocasiones de hablar. Y yo le agüé el placer. En el fondo, está tan solo como yo; nadie se preocupa de él. Sólo que no se da cuenta de su soledad. Bueno, sí; pero no me correspondía abrirle los ojos. Me siento muy incómodo; estoy rabioso, es cierto, pero no contra él, sino contra los Virgan y los demás, todos los que han envenenado este pobre cerebro. Si pudiera tenerlos aquí delante, encontraría mucho que decirles. Al Autodidacto no le diré nada, me inspira simpatía; pertenece al tipo de M. Achille, a mi bando, y ha traicionado por ignorancia, por buena voluntad.

Una carcajada del Autodidacto me saca de mis ensueños taciturnos:

—Discúlpeme, pero cuando pienso en la profundidad de mi amor a los hombres, en la fuerza que me impulsa hacia ellos, y me veo aquí, con usted, razonando, argumentando..., me dan ganas de reír.

Me callo, sonrío con aire forzado. La criada me pone delante un plato con un trozo de «camembert» de yeso. Recorro la sala con la vista y me invade un profundo disgusto. ¿Qué hago aquí? ¿Por qué me he metido a discurrir sobre el humanismo? ¿Por qué están ahí esas gentes? ¿Por qué comen? Verdad que ellos no saben que existen. Me dan ganas de marcharme, de irme a cualquier parte donde estuviera realmente *en mi lugar,* donde me encerraría... Pero mi lugar no se halla en ninguna parte; estoy de más.

El Autodidacto se suaviza. Había temido más resistencia de mi parte. Quiere pasar la esponja por todo lo que he dicho. Se inclina hacia mí con aire confidencial:

—En el fondo usted los ama, señor, usted los ama como yo; nos separan las palabras.

Ya no puedo hablar, doblo la cabeza. El rostro del Autodidacto está pegado al mío. Sonríe con aire fatuo, muy cerca de mi cara, como en las pesadillas. Mastico penosamente un trozo de pan que no me decido a tragar. Los hombres. Hay que amar a los hombres. Los hombres son admirables. Me dan ganas de vomitar, y de pronto ahí está: la Náusea.

Una bonita crisis: me sacude de arriba abajo. Hace una hora que la veía venir, sólo que no quería confesármelo. Este gusto a queso en la boca... El Autodidacto charla y su voz zumba en mis oídos. Pero ya no sé de qué habla. Apruebo maquinalmente con la cabeza. Mi mano se ha crispado sobre el mango del cuchillo de postre. *Siento* ese mango de madera negra. Mi mano es la que lo sostiene. Mi mano. Personalmente, más bien dejaría tranquilo ese cuchillo: ¿para qué tocar algo? Los objetos no están para tocarlos. Es mucho mejor deslizarse entre ellos evitándolos en lo posible. A veces cogemos uno en la mano y nos vemos obligados a soltarlo cuanto antes. El cuchillo cae en el plato. Al oír el ruido, el señor de pelo blanco se sobresalta y me mira. Cojo de nuevo el cuchillo, apoyo la hoja contra la mesa y la doblo.

Entonces, ¿esto, esta cegadora evidencia es la Náusea? ¡Si me habré roto la cabeza! ¡Si habré escrito! Ahora sé: existo —el mundo existe— y sé que el mundo existe. Eso es todo. Pero me da lo mismo. Es extraño que todo me dé lo mismo; me espanta. Desde el famoso día en que quise jugar a las tagüitas. Iba a arrojar aquel guijarro, lo miré y entonces empezó todo: sentí que el guijarro *existía*. Y después de esto hubo otras Náuseas; de vez en cuando los objetos se ponen a existir en la mano. Hubo la Náusea del *Rendez-vous des Cheminots* y otra, antes, una noche que estaba mirando por la ventana; y otra en el jardín público, un domingo, y otra más. Pero nunca había sido tan fuerte como hoy.

—... ¿de la Roma antigua, señor?

Creo que el Autodidacto me interroga. Me vuelvo hacia él y le sonrío. Bueno ¿qué hay? ¿Por qué se encoge en la silla? ¿Ahora inspiro miedo? Esto debía terminar así. Por lo demás, me da lo mismo. No se equivocan mucho cuando tienen miedo: siento que podría hacer cualquier cosa. Por ejemplo, hundir este cuchillo del queso en el ojo del Autodidacto. Después, toda esta gente me pisotearía, me rompería los dientes a puntapiés. Pero no es eso lo que me detiene; un gusto a sangre en la boca en lugar de este gusto a queso, no es muy diferente. Sólo habría que hacer un gesto, dar nacimiento a un suceso superfluo; el grito que lanzaría el Autodidacto, y la sangre corriendo por su mejilla y el sobresalto de toda esta gente, estarían de más. Hay bastantes cosas que existen así.

Todo el mundo me mira; los dos representantes de la juventud han interrumpido su dulce plática. La mujer tiene la boca abierta como culo de gallina. Sin embargo, deberían ver que soy inofensivo.

Me levanto, todo gira a mi alrededor. El Autodidacto me mira con sus grandes ojos que no reventaré.

—¿Ya se marcha? —murmura.

—Estoy un poco cansado. Ha sido usted muy gentil invitándome. Hasta la vista.

Al irme advierto que conservo en la mano izquierda el cuchillo de postre. Lo arrojo sobre el plato, que empieza a tintinear. Cruzo la sala en medio del silencio. Ya no comen; me miran, se les ha cortado el apetito. Si me acercara a la muchacha diciendo «¡Uh!» lanzaría un chillido; seguro. No vale la pena.

A pesar de todo, antes de salir me vuelvo y les hago ver mi rostro para que puedan grabárselo en la memoria.

—Adiós, señoras y señores.

No responden. Me voy. Ahora sus mejillas recobran el color: se pondrán a conversar.

No sé adónde ir, me quedo plantado junto al cocinero de cartón. No necesito volverme para saber que me miran a través de los vidrios; miran mi espalda con sorpresa y disgusto; creían que era como ellos, que era un hombre y los he engañado. De pronto perdí mi apariencia de hombre, y vieron un cangrejo que escapa a reculones de esa sala tan humana. Ahora el intruso desenmascarado ha huido: la sesión continúa. Me irrita sentir a mi espalda todo ese hormigueo de ojos y pensamientos espantados. Cruzo la calzada. La otra acera corre a lo largo de la playa y de las casetas de baño.

Hay muchas gentes paseando a la orilla del mar, contemplando el mar con rostros primaverales, poéticos; es por el sol, están de fiesta. Mujeres vestidas de claro, que se han puesto la ropa de la primavera anterior, pasan largas y blancas como guantes de cabritilla charolada; también hay muchachos altos que van al Liceo, a la Escuela de Comercio, viejos condecorados. No se conocen, pero se miran con aire de connivencia porque el tiempo es tan bueno y son hombres. Los hombres se besan sin conocerse los días de declaración de guerra; se sonríen a cada primavera. Un sacerdote avanza a pasos lentos, leyendo su breviario. Por momentos levanta la cabeza y mira el mar con aire aprobador: también el mar es un breviario, habla de Dios. Colores ligeros, ligeros perfumes, almas de primavera. «Hace buen tiempo, el mar es verde, prefiero este frío seco a la humedad.» ¡Poetas! Si tomara a uno por las solapas del abrigo, si le dijera «ven en mi ayuda», pensaría: «¿Qué es este cangrejo?» y huiría dejándome el abrigo entre las manos.

Les vuelvo la espalda, me apoyo con las dos manos en la balaustrada. El *verdadero* mar es frío y negro, lleno de animales; se arrastra bajo esta delgada película verde hecha para engañar a las gentes. Los majaderos que me rodean cayeron en el lazo; sólo ven la delgada película; ella prueba la existencia de Dios. ¡Yo veo lo que está debajo! Los barnices se derriten, los brillantes pellejitos aterciopelados, los pellejitos de melocotón del buen Dios estallan por todas partes bajo mi mirada, se hienden y entreabren. Ahí viene el tranvía de Saint-Élemir, giro sobre mí mismo y las cosas giran conmigo, pálidas y verdes como ostras.

Inútil, era inútil subir puesto que no quiero ir a ninguna parte.

Detrás de los vidrios, desfilan a sacudidas objetos azulados, rígidos y quebradizos. Gentes, paredes; por sus ventanas abiertas una casa me ofrece su corazón negro; y los vidrios empalidecen, tiñen de azul todo lo que es negro, tiñen de azul ese gran edificio de ladrillos amarillos que avanza vacilando, estremeciéndose, y se detiene de golpe con la nariz pegada al tranvía. Un señor sube y se sienta frente a mí. El edificio amarillo reanuda la marcha, se desliza de un salto contra los vidrios, está tan cerca que sólo se ve una parte, se ha oscurecido. Los vidrios tiemblan. La casa se levanta, aplastante, mucho más alta de lo que se ve, con cientos de ventanas abiertas a corazones negros; se desliza a lo largo del coche, lo roza; la noche ha caído entre los vidrios trémulos. El edificio se desliza interminablemente, amarillo como fango y los vidrios son azul de cielo. Y de golpe ya no está, ha quedado atrás; una viva claridad gris invade el coche y se propaga por todas partes como una justicia inexorable: es el cielo; a través de los vidrios aparecen aún espesores y espesores de cielo, porque subimos la cuesta Eliphar y se ve claro por los dos lados, a la derecha hasta el mar, a la izquierda hasta el campo de aviación. Prohibido fumar, aunque sea una gitana*.

Apoyo la mano en el asiento pero la retiro precipitadamente: eso existe. Esta cosa en la cual estoy sentado, en la cual apoyaba mi mano se llama banqueta. Está hecha a pro-

* Alude a un anuncio, entonces muy difundido en Francia, de los cigarrillos marca Gitane, en el que, bajo la habitual prohibición: *Défense de fumer* se agregaba *même une Gitane*, para cuyo juego de palabras se aprovecha la circunstancia de que «cigarrillo» en francés es femenino. (*N. de la T.*)

pósito para sentarse; alguien tomó cuero, resortes, estopa y se puso a la tarea con la idea de hacer un asiento, y al terminar, *esto* era lo que había hecho. Lo trajeron aquí, a este coche, y ahora el coche rueda y traquetea con sus vidrios temblorosos, y lleva en sus flancos esta cosa roja. Murmuro: es una banqueta, un poco a manera de exorcismo. Pero la palabra permanece en mis labios; se niega a posarse en la cosa. La cosa sigue como es con su felpa roja, y millares de patitas rojas al aire, rígidas, millares de patitas muertas. Este enorme vientre al aire, sangriento, inflado, tumefacto, con todas sus patas muertas, vientre que flota en este coche, en este cielo gris, no es una banqueta. Lo mismo podría ser un asno muerto, por ejemplo, hinchado por el agua, flotando a la deriva, con el vientre al aire en un gran río gris, en un río de inundación; y yo estaría sentado en el vientre del asno y mis pies se mojarían en el agua sucia. Las cosas se han desembarazado de sus nombres. Están ahí, grotescas, obstinadas, gigantes, y parece imbécil llamarlas banquetas o decir algo de ellas: estoy en medio de las Cosas, las innominables. Sólo, sin palabras, sin defensa, las Cosas me rodean, debajo de mí, detrás de mí, sobre mí. No exigen nada, no se imponen; están ahí. Bajo el cojín de la banqueta, en la tabla, hay una pequeña línea de sombra, una pequeña línea negra que corre a lo largo de la banqueta con aire misterioso y travieso, casi una sonrisa. Sé muy bien que eso no es una sonrisa y sin embargo existe, corre bajo los cristales blanquecinos, bajo la batahola de los vidrios, la cosa se obstina como el recuerdo impreciso de una sonrisa, como una palabra casi olvidada de la cual sólo recordamos la primera sílaba, y lo mejor que uno puede hacer es apartar los ojos y pensar en otra cosa, en ese hombre semiacostado en la banqueta, allá enfrente. Su cabeza de terracota y ojos azules. Toda la parte derecha del cuerpo se ha hundido, el brazo derecho está pegado al cuerpo, el lado derecho vive apenas, con esfuerzo, con avaricia, como si estuviera paralizado. Pero en todo el lado izquierdo hay una pequeña existencia parásita que prolifera, un chancro: el brazo se echa a temblar y se levanta, y la punta, la mano está rígida. Y entonces la mano también empieza a temblar, y cuando llega a la altura del cráneo, un dedo se estira y se pone a rascar el cuero cabelludo con la uña. Una especie de mueca voluptuosa viene a alojarse en el lado derecho de la boca y el lado izquierdo sigue muerto. Los vidrios tiemblan, el brazo tiembla, la uña rasca, rasca, la boca sonríe bajo los ojos fijos y el hombre soporta sin advertirlo esa pequeña existencia que hincha su lado derecho, que ha pedido prestado su brazo derecho y su mejilla para realizarse. El guarda me obstruye el camino.

—Espere la parada.

Pero lo rechazo y salto fuera del tranvía. No podía más. Ya no podía soportar que las cosas estuvieran tan cerca. Empujo la puerta de una verja, entro: existencias ligeras dan un salto y se encaraman en las cimas. Ahora me recobro, sé dónde estoy: estoy en el jardín público. Me dejo caer en un banco entre los grandes troncos negros, entre las manos negras y nudosas que se tienden al cielo. Un árbol rasca la tierra bajo mis pies con una uña negra. Desearía tanto abandonarme, olvidarme, dormir. Pero no puedo, me sofoco: la existencia me penetra por todas partes, por los ojos, por la nariz, por la boca...

Y de golpe, de un solo golpe el velo se desgarra, he comprendido, *he visto*.

Las seis de la tarde

No puedo decir que me sienta aligerado ni contento; al contrario, la cosa me aplasta. Sólo que alcancé mi objetivo: sé lo que quería saber; he comprendido todo lo que me sucedió desde el mes de enero. La Náusea no me ha abandonado y no creo que me abandone tan pronto; pero ya no la padezco, ya no es una enfermedad ni un acceso pasajero: soy yo.

Bueno, hace un rato estaba yo en el jardín público. La raíz del castaño se hundía en la tierra exactamente debajo de mi banco. Yo ya no recordaba qué era una raíz. Las palabras se habían desvanecido, y con ellas la significación de las cosas, sus modos de empleo, las débiles marcas que los hombres han trazado en su superficie. Estaba sentado, un poco encorvado, gacha la cabeza, solo frente a aquella masa negra y nudosa, enteramente bruta y que daba miedo. Y entonces tuve esa iluminación.

Me cortó el aliento. Jamás había presentido, antes de estos últimos días, lo que quería decir «existir». Era como los demás, como los que se pasean a la orilla del mar con sus trajes de primavera. Decía como ellos: «El mar *es* verde», «aquel punto blanco, allá arriba, *es* una gaviota», pero no sentía que aquello existía, que la gaviota era una «gaviota-existente»; de ordinario la existencia se oculta. Está ahí, alrededor de nosotros, en nosotros, ella es *nosotros,* no es posible decir dos palabras sin hablar de ella y, finalmente, queda intocada. Hay que convencerse de que, cuando creía pensar en ella, no pensaba en nada, tenía la cabeza vacía o, más exactamente, una palabra en la cabeza, la palabra «ser». O pensaba... ¿cómo decirlo? Pensaba la *pertenencia,* me decía que el mar pertenecía a la clase de los objetos verdes o que el verde formaba parte de las cualidades del mar. Aun mirando las cosas, estaba a cien leguas de pensar que existían: se me presentaban como un decorado. Las tomaba en mis manos, me servían como instrumentos, preveía sus resistencias. Pero todo esto pasaba en la superficie. Si me hubieran preguntado qué era la existencia, habría respondido de buena fe que no era nada, exactamente una forma vacía que se agrega a las cosas desde fuera, sin modificar su naturaleza. Y de golpe estaba allí, clara como el día: la existencia se descubrió de improviso. Había perdido su apariencia inofensiva de categoría abstracta; era la materia misma de las cosas, aquella raíz estaba amasada en existencia. O más bien la raíz, las verjas del jardín, el césped ralo, todo se había desvanecido; la diversidad de las cosas, su individualidad sólo era una apariencia, un barniz. Ese barniz se había fundido, quedaban masas monstruosas y blandas, en desorden, desnudas, con una desnudez espantosa y obscena.

Me guardé de hacer el menor movimiento, pero no necesitaba moverme para ver, detrás de los árboles, las columnas azules y el farol del quiosco de música, y la veleda en medio de un macizo de laureles. Todos esos objetos... ¿cómo decirlo? me incomodaban; yo hubiera deseado que existieran con menos fuerza, de una manera más seca, más abstracta, con más moderación. El castaño se apretaba contra mis ojos. Un moho verde lo cubría hasta media altura; la corteza, negra e hinchada, parecía cuero hervido. El ruidito de agua de la fuente Masqueret se deslizaba en mis oídos, anidaba allí, llenándolos de suspiros, colmaba mi nariz un olor verde y pútrido. Todas esas cosas se dejaban llevar, dulce, tiernamente, por la existencia, como esas mujeres cansadas que se abandonan a la risa y dicen: «Es bueno reír», con voz húmeda; se desplegaban unas frente a otras, se confiaban abyectamente su existencia. Comprendí que no había término medio entre la existencia y esa abundancia en éxtasis. De existir, había que *existir hasta eso,* hasta el verdín, el abotargamiento, la obscenidad. En otro mundo, los círculos, los aires musicales, guardaban sus líneas puras y rígidas. Pero la existencia es una sumisión. Árboles, pilares azul nocturno, el estertor feliz de una fuente, olores vivientes, neblinas de calor suspendidas en el aire frío, un hombre pelirrojo digiriendo en un banco: todas estas somnolencias, todas estas digestiones tomadas en conjunto ofrecían un aspecto vagamente cómico. Cómico... no: no llegaban a eso, nada de lo que existe puede ser cómico; era como una analogía flotante, casi inasible, con ciertas situaciones de *vaudeville.* Éramos un montón de existencias incómodas, embarazadas por nosotros mismos; no teníamos la menor razón de estar allí, ni unos ni otros; cada uno de los existentes, confuso, vagamente inquieto, se sentía de más con respecto a los otros. *De más:* fue la única relación que pude establecer entre los árboles, las verjas, los guijarros. En vano trataba de *contar* los castaños, de *situarlos* con respecto a la veleda, de comparar su altura con la de los plátanos: cada uno de ellos huía de las relaciones en que intentaban cerrarlo, se aislaba, rebosaba. Yo sentía lo arbitrario de estas relaciones (que me obstinaba en mantener para retardar el derrumbe del mundo humano, de las medidas, de las cantidades, de las direcciones); ya no hacían mella en las cosas. *De más* el castaño, allá, frente a mí, un poco a la izquierda. *De más* la veleda...

Y *yo* —flojo, lánguido, obsceno, digiriendo, removiendo melancólicos pensamientos—, *también yo estaba de más*. Afortunadamente no lo sentía, más bien lo comprendía, pero estaba incómodo porque me daba miedo sentirlo (todavía tengo miedo, miedo de que me atrape por la nuca y me levante como una ola). Soñaba vagamente con suprimirme, para destruir por lo menos una de esas existencias superfluas. Pero mi misma suerte habría estado de más. De más mi cadáver, mi sangre en esos guijarros, entre esas plantas, en el fondo de ese jardín sonriente. Y la carne carcomida hubiera estado de más en la tierra que la recibiese; y mis huesos, al fin limpios, descortezados, aseados y netos como dientes, todavía hubieran estado de más; yo estaba de más para toda la eternidad.

La palabra Absurdo nace ahora de mi pluma; hace un rato, en el jardín, no la encontré, pero tampoco la buscaba, no tenía necesidad de ella; pensaba sin palabras *en* las cosas, *con* las cosas. El absurdo no era una idea en mi cabeza, ni un soplo de voz, sino aquella larga serpiente muerta a mis pies, aquella serpiente de madera. Serpiente o garra o raíz o garfas de buitre, poco importa. Y sin formular nada claramente, comprendía que había encontrado la clave de la existencia, la clave de mis Náuseas, de mi propia vida. En realidad, todo lo que pude comprender después se reduce a este absurdo fundamental. Absurdo: una palabra más, me debato con palabras; allá, yo: allá, yo tocaba la cosa. Pero quisiera fijar allí el carácter absoluto de este absurdo. Un gesto, un acontecimiento en el pequeño mundo coloreado de los hombres nunca es absurdo sino relativamente: con respecto a las circunstancias que lo acompañan. Los discursos de un loco, por ejemplo, son absurdos con respecto a la situación en que se encuentra, pero no con respecto a su delirio. Pero yo, hace un rato, tuve la experiencia de lo absoluto: lo absoluto o lo absurdo. No había nada con respecto a lo cual aquella raíz no fuera absurda. ¡Oh! ¿Cómo podré fijar esto con palabras? Absurdo: con respecto a la grava, a las matas de hierba amarilla, al barro seco, al árbol, al cielo, a los bancos verdes. Absurdo, irreductible; nada —ni siquiera un delirio profundo y secreto de la naturaleza— podía explicarlo. Evidentemente, no lo sabía todo; no había visto desarrollarse el germen ni crecer el árbol. Pero ante aquella gran pata rugosa, ni la ignorancia ni el saber tenían importancia; el mundo de las explicaciones y razones no es el de la existencia. Un círculo no es absurdo: se explica por la rotación de un segmento de recta en torno de uno de sus extremos. Pero además un círculo no existe. Aquella raíz, por el contrario, existía en la medida en que yo no podía explicarla. Nudosa, inerte, sin nombre, me fascinaba, me llenaba los ojos, me conducía sin cesar a su propia existencia. Era inútil que me repitiera: «Es una raíz»; ya no daba resultado. Bien veía que no era posible pasar de su función de raíz, de bomba aspirante, *a eso,* a esa piel dura y compacta de foca, a ese aspecto aceitoso, calloso, obstinado. La función no explicaba nada; permitía comprender en conjunto lo que era una raíz, pero de ningún modo *ésa.* Esa raíz, con su color, su forma, su movimiento detenido, estaba... por debajo de toda explicación. Cada una de sus cualidades se le escapaba un poco, fluía fuera de ella, se solidificaba a medias, se convertía casi en una cosa; cada una estaba *de más* en la raíz, y ahora tenía la impresión de que la cepa entera rodaba un poco fuera de ella misma, se negaba, se perdía en un extraño exceso. Raspé con el tacón aquella garra negra; hubiera querido descortezarla un poco. Para nada, por desafío, para que apareciera en el cuero curtido la rosa absurda de un rasguño; para *jugar* con el absurdo del mundo. Pero cuando retiré el pie, vi que la corteza seguía negra.

¿Negra? Sentía que la palabra se desinflaba, se vaciaba de sentido con una rapidez extraordinaria. ¿Negra? La raíz *no era* negra, no era negro lo que había en ese trozo de madera, sino... otra cosa; el negro, como el círculo, no existía. Yo miraba la raíz: ¿era *más* que negra o *más o menos* negra? Pero pronto dejé de interrogarme porque tenía la impresión de pisar terreno conocido. Sí, ya había escrutado, con esa inquietud, objetos innominables; ya había intentado —en vano— pensar algo *sobre ellos,* y ya había sentido que sus cualidades frías e inertes se hurtaban, se deslizaban entre mis dedos. Los tirantes de Adolphe, la otra noche, en el *Rendez-vous des Cheminots.* No *eran* violeta. Volví a ver las dos manchas indefinibles en la camisa. Y el guijarro, origen de toda esta historia: no era... no recordaba bien, a punto fijo, qué se negaba a ser. Pero no había olvidado su resistencia pasiva. Y la mano del Autodidacto; la tomé y estreché un día, en la biblioteca, y después tuve la impresión de que no era una mano. Pensé en un gran gusano blanco, pero tampoco era eso. Y la turbia transparencia del vaso de vidrio, en el café Mably. Turbios: eso es lo que eran los sonidos, los perfumes, los sabores. Cuando corrían rápidamente, como liebres, delante de las narices, y no se les prestaba demasiada atención, podía considerárselos muy simples y tranquilizadores, podía creerse que había en el mundo verdadero azul, verdadero rojo, un verdadero olor a almendra o a violeta. Pero al retenerlos un instante, este sentimiento de confort y de seguridad cedía el sitio a un profundo malestar: los colores, los olores, los sabores nunca eran verdaderos, nunca simplemente ellos y nada más que ellos mismos. La cualidad más simple, la más indescomponible tenía de más en sí misma, con respecto a sí misma, en su corazón. Aquel negro, allí, junto a mi pie, no parecía ser negro sino más bien el esfuerzo confuso por imaginar el negro de alguien que nunca lo hubiera visto ni hubiera sabido detenerse, de alguien que hubiera imaginado un ser ambiguo, más allá de los colores. Aquello *semejaba* un color pero también... una magulladura o más bien una secreción, una grasitud —y otra cosa, un olor, por ejemplo—; aquello se fundía en olor a tierra mojada, a madera tibia y mojada, en olor negro extendido como un barniz sobre la madera nerviosa, en sabor de fibra masticada, azucarada. Simplemente, yo no *veía* ese negro; la vista es una invención abstracta, una idea limpia, simplificada, una idea de hombre. Aquel negro, presencia amorfa y floja, desbordaba de lejos la vista, el olfato, el gusto. Pero esta riqueza se convertía en confusión y al fin ya no era nada porque era demasiado.

Aquel momento fue extraordinario. Yo estaba allí, inmóvil y helado, sumido en un éxtasis horrible. Pero en el seno mismo de ese éxtasis, acababa de aparecer algo nuevo: yo comprendía la Náusea, la poseía. A decir verdad, no me formulaba mis descubrimientos. Pero creo que ahora me sería fácil expresarlos con palabras. Lo esencial es la contingencia. Quiero decir que, por definición, la existencia no es la necesidad. Existir *es estar ahí,* simplemente; los existentes aparecen, se dejan *encontrar,* pero nunca es posible *deducirlos.* Creo que hay quienes han comprendido esto. Sólo que han intentado superar esta contingencia inventando un ser necesario y causa de sí. Pero ningún ser necesario puede explicar la existencia; la contingencia no es una máscara, una apariencia que puede disiparse; es lo absoluto, en consecuencia, la gratuidad perfecta. Todo es gratuito: ese jardín, esta ciudad, yo mismo. Cuando uno llega a comprenderlo, se le revuelve el estómago y todo empieza a flotar, como la otra noche en el *Rendez-vous des Cheminots;* eso es la Náusea; eso es lo que los Cabrones —los del Coteau Vert y los otros— tratan de ocultarse con su idea de derecho. Pero qué pobre mentira; nadie tiene derecho; ellos son enteramente gratuitos, como los otros hombres, no logran no sentirse de más. Y en sí mismos, secretamente, *están de más,* es decir, son amorfos y vagos, tristes.

¿Cuánto tiempo duró esta fascinación? Yo *era* la raíz de castaño. O más bien yo era, por entero, conciencia de su existencia. Todavía separado de ella —puesto que tenía conciencia— y sin embargo perdido en ella, nada más que en ella. Una conciencia incómoda y que no obstante se dejaba llevar con todo su peso, en vilo, por ese trozo de madera inerte. El tiempo se había detenido: un charquito negro a mis pies; era imposible que viniera algo *después* de aquel momento. Hubiera querido arrancarme a aquel goce atroz, pero ni siquiera imaginaba que tal cosa fuese posible; yo estaba dentro; la raíz *no pasaba,* permanecía allí en mis ojos, como se atraviesa en un gaznate un trozo demasiado grande. No podía ni aceptarla ni rechazarla. ¿A costa de qué esfuerzo alcé los ojos? ¿Y los alcé siquiera? ¿No me aniquilé más bien durante un instante para renacer en el siguiente con la cabeza echada hacia atrás, mirando a lo alto? En realidad, no tuve conciencia de un paso. Pero de pronto me resultó imposible pensar la existencia de la raíz. Se había borrado, era inútil que me repitiera: existe, todavía está ahí, bajo el banco, contra mi pie derecho; esto ya no significaba nada. La existencia no es algo que se deja pensar de lejos: es preciso que nos invada bruscamente, que se detenga sobre nosotros, que pese nuestro corazón como una gran bestia inmóvil; si no, no hay absolutamente nada.

Ya no había absolutamente nada, tenía los ojos vacíos, y estaba encantado con mi liberación. Y de golpe, aquello empezó a agitarse delante de mis ojos, con movimientos ligeros e inciertos: el viento sacudía la cima del árbol.

No me disgustaba ver algo en movimiento; me desviaba de todas aquellas existencias inmóviles que me miraban como ojos fijos. Me decía, siguiendo el balanceo de las ramas: los movimientos nunca existen del todo, son pasos intermedios entre dos existencias, tiempos débiles. Me disponía a verlos salir de la nada, madurar progresivamente, abrirse; por fin iba a sorprender existencias a punto de nacer.

Bastaron tres segundos para barrer con todas mis esperanzas. En esas ramas vacilantes que tanteaban a su alrededor como ciegas, no lograba captar un «paso» a la existencia. Esta idea de paso era otra invención de los hombres. Una idea demasiado clara. Todas esas agitaciones menudas se aislaban, se asentaban solas. Rebosaban por todas partes de las ramas y ramitas. Se arremolinaban alrededor de esas manos secas, las envolvían con pequeños ciclones. Claro está, un movimiento era una cosa distinta de un árbol. Pero a pesar de todo era un absoluto. Una cosa. Mis ojos no encontraban jamás sino lo pleno. Allí bullían existencias en las puntas de las ramas, existencias renovadas sin cesar y nunca nacidas. El viento existente venía a posarse en el árbol como una gran mosca; y el árbol se estremecía. Pero el estremecimiento no era una cualidad naciente, un paso de la potencia al acto; era una cosa; una cosa-estremecimiento que se escurría en el árbol, se apoderaba de él, lo sacudía y de improviso lo abandonaba, se alejaba para girar sobre sí misma. Todo estaba pleno, todo en acto, no había tiempo débil; todo, hasta el sobresalto más imperceptible, estaba hecho de existencia. Y todos esos existentes que se afanaban alrededor del árbol no venían de ninguna parte ni iban a ninguna parte. De golpe existían y después, de golpe, no existían. La existencia no tiene memoria, no conserva nada de los desaparecidos, ni siquiera un recuerdo. Existencia en todas partes, al infinito, de más siempre y en todas partes; existencia, siempre limitada sólo por la existencia. Me dejé estar en el banco, aturdido, abrumado por esa profusión de seres sin origen, en todas partes eclosiones, florecimientos; me zumbaban de existencia los oídos, mi misma carne palpitaba y se entreabría, se abandonaba a la brotadura universal; era repugnante. «Pero ¿por qué, pensaba yo, por qué tantas existencias, si todas se parecen?» ¿A santo de qué tantos árboles parecidos, tantas existencias frustradas y obstinadamente recomenzadas y de nuevo frustradas, como los torpes esfuerzos de un insecto caído de espaldas? (Yo era uno de esos esfuerzos.) Esa abundancia no hacía el efecto de generosidad, al contrario. Era lúgubre, miserable, trabada por sí misma. Esos árboles, esos grandes cuerpos desmañados... Me eché a reír porque pensé de golpe en las primaveras formidables que se describen en los libros, llenas de crujidos, estallidos, eclosiones gigantescas. Había imbéciles que venían a hablar de voluntad de poder y lucha por la vida. ¿No habían mirado nunca un animal o un árbol? Hubieran querido hacerme tomar ese plátano con sus placas de peladera, esa encina medio podrida por fuerzas jóvenes y ásperas que brotaban hacia el cielo. ¿Debía representármela como una garra voraz que rompiese la tierra para arrancarle su sustento?

Imposible ver las cosas de esta manera. Blanduras, debilidades, sí. Los árboles flotaban. ¿Ímpetu hacia el cielo? Más bien un derrumbe; a cada instante esperaba ver arrugarse los troncos como juncos cansados, encogerse y caer al suelo en un montón negro y blando con pliegues. *No tenían ganas de existir,* pero no podían evitarlo; eso es todo. Entonces hacían todos su pequeña cocina, despacito, sin entusiasmo; la savia subía lentamente en los vasos, a contra gusto, y las raíces se hundían lentamente en la tierra. Pero a cada instante parecían a punto de plantarlo todo allí y de aniquilarse. Cansados y viejos, continuaban existiendo de mala gana, simplemente porque eran demasiado débiles para morir, porque la muerte sólo podía venirles del exterior: sólo las melodías musicales llevan en sí su propia muerte como una necesidad interna; pero las melodías no existen. Todo lo que existe nace sin razón, se prolonga por debilidad y muere por casualidad. Me dejé ir hacia atrás y cerré los párpados. Pero las imágenes, enseguida vigilantes, saltaron y vinieron a colmar de existencia mis ojos cerrados: la existencia es un pleno que el hombre no puede abandonar.

Extrañas imágenes. Representaban una multitud de cosas. No cosas verdaderas, otras que se les parecían. Objetos de madera que semejaban sillas, zuecos, otros objetos que semejaban plantas. Y además dos rostros: la pareja que almorzaba a mi lado, el otro domingo, en la cervecería Vézelise. Gordos, calientes, sensuales, absurdos, con las orejas rojas. Veía los hombres y el pecho de la mujer. Existencia desnuda. Aquellos dos —bruscamente esto me horrorizó—; aquellos dos continuaban existiendo en alguna parte de Bouville; en alguna parte —¿en medio de qué olores?— aquel pecho suave continuaba acariciándose contra frescas telas, acurrucándose en los encajes, y la mujer continuaba sintiendo que su pecho existía dentro del corpiño, continuaba pensando: «Mis senos, mis lindos frutos», sonriendo misteriosamente, atenta a la expansión de sus senos que la cosquilleaba y entonces grité y me encontré con los ojos muy abiertos.

¿Soñé aquella enorme presencia? Estaba allí, posada en el jardín, volcada en los árboles, toda blanda, embadurnándolo todo, espesa como una confitura. ¿Y yo estaba dentro, con todo el jardín? Tenía miedo, pero sobre todo cólera; aquello me parecía tan estúpido, tan fuera de lugar; odiaba esa mermelada innoble. ¡Sí, sí! Aquello subía hasta el cielo, andaba por todas partes, lo llenaba todo con su caída gelatinosa y yo le veía profundidades, mucho más lejos que los límites del jardín y las casas y Bouville; ya no estaba en Bouville ni en ninguna parte, flotaba. No me sorprendía, sabía que era el Mundo, el Mundo completamente desnudo el que se mostraba de golpe, y me ahogaba de cólera contra ese ser gordo y absurdo. Ni siquiera podía uno preguntarse de dónde salía aquello, todo aquello, ni cómo era que existía un mundo más bien que nada. Aquello no tenía sentido, el mundo estaba presente, en todas partes presente, adelante, atrás. No había habido nada *antes* de él. Nada.

No había habido un momento en que hubiera podido no existir. Eso era lo que me irritaba: claro que no había *ninguna razón* para que existiera esa larva resbaladiza. *Pero no era posible* que no existiera. Era impensable: para imaginar la nada, era menester encontrarse allí en pleno mundo, con los ojos bien abiertos, y viviente, la nada sólo era una idea en mi cabeza, una idea existente que flotaba en esa inmensidad; esa nada no había venido *antes* de la existencia, era una existencia como cualquier otra, y aparecida después de muchas otras. Yo gritaba «¡qué porquería, qué porquería!» y me sacudía para desembarazarme de esa porquería pegajosa, pero ella resistía y había tanto, toneladas y toneladas de existencia, indefinidamente; me ahogaba en el fondo de ese inmenso asco. Y entonces, de golpe, el jardín se vació como por un gran agujero, el mundo desapareció de la misma manera que había llegado o bien me desperté; en todo caso, no lo vi más; a mi alrededor quedaba tierra amarilla, de donde brotaban ramas secas, erguidas en el aire.

Me levanté, salí. Al llegar a la verja, me volví. Entonces el jardín me sonrió. Me apoyé en la verja y miré largo rato. La sonrisa de los árboles, del macizo de laurel *quería* decir algo; aquél era el verdadero secreto de la existencia. Recordé que un domingo, no hace más de tres semanas, había captado en las cosas una especie de aire de complicidad. ¿Se dirigía a mí? Sentí, fastidiado, que no contaba con ningún medio para comprender. Ningún medio. Sin embargo estaba allí, a la espera, semejante a la mirada. Estaba allí, en el tronco del castaño..., era *el* castaño. Parecía como si las cosas fueran pensamientos que se detenían en el camino, que se olvidaban, que olvidaban lo que habían querido pensar, y permanecían así, saltando, con un sentido pequeño y ridículo que las excedía.

Ese pequeño sentido me irritaba; *no podía* comprenderlo aunque me quedara setecientos años apoyado en la verja; había conocido todo lo que podía saber de la existencia. Me fui, y de vuelta en el hotel escribí esto.

Por la noche

He tomado una decisión: no tengo razón para quedarme en Bouville si no escribo el libro; iré a vivir a París. El viernes tomaré el tren de las cinco, el sábado veré a Anny; pienso que pasaremos unos días juntos. Después regresaré para arreglar algunos asuntos y hacer las maletas. El primero de marzo a más tardar estaré definitivamente instalado en París.

Viernes

En *Rendez-vous des Cheminots.* El tren parte dentro de veinte minutos. El fonógrafo. Fuerte impresión de aventura.

Sábado

Anny viene a abrirme con un largo vestido negro. Naturalmente, no me tiende la mano, no me saluda. Yo mantuve mi mano derecha en el bolsillo del abrigo. Anny dice en tono malhumorado y muy rápido, para librarse de las formalidades:

—Entra y siéntate donde quieras, salvo en el sillón junto a la ventana.

Es ella, muy ella. Deja colgar los brazos, tiene el rostro taciturno que antes le daba el aire de una chiquilla en la edad ingrata. Pero ahora ya no parece una chiquilla. Está gorda, su pecho es fuerte.

Cierra la puerta, se dice a sí misma, con aire meditativo:

—No sé si voy a sentarme en la cama...

Finalmente se deja caer en una especie de cajón cubierto con un tapiz. Su andar ya no es el mismo; se desplaza con una pesadez majestuosa, y no sin gracia; parece molesta por su precoz corpulencia. Pero a pesar de todo es muy ella, es Anny.

Anny lanza una carcajada.

—¿Por qué te ríes?

No responde enseguida, como de costumbre, y adopta un aire pleitista.

—Dime, ¿por qué?

—Por la amplia sonrisa que enarbolas desde que entraste. Pareces un padre que acaba de casar a su hija. Vamos, no te quedes de pie. Deja el abrigo y siéntate. Sí, ahí si quieres.

Sigue un silencio, que Anny no trata de romper. ¡Qué desmantelada está la habitación! En otros tiempos Anny llevaba en todos sus viajes una inmensa maleta llena de chales, de turbantes, de mantillas, de máscaras japonesas, de estampas de Epinal. Apenas paraba en un hotel —aunque tuviera que quedarse una sola noche— su primer cuidado era abrir la maleta y sacar todas sus riquezas, que colgaba de las paredes, suspendía en las lámparas, extendía sobre las mesas o en el suelo, según un orden variable y complicado; en menos de media hora el cuarto más vulgar se revestía de una personalidad pesada y sensual, casi intolerable. Tal vez la maleta se ha perdido, o quedó en el depósito... Esta habitación fría, con la puerta que se entreabre al cuarto de baño, tiene algo de siniestro. Se asemeja, con más lujo y tristeza, a mi habitación de Bouville.

Anny sigue riendo. Reconozco muy bien esa risita muy alta y un poco gangosa.

—Bueno, tú no has cambiado. ¿Qué buscas con esa cara enloquecida?

Sonríe, pero sus ojos me miran con una curiosidad casi hostil.

—Pensaba solamente que este cuarto no parecía habitado por ti.

—¿Ah, no? —responde con aire vago.

Nuevo silencio. Ahora está sentada sobre la cama, muy pálida en su vestido negro. No se ha cortado el pelo. Sigue mirándome con aire de tranquilidad, levantando un poco las cejas. ¿No tiene nada que decirme? ¿Por qué me ha hecho venir? Ese silencio es insoportable.

De improviso digo, lastimosamente:

—Estoy contento de verte.

La última palabra se estrangula en mi garganta; para salir con eso hubiera hecho mejor callándome. Seguramente va a enfadarse. Yo pensé que el primer cuarto de hora sería penoso. Antes, cuando veía a Anny, aunque fuera después de una ausencia de veinticuatro horas, por la mañana, al despertar, nunca sabía encontrar las frases que ella esperaba, las que convenían a su vestido, al tiempo, a las últimas palabras que habíamos pronunciado la víspera. Pero ¿qué quiere? No puedo adivinarlo.

Levanta los ojos. Anny me mira con una especie de ternura.

—¿Entonces no has cambiado nada? ¿Siempre eres tan tonto?

Su rostro expresa satisfacción. Pero qué cansada parece.

—Eres un mojón —dice—, un mojón al borde de un camino. Explicas y explicarás toda tu vida imperturbablemente que Melun está a veintisiete kilómetros y Montargis a cuarenta y dos. Por eso te necesito tanto.

—¿Me necesitas? ¿Me necesitaste durante esos cuatro años en que no te vi? Bueno, has estado muy discreta.

Hablé sonriendo; ella podría creer que le guardo rencor. Siento esta sonrisa muy falsa en mi boca; estoy incómodo.

—¡Qué tonto eres! Naturalmente, no he necesitado verte, si es esto lo que quieres decir. Ya sabes que no tienes nada particularmente regocijante para los ojos. Necesito que existas y que no cambies. Eres como ese metro de platino que se conserva en alguna parte, en París o en los alrededores. No creo que nadie haya tenido nunca deseos de verlo.

—En eso te equivocas.

—En fin, poco importa, yo no. Bueno, estoy contenta de saber que existe, que mide exactamente la diez millonésima parte del cuadrante del meridiano terrestre. Lo pienso cada vez que toman medidas en un departamento o que me venden tela negra por metros.

—¡Ah!, ¿sí? —digo fríamente.

—Pero podría muy bien pensar en ti sólo como en una virtud abstracta, una especie de límite. Puedes agradecerme que recuerde cada vez tu cara.

Ya hemos vuelto a las discusiones alejandrinas que era necesario sostener en otros tiempos, cuando yo abrigaba deseos simples y vulgares, como decirle que la quería, tomarla en mis brazos. Hoy no tengo ningún deseo. Salvo quizá el de callarme y mirarla, comprender en silencio toda la importancia de este acontecimiento extraordinario: la presencia de Anny frente a mí. ¿Y para ella este día es semejante a los demás? A ella no le tiemblan las manos. Debía de tener algo que decirme el día que me escribió, o quizá fuera, simplemente, un capricho. Ahora, lo ha olvidado.

Anny me sonríe de golpe con una ternura tan visible que las lágrimas me asoman a los ojos.

—He pensado en ti mucho más a menudo que en el metro de platino. No hubo día que no pensara en ti. Y recordaba claramente hasta el menor detalle de tu persona.

Se levanta y viene a apoyar sus manos en mis hombros.

—Atrévete a decirme que recordabas mi cara, tú que te quejas.

—Es difícil —digo—, tú sabes muy bien que tengo mala memoria.

—Lo confiesas, me habías olvidado por completo. ¿Me hubieras reconocido en la calle?

—Naturalmente. No se trata de eso.

—¿Recordabas por lo menos el color de mi pelo?

—¡Pues claro! Es rubio.

Anny se echó a reír.

—Lo dices con mucho orgullo. Ahora que lo ves no tiene mucho mérito.

Me revuelve el pelo de un manotón.

—Y tu pelo es rojo —dice imitándome—; la primera vez que te vi tenías, no lo olvidaré nunca, un sombrero blando que tiraba a malva y que bramaba al verse con tu pelo rojo. Era muy penoso mirarlo. ¿Dónde está tu sombrero? Quiero ver si tienes siempre tan mal gusto.

—Ya no uso.

Silba ligeramente, abriendo grandes ojos.

—¡No se te habrá ocurrido solo! ¿Sí? Bueno, te felicito. ¡Naturalmente! Bastaba pensarlo. Ese pelo no soporta nada, se da de coces con los sombreros, con los cojines de los sillones, hasta con el papel de las paredes que le sirven de fondo. O si no tendrías que encasquetártelo hasta las orejas, como aquel fieltro inglés que habías comprado en Londres. Metías los mechones debajo y ni siquiera se sabía si tenías pelo.

Agrega, en el tono decidido con que se terminan las viejas disputas:

—No te quedaba nada bien.

Ya no sé qué sombrero era.

—¿Yo decía que me quedaba bien?

—¡Ya lo creo que lo decías! No hablabas de otra cosa. Y te mirabas solapadamente en los espejos cuando creías que no te veía.

Este reconocimiento del pasado me abruma. Anny ni siquiera parece evocar recuerdos; su tono no tiene el matiz enternecido y lejano que conviene a esta clase de ocupación. Es como si hablara de hoy, a lo sumo de ayer; ha conservado vívidas sus opiniones, sus terquedades, sus rencores de otros tiempos. Para mí, por el contrario, lo inunda todo una ola poética; estoy dispuesto a todas las concesiones.

—Ya ves, he engordado, he envejecido, tengo que cuidarme.

Sí. ¡Y qué aspecto fatigado el suyo! Cuando quiero hablar, agrega enseguida:

—Hice teatro, en Londres.

—¿Con Candler?

—No, hombre, con Candler no. Te reconozco bien en eso. Se te había metido en la cabeza que hiciera teatro con Candler. ¿Cuántas veces habrá que decirte que Candler es un director de orquesta? No, en un teatrito, Soho Square. Representamos *Emperor Jones,* obras de Sean O'Casey, de Synge y *Britannicus.*

—*¿Britannicus?* —digo asombrado.

—Pues sí, *Britannicus.* Por eso lo abandoné. Yo les había dado la idea de montar *Britannicus;* y quisieron hacerme interpretar Junie.

—¿Sí?

—Y naturalmente, sólo podía interpretar Agrippine.

—¿Y ahora qué haces?

Ha sido un error preguntarle esto. La vida desaparece de su rostro. Sin embargo, responde inmediatamente.

—Ya no trabajo. Me mantiene un tipo.

Sonríe:

—¡Oh! No te sorprendas tanto, no es trágico. Siempre te dije que me daría lo mismo que me mantuvieran. Además, es un tipo viejo, no molesta.

—¿Un inglés?

—Pero ¿qué puede importarte? —dice irritada—. No vamos a hablar de ese infeliz. No tiene ninguna importancia ni para ti ni para mí. ¿Quieres té?

Entra en el cuarto de baño. La oigo ir y venir, mover las cacerolas y hablar sola; un murmullo agudo e ininteligible. En la mesa de la luz junto a la cama, hay, como siempre, un tomo de la *Historia de Francia,* de Michelet. Ahora observo que encima de la cama ha colgado una foto, una sola, una reproducción del retrato de Emily Brontë por su hermano.

Anny vuelve y me dice bruscamente:

—Ahora tienes que hablarme de ti.

Luego desaparece de nuevo en el cuarto de baño. De esto me acuerdo, a pesar de mi mala memoria: hacía preguntas directas como ésta, que me molestaban mucho porque sentía en ellas un interés sincero y a la vez deseo de terminar cuanto antes. En todo caso, después de esta pregunta, ya no cabe duda; quiere algo de mí. Por el momento sólo son preliminares: desembarazarse de lo que podría molestar; arreglar definitivamente las cuestiones secundarias. «Ahora tienes que hablarme de ti.» Dentro de un rato me hablará de ella. De golpe, no siento el menor deseo de contarle nada. ¿Para qué? La Náusea, el miedo, la existencia... Es preferible que me lo guarde.

—Vamos, date prisa —grita a través del tabique.

Vuelve con una tetera.

—¿Qué haces? ¿Vives en París?

—Vivo en Bouville.

—¿En Bouville? ¿Por qué? Espero que no te habrás casado.

—¿Casado? —digo sobresaltándome.

Me resulta desagradable que Anny haya podido pensarlo. Se lo digo:

—Es absurdo. Muy del tipo de imaginación naturalista que me reprochabas en otro tiempo, ¿recuerdas?, cuando te imaginaba viuda y madre de dos niños varones. Y todas las historias que te contaba sobre lo que llegaríamos a ser. Tú detestabas aquello.

—Y tú te complacías —responde sin inmutarse—. Lo decías para dártelas de escéptico. Además, te indignas así en la conversación, pero eres lo bastante traidor para casarte un día a escondidas. Protestaste durante un año, indignado, que no irías a ver *Violetas imperiales.* Y un día que yo estaba enferma, fuiste a verla solo a un pequeño cine de barrio.

—Vivo en Bouville —dije con dignidad—, porque estoy escribiendo un libro sobre M. de Rollebon.

Anny me mira con aplicado interés.

—¿M. de Rollebon? ¿Vivió en el siglo XVIII?

—Sí.

—¿Entonces es un libro de historia?

—Sí.

—¡Ah, ah!

Si me hace otra pregunta le contaré todo. Pero no pregunta nada más. Aparentemente, juzga que sabe bastante de mí. Anny sabe escuchar muy bien, pero sólo cuando quiere. La miro: ha bajado los párpados, piensa en lo que va decirme, en la manera de empezar. ¿Debo interrogarla a mi vez? No creo que le interese. Hablará cuando lo considere oportuno. El corazón me late con fuerza.

Bruscamente, dice:

—Yo he cambiado.

Éste es el comienzo. Pero ahora se calla. Sirve té en tazas de porcelana blanca. Espera que yo hable; tengo que decir algo. No cualquier cosa, justo lo que ella espera. Un suplicio para mí. Ha cambiado de veras. Está gorda, parece fatigada; seguramente no es esto lo que quiere decir.

—No sé, no me parece. Ya he encontrado tu risa, tu manera de levantarte y poner las manos en mis hombros, tu manía de hablar sola. Sigues leyendo la *Historia* de Michelet. Y un montón de cosas más...

Y ese interés profundo por mi esencia eterna y su indiferencia total hacia todo lo que pueda sucederme en la vida, y esa extraña afectación pedante y encantadora a la vez, y esa manera de suprimir antes que nada las fórmulas mecánicas de cortesía, de amistad, todo lo que facilita las relaciones de los hombres entre sí, esa manera de obligar a los interlocutores a una perpetua invención.

Se encoge de hombros:

—Sí, hombre, he cambiado —dice secamente—, he cambiado del todo. Ya no soy la misma persona. Pensé que te darías cuenta a la primera ojeada. Y vienes a hablarme de la *Historia* de Michelet.

Se me planta delante:

—Vamos a ver si este hombre es tan inteligente como asegura. Busca: ¿en qué he cambiado?

Vacilo; Anny golpea con el pie, todavía sonriendo, pero sinceramente irritada.

—En otro tiempo había algo que te resultaba un suplicio. Por lo menos tú lo afirmabas. Y ahora se acabó, ha desaparecido. Deberías notarlo. ¿Acaso no te sientes más cómodo?

No me atrevo a responderle que no; estoy, como antes, sentado en el borde de la silla, cuidando de evitar emboscadas, de conjurar inexplicables cóleras.

Ella ha vuelto a sentarse.

—Bueno —dice meneando la cabeza con convicción—, si no comprendes es que has olvidado muchas cosas. Todavía más de lo que yo pensaba. Vamos a ver: ¿recuerdas tus fechorías de antes? Venías, hablabas, te ibas: todo a destiempo. Imagina que nada hubiera cambiado: tú entrarías, habría máscaras y chales en la pared, yo estaría sentada en la cama y te diría —echa la cabeza hacia atrás, dilata la nariz y habla con voz teatral como burlándose de sí misma—: «Bueno, ¿qué esperas? Siéntate». Y, naturalmente, evitaría cuidadosamente decirte: salvo en el sillón junto a la ventana.

—Me tendías trampas.

—No eran trampas... Entonces, naturalmente, hubieras ido derecho a sentarte allí.

—¿Y qué me hubiera sucedido? —digo volviéndome y mirando el sillón con curiosidad. Es de apariencia ordinaria, tiene un aire paternal y confortable.

—Sólo cosas malas —responde Anny secamente.

No insisto; Anny siempre se ha rodeado de objetos tabú.

—Creo —le digo de golpe— que adivino algo. Pero sería tan extraordinario. Espera, déjame buscar: sí, este cuarto está desmantelado. Me harás la justicia de reconocer que lo observé enseguida. Bueno, hubiera entrado, habría visto las máscaras en las paredes, y los chales y todo eso. El hotel se detenía siempre en tu puerta. Tu cuarto era otra cosa... No hubieras venido a abrirme. Te hubiera descubierto agazapada en un rincón, quizá sentada en el suelo sobre aquella alfombra roja que llevabas siempre contigo, mirándome sin indulgencia, aguardando... Apenas pronunciara yo una palabra, apenas hiciera un gesto y recobrara la respiración, tú fruncirías las cejas y yo me sentiría profundamente culpable sin saber por qué. Después habría acumulado una torpeza tras otra, me hubiera hundido en mi falta...

—¿Cuántas veces sucedió eso?

—Cien veces.

—¡Por lo menos! ¿Eres más hábil, más fino ahora?

—¡No!

—Me gusta oírte decirlo. ¿Entonces?

—Entonces es que ya no hay...

—¡Ah, ah! —exclama con voz teatral—. ¡Apenas se atreve a creerlo!

Prosigue dulcemente:

—Bueno, puedes creérmelo: ya no hay más.

—¿No más momentos perfectos?

—No.

Estoy estupefacto. Insisto.

—En fin, tú no... ¿Se acabaron aquellas... tragedias, aquellas tragedias instantáneas en que las máscaras, los chales, los muebles y yo mismo teníamos cada uno nuestro pequeño papel, y tú uno grande?

Sonríe.

—¡Ingrato! A veces te di papeles más importantes que el mío, pero no lo sospechaste. Bueno, sí, se acabaron. ¿Te sorprende mucho?

—¡Ah, sí, estoy sorprendido! Creí que eso formaba parte de ti misma, que si te lo quitaban sería como si te arrancaran el corazón.

—Yo también lo creí —dice como si no lamentara nada. Agrega con una especie de ironía que me hace una impresión muy desagradable—: Pero ya ves que puedo vivir sin eso.

Ha entrecruzado los dedos y sujeta una de las rodillas con sus manos. Mira al aire con una vaga sonrisa que le rejuvenece el rostro. Parece una chiquilla gorda, misteriosa y satisfecha.

—Sí, estoy contenta de que sigas siendo el mismo. Si te hubieran mudado de sitio, pintado de nuevo, clavado al borde de otro camino, no tendría nada fijo para orientarme. Me eres indispensable; yo cambio, queda convenido que tú permaneces inmutable y mido mis cambios en comparación contigo.

A pesar de todo me siento un poco mortificado.

—Bueno, es muy inexacto —digo con vivacidad—; al contrario, he evolucionado totalmente los últimos tiempos, y en el fondo...

—¡Oh! —dice con un desprecio aplastante—, cambios intelectuales. Yo he cambiado hasta el blanco de los ojos.

Hasta el blanco de los ojos... ¿Qué hay en su voz que me trastorna? ¡De todos modos doy un salto brusco! Dejo de mirar a una Anny desaparecida. Es esta mujer, esta mujer gorda de aspecto arruinado la que me conmueve y que amo.

—Tengo una especie de certeza... física. Siento que no hay momentos perfectos. Lo siento hasta en las piernas cuando camino. Lo siento todo el tiempo, hasta cuando duermo, no puedo olvidarlo. Nunca hubo nada que fuera como una revelación; no puedo decir: a partir de tal día, de tal hora, mi vida se ha transformado. Pero en la actualidad estoy siempre un poco como si aquello me hubiera sido revelado la víspera. Estoy deslumbrada, incómoda, no me acostumbro.

Dice estas palabras con una voz calmosa donde queda un atisbo de orgullo por haber cambiado tanto. Se balancea en el cajón con una gracia extraordinaria. Ni una vez desde que entré se ha parecido tanto a la Anny de antes, de Marsella. Me ha atrapado de nuevo, he vuelto a sumergirme en su extraño universo, más allá del ridículo, de la afectación, de la sutileza. Hasta he recuperado aquella ligera fiebre que me agitaba siempre en su presencia y aquel gusto amargo en el fondo de la boca.

Anny desanuda las manos y suelta la rodilla. Se calla. Es un silencio concertado, como cuando en la ópera la escena permanece vacía exactamente durante siete compases de orquesta. Bebe el té. Después deja la taza y se mantiene rígida apoyando las manos cerradas en el borde del cajón.

De improviso hace aparecer en su cara el soberbio rostro de Medusa que yo amaba tanto, hinchado de odio, torcido, venenoso. Anny no cambia de expresión, cambia de rostro, como los actores antiguos cambiaban de máscara: de golpe. Y cada una de estas máscaras está destinada a crear la atmósfera, a dar el tono de lo que seguirá. Aparece y se mantiene sin modificarse mientras Anny habla. Después cae, se desprende de ella.

Me mira fijamente sin demostrar verme. Hablará. Espero un discurso trágico, a la altura de la dignidad de su máscara, un canto fúnebre.

Dice una sola palabra:

—Me sobrevivo.

El acento no corresponde para nada al rostro. No es trágico, es... horrible; expresa una desesperación seca, sin lágrimas, sin piedad. Sí, hay en ella algo irremediablemente agotado.

La máscara cae, Anny sonríe.

—No estoy nada triste. A menudo eso me asombraba, pero me equivoqué: ¿por qué había de estar triste? En otros tiempos fui capaz de pasiones bastante hermosas. Odié apasionadamente a mi madre. Además, a ti —dice con desafío— te amé apasionadamente.

Espera una réplica. No digo nada.

—Todo eso se acabó, por supuesto.

—¿Cómo puedes saberlo?

—Lo sé. Sé que nunca más encontraré nada ni nadie que me inspire pasión. Tú sabes que ponerse a querer a alguien es una hazaña. Se necesita una energía, una generosidad, una ceguera... Hasta hay un momento, al principio mismo, en que es preciso saltar un precipicio; si uno reflexiona, no lo hace. Sé que nunca más saltaré.

—¿Por qué?

Me echa una mirada irónica y no responde.

—Ahora —dice— vivo rodeada por mis pasiones difuntas. Trato de recuperar aquel espléndido furor que me precipitó desde el tercer piso, a los doce años, un día que mi madre me azotó.

Agrega, sin relación aparente, con aire lejano:

—Tampoco es bueno para mí mirar demasiado tiempo los objetos. Los miro por saber qué son y tengo que apartar rápidamente los ojos.

—Pero ¿por qué?

—Me dan asco.

¡No se diría!... En todo caso, seguramente hay semejanzas. Ya una vez, en Londres, sucedió esto: habíamos pensado separadamente las mismas cosas sobre los mismos temas, casi en el mismo momento. Me gustaría tanto que...

Pero el pensamiento de Anny da numerosos rodeos; nunca se está seguro de haberla comprendido del todo. Necesito estar seguro.

—Escucha, quería decirte que jamás supe muy bien lo que eran los momentos perfectos; nunca me lo has explicado.

—Sí, lo sé, no hacías ningún esfuerzo. Eras una estaca a mi lado.

—¡Ay! Yo sé lo que me costó.

—Mereciste todo lo que te ha sucedido, eres muy culpable; me irritabas con tu aire sólido. Parecías decirme: yo soy normal; y te empeñabas en respirar salud, chorreabas salud moral.

—Sin embargo, te pedí más de cien veces que me explicaras lo que era un...

—Sí, pero con qué tono —dice colérica—; condescendías a informarte, ésa es la verdad. Lo preguntabas con una amabilidad distraída, como las señoras de edad me preguntaban a qué estaba jugando cuando era chica. En el fondo —continúa soñadora— me pregunto si no ha sido a ti a quien más he odiado.

Hace un esfuerzo, se recobra y sonríe con las mejillas encendidas todavía. Está muy bella.

—Con mucho gusto te lo explicaré. Ahora soy bastante vieja para hablar sin cólera, a las señoras de edad como tú, de los juegos de mi infancia. Vamos, habla, ¿qué es lo que quieres saber?

—¡Qué era aquello!

—¿Te he hablado de las situaciones privilegiadas?

—No lo creo.

—Sí —dice con seguridad—. Fue en Aix, en aquella plaza cuyo nombre ya no recuerdo. Estábamos en el café, a pleno sol, bajo las sombrillas anaranjadas. ¿No te acuerdas? Bebimos limonada y yo encontré moscas muertas en el azúcar en polvo.

—Ah, sí, tal vez...

—Bueno, te hablé de eso en aquel café. A propósito de la gran edición de la *Historia* de Michelet, la que yo poseía cuando era chica. Era mucho más grande que ésta y las hojas tenían un olor desvaído como el interior de un hongo, y olían a hongo. A la muerte de mi padre, mi tío Joseph les echó mano y se llevó todos los volúmenes. Fue aquel día cuando lo llamé viejo cerdo, y mi madre me azotó y salté por la ventana.

—Sí, sí..., has de haberme hablado de esa *Historia de Francia*... ¿No la leías en un desván? Mira, me acuerdo. Ya ves que eras injusta hace un momento cuando me *acusabas* de haberlo olvidado todo.

—Calla. Me llevaba, como muy bien has recordado, esos enormes libros al desván. Tenían muy pocas ilustraciones, quizá tres o cuatro por volumen. Pero cada una ocupaba, sola, una gran página, una página con el reverso en blanco. Este me hacía mucho efecto, porque en las otras hojas el texto estaba distribuido en dos columnas para ganar espacio. Mi amor por esos grabados era extraordinario; los conocía todos de memoria, y cuando releía un libro de Michelet los esperaba con cincuenta páginas de anticipación; siempre me parecía un milagro encontrarlos. Y además había un refinamiento, la escena representada nunca se relacionaba con el texto de las páginas vecinas; había que buscar el acontecimiento treinta páginas más lejos.

—Te lo suplico, háblame de los momentos perfectos.

—Te hablo de las situaciones privilegiadas. Eran aquellas representadas en los grabados. Yo las llamaba privilegiadas; me decía que debían de tener una importancia muy grande para que hubieran accedido a ponerlas como tema de aquellas ilustraciones tan escasas. Las habían escogido entre todas, ¿comprendes?, y sin embargo, muchos episodios tenían un valor plástico más grande, otros más interés histórico. Por ejemplo, para todo el siglo XVI había sólo tres imágenes: una para la muerte de Enrique II, otra para el asesinato del duque de Guisa y otra para la entrada de Enrique IV en París. Entonces me imaginé que estos acontecimientos tenían un carácter particular. Además, los grabados me confirmaban en esta idea: el dibujo era rústico, los brazos y las piernas nunca estaban bien unidos al tronco. Pero era algo lleno de grandeza. En el asesinato del duque de Guisa, por ejemplo, los espectadores manifiestan su estupor y su indignación tendiendo todas las manos hacia delante y apartando la cabeza; es muy hermoso, parece un coro. Y no creas que habían olvidado los detalles divertidos o anecdóticos. Se veían pajes cayendo al suelo, perritos que huían, bufones sentados en los peldaños del trono. Pero todos esos detalles estaban tratados con tanta grandeza e inhabilidad, que armonizaban perfectamente con el resto de la imagen; no creo haber visto cuadros con una unidad tan rigurosa. Bueno, de ahí procedieron.

—¿Las situaciones privilegiadas?

—En fin, la idea que me hacía de ellas. Eran situaciones que tenían una calidad rara y preciosa, estilo, si quieres. Ser rey, por ejemplo, cuando yo tenía ocho años me parecía una situación privilegiada. O morir. Te ríes, pero había tanta gente dibujada en el momento de su muerte, hay tantos que han pronunciado palabras sublimes en ese momento, que yo creía de buena fe..., en fin, pensaba que al entrar en agonía uno se veía transportado por encima de sí mismo. Además, bastaba estar en el aposento de un muerto; como la muerte era una situación privilegiada, algo emanaba de ella y se comunicaba a todas las personas presentes. Una especie de grandeza. Cuando mi padre murió, me hicieron subir a su cuarto para verlo por última vez. Al subir la escalera era muy desdichada, pero también estaba como ebria de una especie de alegría religiosa; al fin entraba en una situación privilegiada. Me apoyé en la pared, intenté hacer los gestos que correspondían. Pero mi tía y mi madre, arrodilladas al borde del lecho, lo estropeaban todo con sus sollozos.

Dice estas palabras de mal humor, como si el recuerdo fuera punzante todavía. Se interrumpe; con la mirada fija, las cejas levantadas, aprovecha la ocasión para revivir la escena una vez más.

—Más tarde amplié todo esto, le agregué primero una situación nueva: el amor (quiero decir el acto del amor). Mira, si nunca comprendiste por qué me negaba a... a algunos de tus ruegos, es una ocasión para comprenderlo: para mí había algo que salvar. Y me dije que debía de haber muchas más situaciones privilegiadas; finalmente, admití una infinidad.

—Sí, pero al fin, ¿qué eran?

—Bueno, ya te lo he dicho —dice con asombro—, hace un cuarto de hora que te lo estoy explicando.

—¿Pero era preciso sobre todo que la gente fuera muy apasionada, que sintiera arrebatos de odio o amor, por ejemplo; o el aspecto exterior del acontecimiento tenía que ser grande, quiero decir, lo que se puede ver...?

—Las dos cosas..., según —responde de mala gana.

—¿Y los momentos perfectos? ¿Qué vienen a hacer aquí?

—Llegan después. Primero están los signos anunciadores. Después, la situación privilegiada, lenta, majestuosamente entra en la vida de las personas. Entonces se plantea la cuestión de saber si uno quiere convertirla en momento perfecto.

—Sí —digo—, he comprendido. En cada una de las situaciones privilegiadas hay que realizar ciertos actos, adoptar ciertas actitudes, decir ciertas palabras, y otras actitudes, otras palabras están estrictamente prohibidas. ¿Es así?

—Si tú quieres...

—En suma, la situación es la materia; ésta exige un tratamiento.

—Así es —dice Anny—; ante todo era preciso estar sumido en algo excepcional y sentir que uno imponía orden allí. Si se hubieran realizado todas estas condiciones, el momento habría sido perfecto.

—En suma, era una especie de obra de arte.

—Ya me lo has dicho —replica irritada—. Pero no: era un... deber. *Había* que transformar las situaciones privilegiadas en momentos perfectos. Era una cuestión moral. Sí, puedes reírte: moral.

No me río.

—Escucha —le digo espontáneamente—, también yo voy a reconocer mis errores. Nunca te comprendí bien, nunca intenté sinceramente ayudarte. Si hubiera sabido...

—Gracias, muchas gracias —dice irónica—. Creo que no esperarás gratitud por estos remordimientos tardíos. Además, no te lo reprocho; nunca te expliqué nada claramente, estaba atada, no podía hablar de esto con nadie, ni siquiera contigo, sobre todo contigo. Siempre había algo que sonaba falso en aquellos momentos. Yo estaba como extraviada. Sin embargo, tenía la impresión de hacer todo lo que podía.

—Pero ¿qué era lo que había que hacer? ¿Qué actos?

—Qué tonto eres, no se pueden dar ejemplos; depende.

—Pero cuéntame lo que intentabas hacer.

—No, no tengo interés en hablar de eso. Pero si quieres, hay una historia que me llamó mucho la atención cuando iba a la escuela. Era un rey que había perdido una batalla y había caído prisionero. Estaba en un rincón, en el campo del vencedor. Ve pasar a su hijo y a su hija encadenados. No llora, no dice nada. Después ve pasar, encadenado también, a uno de sus servidores. Entonces empieza a gemir y arrancarse los cabellos. Tú mismo puedes inventar ejemplos. ¿Ves?, hay casos en que no se debe llorar, si no, uno es inmundo. Pero si dejas caer un leño en tu pie, puedes hacer lo que quieras; gimotear, llorar, saltar sobre el otro pie. Lo estúpido sería mantenerse todo el tiempo estoico; sería agotarse para nada.

Sonríe:

—Otras veces era preciso ser *más* que estoico. ¿No recuerdas, naturalmente, la primera vez que te besé?

—Sí, muy bien —digo triunfante—, fue en los jardines de Kens, a orillas del Támesis.

—Pero lo que nunca supiste es que estaba sentada sobre unas ortigas; se me había levantado el vestido, tenía los muslos llenos de pinchazos y al menor movimiento, nuevos pinchazos. Bueno, allí no hubiera bastado el estoicismo. Tú no me turbabas nada, no sentía un deseo particular de tus labios; el beso que iba a darte era de una importancia mucho mayor, era un compromiso, un pacto. Entonces, ¿comprendes?, el dolor resultaba impertinente, no me era permitido pensar en mis muslos en un momento como aquél. No bastaba ocultar mi padecimiento; era preciso no padecer.

Me mira con orgullo, muy sorprendida aún por lo que hizo:

—Durante más de veinte minutos, todo el tiempo que insistías para conseguir ese beso que estaba decidida a darte, durante todo el tiempo en que me hice rogar (porque era preciso dártelo según los cánones), llegué a anestesiarme por completo. Dios sabe, sin embargo, que tengo la piel sensible: no sentí *nada* hasta que nos levantamos.

Es eso, exactamente eso. No hay aventuras, no hay momentos perfectos..., hemos perdido las mismas ilusiones, hemos seguido los mismos caminos. Adivino el resto, hasta puedo tomar la palabra en su lugar y decir yo mismo lo que le falta decir:

—¿Y entonces te diste cuenta de que siempre había buenas mujeres llorando, o un tipo pelirrojo o cualquier otro para estropear tus defectos?

—Sí, naturalmente —dice sin entusiasmo.

—¿No es eso?

—Oh, a la larga hubiera podido resignarme a las torpezas de un pelirrojo. Después de todo era bondad mía interesarme en la manera de representar los otros su papel... No, es más bien...

—¿Que no hay situaciones privilegiadas?

—Eso es. Yo creía que el odio, el amor o la muerte bajaban sobre nosotros como las lenguas de fuego del Viernes Santo. Creía que era posible resplandecer de odio o de muerte. ¡Qué error! Sí, realmente, pensaba que existía «el Odio», que venía a posarse en la gente y a elevarla sobre sí misma. Naturalmente, sólo existo yo, yo que odio, yo que amo. Y entonces soy siempre la misma cosa, una pasta que se estira, se estira... y es siempre tan igual que uno se pregunta cómo se le ha ocurrido a la gente inventar nombres, hacer distinciones.

Piensa como yo. Tengo la impresión de no haberla dejado nunca.

—Escucha bien —le digo—, desde hace un momento pienso en una cosa que me gusta mucho más que el papel de mojón que tan generosamente me has concedido, y es que hemos cambiado al mismo tiempo y de la misma manera. Prefiero esto, ¿sabes?, a ver que te alejas cada vez más y estar condenado a señalar eternamente tu punto de partida. Yo había venido a contarte todo lo que me has contado, con otras palabras, es cierto. Nos encontramos a la llegada. No puedo decirte cuánto placer me causa.

—¿Sí? —me dice dulcemente, pero con aire terco—; bueno, con todo, yo hubiera preferido que no cambiaras; era más cómodo. No soy como tú; más bien me desagrada saber que alguien ha pensado las mismas cosas que yo. Además, has de equivocarte.

Le cuento mis aventuras, le hablo de la existencia, acaso demasiado tiempo. Escucha con aplicación; tiene los ojos abiertos, las cejas altas.

Cuando termino, parece aliviada.

—Bueno, pero no piensas lo mismo que yo. Te quejas porque las cosas no se disponen a tu alrededor como un ramillete de flores, sin tomarte la molestia de hacer nada. Pero yo nunca he pedido tanto: quería obrar. Cuando representábamos el aventurero y la aventurera, tú eras aquel a quien suceden aventuras, yo la que las hace suceder. Decías: «Soy un hombre de acción». ¿Recuerdas? Bueno, ahora digo simplemente: no se puede ser un hombre de acción.

Es preciso admitir que no la he convencido, pues se anima y prosigue con más fuerza:

—Y además hay un montón de cosas que no te he dicho porque serían demasiado largas de explicar. Por ejemplo: hubiera sido necesario que, en el momento mismo de obrar, pudiera decirme que mi acto tendría consecuencias... fatales. No logro explicarme bien...

—Pero es completamente inútil —digo con un aire bastante pedante—, eso también lo he pensado.

Me mira con desconfianza.

—De creerte, lo habrías pensado todo de la misma manera que yo: me asombras mucho.

No puedo convencerla, sólo conseguiría irritarla. Me callo. Tengo ganas de tomarla en mis brazos.

De pronto me mira con aire ansioso:

—Y entonces, si has pensado en todo eso, ¿qué se puede hacer?

Bajo la cabeza.

—Yo me... yo me sobrevivo —repite pesadamente.

¿Qué puedo decirle? ¿Acaso conozco motivos para vivir? No estoy desesperado como ella, porque no esperaba gran cosa. Estoy más bien... asombrado frente a esta vida que he recibido para *nada*. Mantengo gacha la cabeza, no quiero ver el rostro de Anny en este momento.

—Viajo —prosigue con voz lúgubre—; vengo de Suecia. Me detuve ocho días en Berlín. Está ese tipo que me mantiene...

Tomarla en mis brazos... ¿Para qué? ¡No puedo hacer nada por ella! Está sola como yo.

Me dice, con voz un poco más alegre:

—¿Qué estás refunfuñando...?

Levanto los ojos. Anny me mira con ternura.

—Nada. Pensaba solamente en algo.

—¡Oh, misterioso personaje! Bueno, habla o cállate, pero elige.

Le hablo del *Rendez-vous des Cheminots,* del viejo rag-time que hago poner en el fonógrafo, de la extraña felicidad que me proporciona.

—Me preguntaba si por ese lado no se podría encontrar o buscar...

No responde nada, creo que no se ha interesado mucho en lo que le dije.

Sin embargo, continúa, al cabo de un instante, y no sé si prosigue sus pensamientos o si es una respuesta a lo que acabo de decirle.

—Los cuadros, las estatuas son inutilizables; bellos *frente* a mí. La música...

—Pero en el teatro...

—Bueno, ¿en el teatro qué? ¿Quieres enumerar todas las bellas artes?

—¡En otros tiempos decías que deseabas hacer teatro porque en escena debían realizarse momentos perfectos!

—Sí, los he realizado, para los demás. Yo estaba en el polvo, en la corriente de aire, bajo las luces crudas, entre telones de cartón. En general, tenía por compañero a Thorndyke. Creo que los he visto representar en Covent Garden. Siempre tenía miedo de soltarle una carcajada en las narices.

—¿Pero nunca te posesionabas del papel?

—Un poco, por momentos; jamás con mucha fuerza. Lo esencial para todos nosotros era el agujero negro, exactamente delante, en cuyo fondo había gente a la que no veíamos; a aquéllos, evidentemente, se les representaba un momento perfecto. Pero no vivían dentro; se desenvolvía delante de ellos. ¿Y piensas que nosotros, los actores, vivíamos dentro? Al final no estaba en ninguna parte, ni de un lado ni del otro de las candilejas, no existía; y, sin embargo, todo el mundo pensaba en él. Entonces, ¿comprendes?, lo mandé todo a paseo.

—Yo intenté escribir aquel libro...

Me interrumpe.

—Vivo en el pasado. Vuelvo a tomar todo lo que me ha sucedido y lo arreglo. De lejos, así, no está mal, uno casi se dejaría poseer. Toda nuestra historia es bastante buena. Le doy unos toques y sale una serie de momentos perfectos. Entonces cierro los ojos y trato de imaginarme que vivo todavía dentro. También tengo otros personajes... Hay que saber concentrarse. ¿Sabes qué he leído? *Los ejercicios espirituales* de Loyola. Me ha sido muy útil. Tiene una manera de colocar primero el decorado, y de presentar luego los personajes. Una llega a *ver* —agrega con aire maníaco.

—Bueno, eso no me satisfaría nada —digo.

—¿Crees que me satisface?

Permanecemos un momento silenciosos. Cae la noche; distingo apenas la mancha pálida de su rostro. Su vestido negro se confunde con la sombra que invade la habitación. Maquinalmente, tomo la taza donde queda todavía un poco de té y la llevo a los labios. El té está frío. Tengo ganas de fumar, pero no me atrevo. Siento la impresión penosa de que no tenemos nada más que decirnos. Todavía ayer pensaba hacerle tantas preguntas: ¿dónde había estado, qué había hecho, a quién había conocido? Pero esto me interesaba solo en la medida en que Anny se hubiera entregado con toda el alma. Ahora perdí la curiosidad: todos los países, todas las ciudades por donde ha pasado, todos los hombres que le han hecho la corte y que quizá ella ha amado, todo eso no le importa, todo eso le es en el fondo tan indiferente: pequeños destellos de sol en la superficie de un mar oscuro y frío. Anny está frente a mí, hacía cuatro años que no nos veíamos, y no tenemos nada más que decirnos.

—Ahora —dice Anny de golpe— debes marcharte. Espero a alguien.

—¿Esperas a...?

—No, espero a un alemán, un pintor.

Se echa a reír. Esa risa suena extrañamente en la habitación oscura.

—Mira, ahí tienes a uno que no es como nosotros, todavía. Actúa, se gasta.

Me levanto de mala gana.

—¿Cuándo volveré a verte?

—No sé, salgo mañana por la noche para Londres.

—¿Por Dieppe?

—Sí, y creo que después iré a Egipto. Quizás pasaré por París el próximo invierno; te escribiré.

—Mañana estoy libre todo el día —le digo tímidamente.

—Sí, pero yo tengo mucho que hacer —responde con voz seca—. No, no puedo verte. Te escribiré desde Egipto. Sólo tienes que darme tu dirección.

—Es ésta.

Garabateo mi dirección en la penumbra, en un trozo de sobre. Tendré que avisar en el hotel Printania que me envíen las cartas, cuando me vaya de Bouville. En el fondo, sé que no escribirá. Tal vez la veré dentro de diez años. Tal vez sea la última vez que la veo. No estoy simplemente abrumado porque la dejo; tengo un miedo horrible de volver a mi soledad.

Anny se levanta; en la puerta me besa ligeramente en la boca.

—Para acordarme de tus labios —dice sonriendo—. Tengo que rejuvenecer mis recuerdos para mis *Ejercicios espirituales*.

La tomo del brazo y la acerco a mí. No resiste, pero dice que no con la cabeza.

—No. Ya no hay interés. No es posible empezar de nuevo... Y además, para lo que se puede hacer con la gente, el primer recién llegado un poco guapo vale tanto como tú.

—Pero entonces, ¿qué vas a hacer?

—Ya te lo he dicho, voy a Inglaterra.

—No, quiero decir...

—¡Bueno, nada!

No he soltado sus brazos, le digo suavemente:

—Y tengo que dejarte después de haberte encontrado.

Ahora distingo claramente su rostro. De pronto, se pone pálida y descompuesta. Un rostro de vieja, absolutamente horrible; estoy bien seguro de que no lo ha buscado; está ahí, sin que lo sepa, acaso a pesar suyo.

—No —dice lentamente—, no. No me has encontrado.

Desprende sus brazos. Abre la puerta. El corredor está bañado de luz.

Anny se echa a reír.

—¡Pobre! No tiene suerte. La primera vez que interpreta bien su papel, nadie se lo agradece. Vamos, vete.

Oigo cerrarse la puerta a mis espaldas.

Domingo

Esta mañana consulté la guía de ferrocarriles; suponiendo que no me haya mentido, partirá en el tren de Dieppe a las cinco treinta y ocho. Pero ¿y si el tipo la llevara en su auto? Vagué toda la mañana por las calles de Ménilmontant y a la tarde por los muelles. Unos pasos, unas paredes me separaban de ella. A las seis y treinta y ocho nuestra conversación de ayer se convertiría en el recuerdo, la mujer opulenta cuyos labios habían rozado mi boca se uniría en el pasado a la chiquilla delgada de Meknes, de Londres. Pero aún no era pasado, puesto que todavía estaba allí, todavía era posible volver a verla, convencerla, llevarla conmigo para siempre. Aún no me sentía solo.

Quise apartar de mi pensamiento a Anny porque, a fuerza de imaginar su cuerpo y su rostro, había caído en una extrema nerviosidad; me temblaban las manos y sentía por todo el cuerpo estremecimientos helados. Me puse a hojear los libros en los escaparates de los revendedores y muy especialmente las publicaciones obscenas, porque, a pesar de todo, entretienen la mente.

Cuando dieron las cinco en el reloj de la estación de Orsay, estaba mirando las ilustraciones de una obra titulada *El doctor del látigo*. Eran poco variadas: en la mayoría un barbudo alto blandía una fusta sobre monstruosas grupas desnudas. Cuando me di cuenta de que eran las cinco, arrojé el libro entre los demás y salté a un taxi que me condujo a la estación Saint-Lazare.

Me paseé unos veinte minutos por el andén y al fin los vi. Ella llevaba un grueso abrigo de piel que le daba el aire de una dama. Y un velo. El tipo tenía un abrigo de pelo de camello. Estaba bronceado, joven aún, muy alto, muy guapo. Extranjero, seguramente, pero no inglés; quizás egipcio. Subieron al tren sin verme. No se hablaban. Después el tipo se apeó y compró diarios. Anny bajó el cristal de su compartimiento; me vio. Me miró largo rato, sin cólera, con ojos inexpresivos. Después el individuo volvió a subir al vagón y el tren partió. En ese momento vi claramente el restaurante de Piccadilly, donde almorzábamos en otros tiempos; luego todo desapareció. Caminé. Cuando me sentí cansado, entré en este café y me quedé dormido. El camarero acaba de despertarme, y escribí esto en un semisueño.

Regresaré mañana a Bouville en el tren de mediodía. Me bastará quedarme dos días, para hacer las maletas y arreglar mis asuntos en el Banco. Pienso que en el hotel Printania querrán que les pague una quincena más porque no les avisé. También tendré que devolver a la biblioteca los libros que he sacado. De todos modos, estaré de vuelta en París al fin de la semana.

¿Y qué ganaré con el cambio? Siempre en una ciudad; ésta está cortada por un río, la otra bordeada por el mar; salvo en esto se parecen. Se escoge una tierra pelada, estéril; allí se llevan grandes piedras huecas. En esas piedras hay olores cautivos, olores más pesados que el aire. A veces los arrojan por las ventanas a las calles y allí se quedan hasta que los vientos los hayan desgarrado. Cuando el tiempo es despejado, los ruidos entran por una punta de la ciudad y salen por la otra, después de atravesar todos los muros; otras veces giran entre esas piedras que cocina el sol, que raja la helada.

Las ciudades me dan miedo. Pero no hay que salir de ellas. Si uno se aventura demasiado lejos, encuentra el círculo de la Vegetación. La Vegetación se ha arrastrado kilómetros enteros en dirección a las ciudades. Aguarda. Cuando la ciudad esté muerta, la Vegetación la invadirá, trepará por las piedras, las estrechará, las escudriñará, las hará estallar con sus largas pinzas negras; cegará los agujeros y dejará colgar por todas partes sus patas verdes. Hay que quedarse en las ciudades mientras estén vivas, no se debe penetrar solo bajo la gran cabellera que está a sus puertas; es preciso dejarla ondular y crujir sin testigos. En las ciudades, si uno sabe arreglarse, escoger las horas en que los animales digieren o duermen en sus agujeros, detrás de los montones de detritos orgánicos, sólo se encuentran minerales, los existentes menos horrorosos.

Regresaré a Bouville. La Vegetación sitia Bouville por tres lados solamente. En el cuarto hay un gran agujero lleno de agua negra que se mueve sola. El viento silba entre las casas. Los olores duran menos que en otras partes; arrojados al mar por el viento, corren al ras del agua negra como juguetones copitos de bruma. Llueve. Se ha permitido que las plantas crecieran entre cuatro verjas. Plantas castradas, domesticadas, inofensivas, tan carnosas son. Tienen enormes hojas blancuzcas que cuelgan como orejas. Al tacto parecen cartílagos. Todo es gordo y blanco en Bouville, por toda el agua que cae del cielo. Regresaré a Bouville. ¡Qué horror!

Me despierto sobresaltado. Es medianoche. Hace seis horas que Anny salió de París. El barco se ha hecho a la mar. Anny duerme en un camarote, y en el puente, el tipo guapo, bronceado, fuma cigarrillos.

Martes, en Bouville

¿Esto es libertad? A mis pies los jardines descienden blandamente hacia la ciudad, y en cada jardín se levanta una casa. Veo el mar, pesado, inmóvil; veo Bouville. Hace buen tiempo.

Soy libre: no me queda ninguna razón para vivir, todas las que probé desaparecieron y ya no puedo imaginar otras. Todavía soy bastante joven, todavía tengo fuerzas bastantes para volver a empezar. Pero ¿qué es lo que hay que empezar? Sólo ahora comprendo cuánto había contado con Anny para salvarme, en lo más fuerte de mis terrores, de mis náuseas. Mi pasado ha muerto. M. de Rollebon ha muerto. Anny volvió para quitarme toda esperanza. Estoy solo en esta calle bordeada de jardines. Solo y libre. Pero esta libertad se parece un poco a la muerte.

Hoy mi vida llega a su fin. Mañana habré dejado esta ciudad que se extiende a mis pies, donde viví tanto tiempo. Ya no seré más que un nombre, rechoncho, burgués, muy francés, un nombre en mi memoria, menos rico que los de Florencia o Bagdad. Llegará una época en que me pregunte: «Pero cuando estaba en Bouville, ¿qué podía hacer durante todo el día?». Y de este sol, de esta tarde, no quedará nada, ni siquiera un recuerdo.

Toda mi vida está detrás de mí. La veo entera, veo su forma, veo los lentos movimientos que me han traído hasta aquí. Hay pocas cosas que decir de ella: una partida perdida, eso es todo. Había perdido la primera vuelta. Quise jugar la segunda y también la perdí; perdí la partida. Al mismo tiempo, supe que siempre se pierde. Sólo los cabrones creen ganar. Ahora voy a hacer como Anny, me sobreviviré. Comer, dormir. Dormir, comer. Existir lentamente, dulcemente, como esos árboles, como un charco de agua, como el asiento rojo del tranvía.

La Náusea me concede una corta tregua. Pero sé que volverá; es mi estado normal. Sólo que hoy mi cuerpo está demasiado agotado para soportarla. También los enfermos tienen afortunadas debilidades que les quitan, por algunas horas, la conciencia de su mal. Me aburro, eso es todo. De vez en cuando bostezo tan fuerte que las lágrimas me ruedan por las mejillas. Es un aburrimiento profundo, profundo, el corazón profundo de la existencia, la materia misma de la que estoy hecho. No me descuido, por el contrario; esta mañana tomé un baño, me afeité. Sólo que cuando pienso en todos esos pequeños actos cuidadosos, no comprendo cómo pude ejecutarlos; son tan vanos. Sin duda el hábito los ejecuta por mí. Los hábitos no están muertos, continúan afanándose, tejiendo muy despacio, insidiosamente, sus tramas; me lavan, me secan, me visten, como nodrizas. ¿Habrán sido ellos también los que me trajeron a esta colina? Ya no recuerdo cómo vine. Por la escalera Dautry, sin duda; ¿pero subí realmente, uno a uno, sus ciento diez peldaños? Lo que quizá sea aún más difícil de imaginar, es que después voy a bajarlos. Sin embargo, lo sé; dentro de un rato me encontraré al pie del Coteau Vert; alzando la cabeza podré ver iluminarse a lo lejos las ventanas de estas casas que están tan cerca. A lo lejos, sobre mi cabeza; y este instante, del que no puedo salir, que me encierra y me limita por todos lados, este instante del que estoy hecho, será un sueño borroso.

Miro a mis pies el centelleo gris de Bouville. Bajo el sol, es como montones de conchas, escamas, huesos astillados, casquijo. Perdidos entre esos restos, minúsculos resplandores de vidrio o de mica lanzan con intermitencias luces ligeras. Los desagües, las zanjas, los delgados surcos que corren entre las conchas serán calles dentro de una hora; caminaré por esas calles, entre muros. Dentro de una hora seré uno de esos hombres negros que distingo en la calle Boulibert.

Qué lejos de ellos me siento desde lo alto de esta colina. Me parece que pertenecen a otra especie. Salen de las oficinas, después de la jornada de trabajo, miran las casas y las plazoletas con aire satisfecho, piensan que es *su* ciudad, «una hermosa ciudad burguesa». No tienen miedo, se sienten en su casa, nunca han visto otra cosa que el agua domeñada que sale por los grifos, la luz que surge de las bombillas eléctricas cuando se hace presión en el interruptor, los árboles mestizos, bastardos, sostenidos con horquetas. Cien veces por día tienen la prueba de que todo se hace mecánicamente, que el mundo obedece a leyes fijas e inmutables. Los cuerpos abandonados en el vacío caen todos a la misma velocidad, el jardín público se cierra todos los días a las dieciséis en invierno, a las dieciocho en verano, el plomo se funde a 335°, el último tranvía sale del Ayuntamiento a las veintitrés y cinco. Son apacibles, un poco taciturnos, piensan en Mañana, es decir, simplemente en un nuevo hoy; las ciudades sólo disponen de una sola jornada que se repite, muy parecida, todas las mañanas. Apenas la embellecen un poco los domingos. Imbéciles. Me repugna pensar que volveré a ver sus caras gruesas y tranquilas. Legislan, escriben novelas populistas, se casan, cometen la extrema estupidez de tener hijos. Entre tanto, la gran naturaleza vaga se ha deslizado en la ciudad, se ha infiltrado en todas partes, en sus casas, en sus oficinas, en ellos mismos. No se mueve, permanece tranquila, y los hombres están bien metidos dentro, la respiran y no la ven, se imaginan que está afuera, a veinte leguas de la ciudad. Yo *veo* esa naturaleza, yo la *veo*... Sé que su sumisión es pereza, sé que no tiene leyes: lo que ellos toman por constancia... Sólo tiene hábitos y puede cambiarlos mañana.

¿Y si sucediera algo? ¿Si de golpe se pusiera a palpitar? Entonces comprenderían que está aquí y les parecería que el corazón iba a estallarles. ¿Entonces de qué les servirían sus diques y sus murallas y sus centrales eléctricas, sus altos hornos, sus prensas hidráulicas? Puede suceder en cualquier momento, quizá enseguida; éstos son los presagios. Por ejemplo, un padre de familia que va de paseo verá acercársele, por la calle, un guiñapo rojo como empujado por el viento. Y cuando el guiñapo esté muy cerca, verá que es un trozo de carne podrida, manchada de polvo, que se arrastra reptando, brincando, un pedazo de carne torturada que rueda por las alcantarillas proyectando espasmódicos chorros de sangre. O una madre mirará la mejilla de su hijo y le preguntará: «¿Qué tienes ahí? ¿Un grano?» y verá que la carne se hincha, se resquebraja un poco, se entreabre, y en el fondo de la grieta aparecerá un tercer ojo, un ojo risueño. O sentirán suaves roces en todo el cuerpo, como las caricias que los juncos hacen a los nadadores en los ríos. Y sabrán que sus ropas se han convertido en cosas vivas. Y otro encontrará que algo le raspa en la boca. Y se acercará a un espejo, abrirá la boca; y su lengua se habrá convertido en un enorme ciempiés vivo, que agitará las patas y le arañará el paladar. Querrá escupirlo, pero el ciempiés será una parte de sí mismo y tendrá que arrancárselo con las manos. Y aparecerán multitud de cosas para las cuales habrá que buscar nombres nuevos: el ojo de la piedra, el gran brazo tricornio, el pulgar-muleta, la araña-muleta. Y aquel que esté dormido en su buena cama, en su dulce cuarto caliente, se despertará desnudo en un piso azulado, en un bosque de vergas zumbantes, erguidas, rojas y blancas, hacia el cielo, como las chimeneas de Jouxtebouville, con grandes testículos medio salidos de tierra, velludos y bulbosos, como cebollas. Y revolotearán pájaros alrededor de estas vergas y las picotearán y las harán sangrar. El esperma correrá lenta, suavemente, de esas heridas, esperma con sangre, vidrioso y tibio, con burbujitas. O no sucederá nada de todo esto, no se producirá ningún cambio apreciable, pero una mañana, al abrir las celosías, las gentes quedarán sorprendidas porque las cosas estarán pesadamente cargadas de una especie de sentido horrible, como si esperaran. Nada más que esto, pero por poco que dure, habrá cientos de suicidios. ¡Bueno, sí! Que esto cambie un poco, para ver; no pido otra cosa. Entonces veremos a otros bruscamente sumidos en la soledad. Hombres solos, completamente solos, con horribles monstruosidades, correrán por las calles, pasarán lentamente delante de mí, con los ojos fijos, huyendo de sus males y llevándolos consigo, con la boca abierta y su lengua-insecto batiendo las alas. Entonces lanzaré una carcajada, aunque mi cuerpo esté cubierto de sucias costras opacas que se abrirán en flores de carne, en violetas, en ranúnculos. Me apoyaré en la pared y les gritaré al pasar: «¿Qué habéis hecho de vuestra ciencia? ¿Qué habéis hecho de vuestro humanismo? ¿Dónde está vuestra dignidad de cañas pensantes?». No tendré miedo, o, por lo menos, no más que en este momento. ¿Acaso no será siempre existencia, variaciones sobre la existencia? Todos esos ojos que devorarán lentamente un rostro, estarán de más sin duda, pero no más que los dos primeros. La existencia es lo que temo.

Cae la noche, las primeras lámparas se encienden en la ciudad. ¡Dios mío! Qué *natural* parece la ciudad a pesar de todas sus geometrías, qué aplastada por la noche. Es tan... evidente, desde aquí; ¿es posible que yo sea el único en verlo? ¿No hay en ninguna parte otra Casandra, en la cima de una colina, mirando a sus pies una ciudad sumergida en el fondo de la naturaleza? Por lo demás, ¿qué me importa? ¿Qué podría decirle?

Muy despacito mi cuerpo se vuelve hacia el este, oscila un poco y echa a andar.

Miércoles: mi último día en Bouville

He recorrido la ciudad entera en busca del Autodidacto. Seguramente no ha regresado a su casa. Ha de caminar sin rumbo, abrumado de vergüenza y de horror ese pobre humanista de quien los hombres no quieren saber ya nada. A decir verdad, no me sorprendí cuando sucedió la cosa; sentía desde hace mucho tiempo que su cabeza dulce y temerosa atraía el escándalo. Era tan poco culpable; su humilde amor contemplativo por los muchachos jóvenes es apenas sensualidad, más bien una forma de humanismo. Pero algún día tenía que encontrarse solo. Como M. Achille, como yo; es de mi raza, tiene buena voluntad. Ahora ha entrado en la soledad, y para siempre. Todo se ha desmoronado de golpe: sus sueños de cultura, sus sueños de armonía con los hombres. Primero vendrá el miedo, el horror y las noches sin sueño; después de esto, la larga serie de días de exilio. Irá a vagabundear, de noche, por el patio de las Hipotecas; mirará de lejos las ventanas resplandecientes de la biblioteca, y se le oprimirá el corazón cuando recuerde las largas hileras de libros, sus encuadernaciones en cuero, el olor de sus páginas. Lamento no haberlo acompañado, pero no quiso; fue él quien me suplicó que lo dejara solo; comenzaba el aprendizaje de la soledad. Estoy escribiendo esto en el café Mably. Entré ceremoniosamente; quería contemplar al encargado, a la cajera y sentir con fuerza que los veía por última vez. Pero no puedo apartar mi pensamiento del Autodidacto, tengo siempre delante de los ojos su rostro descompuesto, cargado de reproche y su cuello alto con manchas de sangre. Entonces pedí papel y ahora voy a contar lo que le sucedió.

Me encaminé a la biblioteca a eso de las dos de la tarde. Pensaba: «La biblioteca. Entro aquí por última vez».

La sala estaba casi desierta. Me costaba reconocerla porque sabía que no volvería nunca más. Estaba ligera como vapor, casi irreal, toda rojiza; el sol poniente teñía de rojo la mesa reservada a las lectoras, la puerta, los lomos de los libros. Por un segundo tuve la impresión encantadora de penetrar en un bosque lleno de hojas doradas; sonreí. Pensé: «Cuánto tiempo que no sonrío». El corso miraba por la ventana, con las manos atrás. ¿Qué veía? ¿El cráneo de Impétraz? «Yo ya no veré el cráneo de Impétraz, ni su chistera, ni su levita. Dentro de seis horas, habré salido de Bouville.» Dejé en el escritorio del sub-bibliotecario los dos volúmenes que había pedido el mes pasado. El sub-bibliotecario rompió una ficha verde y me tendió los pedazos:

—Sírvase, M. Roquentin.

—Gracias.

Pensé: «Ahora no les debo ya nada. No debo ya nada a nadie de aquí. Dentro de un rato iré a despedirme de la patrona del *Rendez-vous des Cheminots*. Soy libre». Vacilé unos instantes: ¿emplearía esos últimos momentos en dar un largo paseo por Bouville, en ver de nuevo el bulevar Victor-Nori, la avenida Galvani, la calle Tournebride? Pero aquel bosque era tan tranquilo, tan puro; me daba la impresión de que apenas existía, y de que la Náusea lo había pasado por alto. Fui a sentarme cerca de la estufa. Sobre la mesa estaba el *Journal de Bouville*. Estiré la mano, lo cogí.

Salvado por su perro.

M. Dubosc, propietario de Remiredon, regresaba anoche en bicicleta de la feria de Naugis...

Una señora gorda vino a sentarse a mi derecha. Dejó el sombrero de fieltro a su lado. Tenía la nariz plantada en la cara como un cuchillo en una manzana. Bajo la nariz, un agujerito obsceno se fruncía desdeñosamente. Sacó de su bolso un libro encuadernado, se acodó en la mesa apoyando la cabeza en sus manos gordas. En frente de mí dormía un señor viejo. Lo conocía; estaba en la biblioteca la noche que tuve tanto miedo. Creo que él también tuvo miedo. Pensé: «Qué lejos quedó todo aquello».

A las cuatro y media entró el Autodidacto. Me hubiera gustado estrecharle la mano, y despedirme de él. Pero hay que convencerse de que nuestra última entrevista le dejó un mal recuerdo: me hizo un saludo distante y fue a depositar, bastante lejos de mí, un paquetito blanco que debía de contener, como de costumbre, una rebanada de pan y una tableta de chocolate. Al cabo de un momento volvió con un libro ilustrado que puso junto al paquete. Pensé: «Lo veo por última vez». Mañana por la noche, pasado mañana por la noche, todas las noches que sigan, vendrá a leer a esta mesa comiendo su pan y su chocolate, proseguirá con paciencia su roer de rata, leerá las obras de Nadaud, Naudeau, Nodier, Nys, interrumpiéndose de vez en cuando para anotar una frase en su libretita. Y yo caminaré por París, por las calles de París, veré nuevas caras. ¿Qué me sucedería, mientras él estuviera aquí, mientras la lámpara iluminara su rostro gordo y reflexivo? Sentí a tiempo que iba a dejarme atrapar de nuevo por el espejismo de la aventura. Me encogí de hombros y reanudé la lectura.

Bouville y sus alrededores.

Monistiers.

Actividad de la brigada de gendarmería durante el año 1932. El sargento de caballería Gaspard, al frente de la brigada de Monistiers, y sus cuatro gendarmes: Legoutte, Nizan, Pierpont y Ghil, no han descansado durante el año 1932. En efecto, nuestros gendarmes han podido comprobar 7 crímenes, 82 delitos, 159 contravenciones, 6 suicidios y 15 accidentes de automóvil, tres de ellos mortales.

Jouxtebouville.

Grupo amistoso de Trompetas de Jouxtebouville.

Hoy ensayo general, entrega de entradas para el concierto anual.

Compostel.

Entrega de la Legión de Honor al alcalde.

El Turista bouvillés (Fundación Scout bouvillés, 1924):

Esta noche a las 20 y 45, reunión mensual en la sede social, calle Ferdinand Byron 10, sala A. Orden del día: lectura de la última acta. Correspondencia; banquete anual, cotización 1932, programa de las salidas en marzo; cuestiones diversas; adhesiones.

Protectora de animales (Sociedad bouvillesa):

El jueves próximo, de 15 a 17 horas, sala C, calle Ferdinand Byron 10, Bouville, permanencia pública. Dirigir la correspondencia al presidente, a la sede o a la avenida Galvani 154.

Club bouvillés del perro de defensa... Asociación bouvillesa de enfermos de guerra... Cámara sindical de patrones de taxis... Comité bouvillés de Amigos de las Escuelas Normales...

Entraron dos muchachos con cartapacios. Alumnos del Liceo. Al corso le gustan mucho los alumnos del Liceo, porque puede ejercer sobre ellos una vigilancia paternal. A menudo los deja, por gusto, charlar y agitarse en las sillas; de pronto va con paso furtivo, se detiene detrás de ellos y los reprende: «¿Es éste el comportamiento de muchachos grandes? Si no prometen cambiar, el señor bibliotecario está decidido a quejarse al señor Director». Y si protestan, los mira con sus ojos terribles. «Denme sus nombres.» También dirige sus lecturas: en la biblioteca ciertos volúmenes están marcados con una cruz roja; es el Infierno: obras de Gide, de Diderot, de Baudelaire, tratados de medicina. Cuando un alumno del Liceo pide en consulta uno de esos libros, el corso le hace una seña, lo lleva a un rincón y lo interroga. Al cabo de un momento estalla, y su voz llena la sala de lectura: «Sin embargo, hay libros más interesantes, cuando se tiene su edad. Libros instructivos. En primer lugar, ¿terminó usted sus deberes? ¿En qué clase está usted? ¿En segundo? ¿Y no tiene nada que hacer después de las cuatro? Su profesor viene aquí a menudo: le hablaré de usted».

Los dos muchachos permanecían plantados cerca de la estufa. El más joven tenía un hermoso pelo castaño, la piel casi demasiado fina y una boquita maligna y orgullosa. Su compañero, un gordo fornido con una sombra de bigote, le tocó el codo y murmuró unas palabras. El morenito no respondió, pero esbozó una sonrisa imperceptible, llena de altivez y suficiencia. Después, los dos eligieron al descuido un diccionario de uno de los anaqueles y se acercaron al Autodidacto, que los miraba con ojos fatigados. Los muchachos parecían ignorar su existencia, pero se sentaron junto a él, el morenito a su izquierda y el rubio a la izquierda del morenito. El Autodidacto dejó errar su mirada por la sala y volvió a su lectura. Jamás sala alguna de la biblioteca ofreció espectáculo más tranquilizador: yo no oía un ruido, salvo el aliento de la gorda; sólo veía cabezas inclinadas sobre el volumen en octavo. Sin embargo, en ese momento tuve la impresión de que iba a producirse un acontecimiento desagradable. Todas esas gentes que bajaban los ojos con aire aplicado, estaban como representando una sola comedia; yo había sentido pasar, momentos antes, sobre nosotros, algo como un hálito de crueldad.

Había terminado mi lectura y no me decidía a irme; esperaba, fingiendo leer el periódico. Lo que acrecía mi curiosidad y mi turbación era que los demás también esperaban. Me parecía que mi vecina volvía con rapidez las páginas del libro. Pasaron unos minutos, y oí cuchicheos. Alcé prudentemente la cabeza. Los dos chicos habían cerrado el diccionario. El morenito no hablaba, volvía hacia la derecha la cara lleno de deferencia e interés. Medio oculto detrás de su hombro, el rubio aguzaba el oído y se regodeaba en silencio. «Pero ¿quién hablaba?», pensé.

Era el Autodidacto. Se había inclinado hacia su joven vecino, mirándolo a los ojos, y le sonreía; yo le veía mover los labios; de vez en cuando palpitaban sus largas pestañas. No le conocía ese aire de juventud; estaba casi encantador. Pero por momentos se interrumpía y echaba atrás una mirada inquieta. El muchachito parecía beber sus palabras. Esta escenita no tenía nada de extraordinario y ya me aprestaba a proseguir mi lectura, cuando vi que el muchacho deslizaba lentamente su mano detrás de la espalda sobre el borde de la mesa. Así, oculta a los ojos del Autodidacto, anduvo un instante y se puso a tantear a su alrededor; luego, habiendo hallado el brazo del rubio gordo, lo pellizcó violentamente. El otro, demasiado absorto en el goce silencioso de las palabras del Autodidacto, no la había visto venir. Dio un salto y su boca se abrió desmesuradamente bajo el efecto de la sorpresa y de la admiración.

El morenito había conservado su expresión de interés respetuoso. Hubiera podido dudarse de si le pertenecía esa mano traviesa. «¿Qué va a hacer?», pensé. Comprendí que algo innoble iba a producirse, también veía que aún era tiempo de impedir que aquello se produjera. Pero no lograba adivinar qué era lo que había que impedir. Por un segundo se me ocurrió levantarme, dar un golpecito en el hombro del Autodidacto y entablar una conversación con él. Pero en el mismo momento, el Autodidacto sorprendió mi mirada. Cesó bruscamente de hablar y frunció los labios con aire de irritación. Desalentado, aparté rápidamente los ojos y volví al periódico, fingiendo naturalidad. Entre tanto, la señora gorda dejó el libro y levantó su cabeza. Parecía fascinada. Sentí con claridad que iba a estallar el drama: todos *querían* que *estallara.* ¿Qué podía hacer yo? Eché una ojeada hacia el corso; ya no miraba por la ventana, se había vuelto a medias hacia nosotros.

Pasó un cuarto de hora. El Autodidacto había renunciado a su cuchicheo. Ya no me atrevía a mirarlo, pero imaginaba tan bien su aire juvenil y tierno y las pesadas miradas que gravitaban sobre él sin que lo supiera. En un momento oí su risa, una risita aflautada e infantil. Esto me oprimió el corazón; era como si unos chicuelos fueran a ahogar un gato. De pronto los cuchicheos cesaron. Aquel silencio me pareció trágico; era el fin, la muerte. Yo bajaba la cabeza hacia el periódico y fingí leer, pero no leía; alzaba el entrecejo y levantaba los ojos todo lo posible para sorprender lo que sucedía en aquel silencio, frente a mí. Volviendo la cabeza, logré pescar algo con el rabillo del ojo; era una mano, la pequeña mano blanca que hacía un rato se deslizaba a lo largo de la mesa. Ahora reposaba sobre el dorso, floja, suave y sensual, con la indolente desnudez de un bañista calentándose al sol. Un objeto moreno y velludo se acercó vacilante. Era un gran dedo amarillento de tabaco; tenía junto a esa mano toda la falta de gracia del sexo masculino. Se detuvo un instante, rígido, apuntando hacia la palma frágil, y de pronto, tímidamente, comenzó a acariciarla. Ya no estaba asombrado sino furioso contra el Autodidacto; ¿no podía contenerse, el imbécil?, ¿no comprendía el peligro que corría? Le quedaba una posibilidad, una pequeña posibilidad: si apoyaba las dos manos sobre la mesa, a cada lado del libro, si permanecía absolutamente tranquilo, quizá escapara por esta vez a su destino. Pero yo *sabía* que iba a perder esa posibilidad; el dedo pasaba suave, humildemente, por la carne inerte, la rozaba apenas sin atreverse a hacer presión; se hubiera dicho que era consciente de su fealdad. Alcé de golpe la cabeza, no podía soportar ese pequeño vaivén obstinado; buscaba los ojos del Autodidacto y tosía con fuerza para prevenirle. Pero él había cerrado los párpados, sonreía. Su otra mano había desaparecido bajo la mesa. Los muchachitos ya no reían, estaban muy pálidos. El morenito fruncía los labios, tenía miedo, como si se sintiera abrumado por los acontecimientos. Sin embargo no retiraba la mano, la dejaba sobre la mesa, inmóvil, apenas un poco crispada. Su camarada abría la boca, con aire estúpido y horrorizado.

Fue entonces cuando el corso empezó a aullar. Se había situado, sin que lo oyeran, detrás de la silla del Autodidacto. Estaba rojo y parecía reír, pero sus ojos centelleaban. Salté de mi silla, pero me sentí casi aliviado: la espera era demasiado penosa. Deseaba que aquello terminara lo antes posible, que lo echaran si querían, pero que terminara. Los dos muchachos, blancos como el papel, tomaron sus cartapacios en un abrir y cerrar de ojos, y desaparecieron.

—Lo he visto —gritaba el corso ebrio de furor—, esta vez lo he visto, no irá usted a decir que no es cierto. ¿Irá a decir, eh, que esta vez no es cierto? ¿Cree que no vi su manejo? No soy ciego, hombre. ¡Paciencia, me decía yo, paciencia! Cuando lo pesque le costará caro. ¡Oh, sí, le costará caro! Conozco su nombre, conozco su dirección, me he informado, ¿comprende? También conozco a su patrón, M. Chuillier. Será él el sorprendido mañana por la mañana, cuando reciba una carta del señor bibliotecario. ¿Eh? Cállese —le dice, revolviendo los ojos—. Ante todo, no hay por qué imaginar que esto se detendrá aquí. En Francia hay tribunales para gente de su clase. ¡El señor se instruía! ¡El señor completaba su cultura! El señor me molestaba todo el tiempo por informes o libros. Nunca me la hizo tragar, ¿sabe?

El Autodidacto no demostraba sorpresa. Hacía años que esperaba este desenlace. Cien veces se habría imaginado lo que sucedería cuando el corso se deslizara con paso furtivo detrás de él y una voz furiosa resonara de golpe en sus oídos. Y sin embargo, volvía todas las tardes, continuaba febrilmente sus lecturas y, de vez en cuando, como un ladrón, acariciaba la mano blanca, o tal vez la pierna de un muchachito. Era más bien resignación lo que yo leía en su cara.

—No sé qué quiere usted decir —balbuceó—, hace años que vengo aquí.

Fingía indignación, sorpresa, pero sin convencimiento. Sabía perfectamente que el hecho estaba allí, y que ya nada podría detenerlo, que era preciso vivir sus minutos uno por uno.

—No le haga caso, yo lo he visto —dijo mi vecina. Se había levantado despacio—: ¡Ah, no! No es la primera vez que lo veo; el lunes pasado, sin ir más lejos, lo vi y no quise decir nada porque no di crédito a mis ojos, y no hubiera pensado que en una biblioteca, un lugar serio donde la gente viene a instruirse, pasaran cosas que hacen sonrojar. No tengo hijos, pero compadezco a las madres que envían a los suyos a trabajar aquí y creen que están bien tranquilos, al abrigo, cuando hay monstruos que no respetan nada y les impiden hacer los deberes.

El corso se acercó al Autodidacto.

—¿Oye lo que dice la señora? —le gritó en la cara—. No necesita usted representar una comedia. ¡Lo han visto, tipo asqueroso!

—Señor, le conmino a que sea educado —dijo el Autodidacto con dignidad. Estaba en su papel. Acaso hubiera querido confesar, huir, pero tenía que desempeñar su papel hasta el fin. No miraba al corso, había cerrado casi los ojos. Le colgaban los brazos; estaba horriblemente pálido. Y entonces, de golpe, una ola de sangre le subió al rostro.

El corso se ahogaba de furor.

—¿Educado? ¡Basura! Quizá crea usted que no lo he visto. Lo espiaba, ya le digo. Hace meses que lo espío.

El Autodidacto se encogió de hombros y fingió sumirse de nuevo en la lectura. Escarlata, con los ojos llenos de lágrimas, había adoptado un aire de extremo interés y miraba atentamente una reproducción de mosaico bizantino.

—Tiene el descaro de seguir leyendo —dijo la señora mirando al corso.

Éste estaba indeciso. Al mismo tiempo, el sub-bibliotecario, un joven tímido y bien pensante, a quien el corso aterroriza, se había levantado lentamente por encima del escritorio, y gritaba: «Paoli, ¿qué pasa?». Hubo un segundo de indecisión y pude esperar que el asunto quedara ahí. Pero el corso debió de pensar en sí mismo y sentirse ridículo. Exasperado, sin saber ya qué decir a esa víctima muda, se irguió en toda su talla y lanzó un gran puñetazo al vacío. El Autodidacto se volvió espantado. Miraba al corso con la boca abierta; había un miedo horrible en sus ojos.

—Si usted me golpea, me quejaré —dijo penosamente—; quiero irme por mi propia voluntad.

Yo me había levantado también, pero era demasiado tarde; el corso emitió un pequeño gemido voluptuoso y de improviso aplastó el puño en la nariz del Autodidacto. Por un segundo sólo vi los ojos de éste, sus magníficos ojos abiertos de dolor y vergüenza sobre una manga y un puño moreno. Cuando el corso retiró el puño, la nariz del Autodidacto comenzaba a chorrear sangre. Quiso llevarse las manos a la cara, pero el corso le dio otro golpe en la comisura de los labios. El Autodidacto se desplomó por encima de la silla y miró hacia adelante con ojos tímidos y dulces. La sangre le corría de la nariz a la ropa. Tanteó con la mano derecha en busca de sus cosas mientras con la izquierda, obstinadamente, trataba de enjugar sus narices empapadas.

—Me voy —dijo para sí.

La mujer, a mi lado, estaba pálida y le brillaban los ojos.

—Tipo asqueroso, bien hecho.

Yo temblaba de cólera. Rodeé la mesa, tomé al pequeño corso por el cuello y lo levanté pataleando; de buena gana lo hubiera aplastado contra la mesa. Se había puesto azul, se debatía, trataba de arañarme; pero sus brazos cortos no alcanzaban mi cara. Yo no decía nada, pero quería golpearlo en la nariz y desfigurarlo. El corso lo comprendió, alzó el codo para protegerse la cara; me alegraba ver que tenía miedo. De pronto se puso a hipar:

—Suélteme, bruto. ¿Usted también es un marica?

Todavía me pregunto por qué lo solté. ¿Temí las complicaciones? ¿Me han enmohecido estos años perezosos en Bouville? En otro tiempo no lo hubiera dejado sin romperle los dientes. Me volví hacia el Autodidacto, que al fin se había levantado. Pero evitaba mi mirada; con la cabeza baja, fue a descolgar su abrigo. Se pasaba constantemente la mano izquierda por debajo de la nariz, como si quisiera detener la sangre. Pero la sangre seguía salpicando y temí que se descompusiera. Mascculló, sin mirar a nadie.

—Hace años que vengo aquí...

Pero apenas estuvo sobre sus pies, el hombrecillo recuperó el dominio de la situación...

—Lárguese —dijo al Autodidacto—, y no vuelva a poner los pies aquí o lo haré salir con la policía.

Alcancé al Autodidacto al pie de la escalera. Me sentía incómodo, avergonzado de su vergüenza; no sabía qué decirle. No pareció advertir mi presencia. Por fin sacó un pañuelo y escupió algo. La nariz le sangraba un poco menos.

—Venga conmigo a una farmacia —le dije desmañadamente.

No respondió. Un fuerte rumor salía de la sala de lectura. Toda aquella gente debía de hablar al mismo tiempo. La mujer lanzó una carcajada aguda.

—Nunca más podré volver —dijo el Autodidacto. Se volvió y miró con aire perplejo la escalera, la entrada de la sala de lectura. Este movimiento le hizo correr la sangre entre el cuello postizo y el pescuezo. Tenía la boca y las mejillas embadurnadas de sangre.

—Venga —le dije tomándolo del brazo.

Tembló y se desprendió violentamente.

—¡Déjeme!

—Pero no puede quedarse solo. Hay que lavarle la cara, hay que curarlo.

El Autodidacto repetía:

—Déjeme, se lo ruego, señor, déjeme.

Estaba al borde de una crisis nerviosa; lo dejé alejarse. El sol poniente iluminó un momento su espalda encorvada; después desapareció. En el umbral de la puerta había una mancha de sangre estrellada.

Una hora más tarde

El tiempo está gris, se pone el sol; dentro de dos horas parte el tren. Crucé por última vez el jardín público y me paseo por la calle Boulibert. *Sé* que es la calle Boulibert, pero no la reconozco. Por lo general, cuando me metía en ella, me parecía atravesar una profunda capa de buen sentido; tosca y cuadrada, la calle de Boulibert se asemeja, con su seriedad sin gracia alguna, su calzada comba y embreada, a las carreteras nacionales cuando atraviesan los pueblos ricos, flanqueados, durante más de un kilómetro, por voluminosas casas de dos pisos; yo la llamaba calle de campesinos y me encantaba por estar tan fuera de sitio, tan paradójica en el puerto comercial. Hoy las casas están ahí, pero han perdido su aspecto rural; son inmuebles, nada más. En el jardín público tuve, hace un rato, una impresión del mismo tipo; las plantas, la hierba, la fuente de Olivier Masqueret parecían obstinadas a fuerza de ser inexpresivas. Comprendo. La ciudad es la primera en abandonarse. No he salido de Bouville y ya no estoy. Bouville guarda silencio. Me parece extraño tener que quedarme dos horas todavía en esta ciudad que sin preocuparse ya de mí ordena sus muebles y los enfunda para descubrirlos en toda su frescura, esta noche, mañana, a los recién llegados. Me siento más olvidado que nunca.

Doy unos pasos y me detengo. Saboreo el olvido total en que he caído. Estoy entre dos ciudades: una me ignora, la otra no me conoce. ¿Quién se acuerda de mí? Quizá una mujer joven y pesada, en Londres... ¿Y acaso piensa en *mí*? Además está ese tipo, ese egipcio. Tal vez acaba de entrar en su cuarto, tal vez la ha tomado en sus brazos. No soy celoso, bien sé que ella se sobrevive. Aunque me quisiera con toda el alma, sería un amor de muerta. Yo he tenido su último amor vivo. Pero con todo, él puede darle esto: placer. Y si está a punto de desfallecer y de hundirse en lo turbio, entonces ya no hay nada en ella que la una a mí. Goza, y para Anny no soy más que si nunca la hubiera conocido; de golpe se ha vaciado de mí, y todas las otras conciencias del mundo también están vacías de mí. Esto me hace gracia. Sin embargo, sé que existo, que estoy aquí.

Ahora, cuando digo «yo», me suena a hueco. Ya no consigo muy bien sentirme, tan olvidado estoy. Todo lo que me queda de real es existencia que se siente existir. Bostezo, dulce, largamente. Nadie. Antoine Roquentin no existe para nadie. ¿Qué es eso: Antoine Roquentin? Es algo abstracto. Un pálido y pequeño recuerdo de mí vacila en mi conciencia. Antoine Roquentin... Y de improviso el Yo palidece, palidece, y ya está, se extingue.

Lúcida, inmóvil, desierta, la conciencia está entre paredes; se perpetúa. Nadie la habita ya. Todavía hace un instante alguien decía *yo,* alguien decía *mi* conciencia. ¿Quién? Afuera había calles parlantes, con colores y olores conocidos. Quedan paredes anónimas, una conciencia anónima. Esto es lo que hay: paredes y entre las paredes, una pequeña transparencia viviente e impersonal. La conciencia existe como un árbol, como una brizna de hierba. Dormita, se aburre. La pueblan pequeñas existencias fugitivas, como pájaros en las ramas. La pueblan y desaparecen. Conciencia olvidada, abandonada entre estas paredes, bajo el cielo gris. Y éste es el sentido de su existencia: que es conciencia de estar de más. Se diluye, se desparrama, trata de perderse sobre la pared parda, a lo largo del farol o allá en el humo del atardecer. Pero no se olvida *jamás*. Hay una voz sofocada que dice: «El tren parte dentro de dos horas» y hay conciencia de esta voz. Hay también conciencia de un rostro. Pasa lentamente, lleno de sangre, embadurnado, y sus grandes ojos lagrimean. No está entre las paredes, no está en ninguna parte. Se desvanece; lo reemplaza un cuerpo agobiado con una cabeza ensangrentada, se aleja a pasos lentos, a cada paso parece detenerse, no se detiene nunca. Hay conciencia de ese cuerpo que camina lentamente por una calle oscura. Camina, pero no se aleja. La calle oscura no acaba, se pierde en la nada. No está entre los muros, no está en ninguna parte. Y hay conciencia de una voz sofocada que dice: «El Autodidacto vaga por la ciudad».

No en la misma ciudad, no entre estos muros inexpresivos: el Autodidacto camina por una ciudad feroz, que no lo olvida. Hay gentes que piensan en él: el corso, la señora gorda; quizá todo el mundo, en la ciudad. Aún no ha podido, no puede perder su yo, ese yo ajusticiado, sangriento que no han querido ultimar. Le duelen la nariz, los labios; piensa: «Me duele». Camina, tiene que caminar. Si se detuviera un solo instante, los altos muros de la biblioteca se erguirían bruscamente a su alrededor, lo encerrarían; el corso surgiría a su lado y la escena volvería a empezar, exactamente igual en todos sus detalles, y la mujer se mofaría: «Estas basuras deberían estar en la cárcel». Camina, no quiere volver a su casa; el corso lo espera en su cuarto, y la mujer, y los dos muchachos: «No vale la pena negarlo, lo he visto». Y la escena empezaría de nuevo. Piensa: «¡Dios mío, si no lo hubiese hecho, si pudiera no haberlo hecho, si pudiera no ser cierto!».

El rostro inquieto pasa una y otra vez delante de la conciencia: «Puede que se mate». Pero no; esa alma dulce y acosada no puede pensar en la muerte.

Hay conocimiento de la conciencia. Ella se ve de parte a parte, apacible y vacía entre las paredes, libre del hombre que la habitaba, monstruosa porque no es nadie. La voz dice: «Las maletas están registradas. El tren parte dentro de dos horas». Los muros se deslizan a derecha e izquierda. Hay conciencia del macadam, conciencia de la ferretería, de las aspilleras del cuartel, y la voz dice: «Por última vez».

Conciencia de Anny, de Anny la gorda, de la vieja Anny en su cuarto del hotel; hay conciencia del dolor, el dolor es consciente entre los largos muros que se van y no volverán nunca: «¿Pero no terminará esto?», la voz canta entre los muros una melodía de jazz, *Some of these days;* ¿pero no terminará?, y la melodía vuelve despacito, por detrás, a recobrar la voz, y la voz canta sin poder detenerse, y el cuerpo camina y hay conciencia de todo esto y conciencia ¡ay! de la conciencia. Pero no hay nadie para padecer y retorcerse las manos y compadecerse de sí mismo. Nadie; es un puro padecimiento de las encrucijadas, un padecimiento olvidado, que no puede olvidarse. Y la voz dice: «Ahí está el *Rendez-vous des Cheminots»* y el Yo surge en la conciencia, soy *yo,* Antoine Roquentin, salgo para París dentro de un rato; vengo a despedirme de la patrona.

—Vengo a despedirme de usted.

—¿Se marcha, señor Antoine?

—Me instalaré en París, para cambiar.

—¡Afortunado!

¿Cómo pude oprimir mis labios contra ese amplio rostro? Su cuerpo ya no me pertenece. Todavía ayer hubiera sabido adivinarlo bajo el vestido de lana negra. Hoy el vestido es impenetrable. Ese cuerpo blanco, con las venas a flor de piel, ¿era un sueño?

—Lo echaremos de menos —dice la patrona—. ¿No quiere tomar algo? Convido yo.

Nos instalamos, brindamos. Ella baja un poco la voz.

—Me había acostumbrado a usted —dice con un pesar cortés—, nos entendíamos bien.

—Vendré a verla.

—Eso es, señor Antoine. Cuando pase por Bouville, vendrá usted a hacernos una visita. Se dirá: «Voy a saludar a Mme. Jeanne, será un gusto para ella». Es cierto, a uno le gusta saber qué es de la gente. Además, aquí siempre vuelven. Tenemos maridos, empleados de la Transat; a veces me paso dos años sin verlos; unas veces están en Brasil o en Nueva York y sirven en Burdeos en un barco mercante. Y un buen día vuelvo a verlos. «Buenos días, Mme. Jeanne.» Tomamos un vaso juntos. No me crea si quiere, pero recuerdo lo que suelen beber. ¡A dos años de distancia! Digo a Madeleine: «Sírvale un vermut seco a M. Pierre, un Noilly Cinzano a M. León». Me dicen: «¿Cómo se acuerda, patrona?». «Es mi oficio», les contesto.

En el fondo de la sala hay un hombre gordo que se acuesta con ella desde hace poco. La llama.

—¡Patroncita!

La patrona se levanta.

—Discúlpeme, señor Antoine.

La criada se me acerca:

—¿Así que nos deja usted?

—Voy a París.

—He vivido en París —dice con orgullo—. Dos años. Trabajé en el Simeón. Pero sentía nostalgia de esto.

Vacila un poco, y se da cuenta de que no tiene nada más que decirme:

—Bueno, adiós, señor Antoine.

Se limpia la mano en el delantal y me la tiende.

—Adiós, Madeleine.

Se va. Acerco el *Journal de Bouville* y luego lo rechazo; hace un rato, en la biblioteca, lo leí de la primera a la última línea.

La patrona no vuelve; abandona a su amigo sus manos regordetas que él oprime con pasión.

El tren parte dentro de tres cuartos de hora.

Hago mis cuentas para distraerme.

Mil doscientos francos por mes no son gran cosa. Sin embargo, reduciéndome un poco, deberían bastar. Una habitación de trescientos francos, quince francos por día para la comida; quedarán cuatrocientos cincuenta francos para la lavandera, los gastos menudos y el cine. No necesitaré ropa interior, ni trajes por mucho tiempo. Los dos que tengo están limpios aunque un poco lustrosos en los codos; me durarán tres o cuatro años más si los cuido.

¡Dios mío! ¿*Yo* voy a llevar esta vida de hongo? ¿Qué haré de mis días? Pasearé. Iré a las Tullerías a sentarme en una silla de hierro, o más bien en un banco, por economía. Iré a leer a las bibliotecas. ¿Y después? Una vez por semana, cine. ¿Y después? ¿Un Voltigeur, los domingos? ¿Iré a jugar al croquet con los jubilados del Luxemburgo? ¡A los treinta años! Me doy lástima. Hay momentos en que me pregunto si no me valdría más gastar en un año los trescientos mil francos que me quedan, y después... Pero ¿qué conseguiría con eso? ¿Trajes nuevos? ¿Mujeres? ¿Viajes? Lo he tenido todo y ahora se acabó, ya no me tienta; ¡para lo que me queda! Dentro de un año me encontraría vacío como hoy, sin un recuerdo siquiera y cobarde frente a la muerte.

¡Treinta años! Y catorce mil cuatrocientos francos de renta. Cupones por cobrar todos los meses. ¡Sin embargo, no soy un anciano! ¡Que me den algo que hacer, lo que sea! Sería preferible que pensara en otra cosa, porque en este momento estoy contándome un cuento. Sé muy bien que no quiero hacer nada; hacer algo es crear existencia, y ya hay bastante existencia.

La verdad es que no puedo soltar la pluma; creo que voy a tener la Náusea y mi impresión es que la retardo escribiendo. Entonces escribo lo que me pasa por la cabeza.

Madeleine, que quiere agradarme, me grita de lejos, mostrándome un disco:

—Su disco, señor Antoine, el que a usted le gusta; ¿quiere escucharlo, por última vez?

—Si le parece.

Lo dije por cortesía pero no me siento en muy buena disposición para escuchar una melodía de jazz. Con todo, prestaré atención porque, como dice Madeleine, escucho este disco por última vez; es muy viejo, demasiado viejo inclusive para la provincia; en vano lo buscaré en París. Madeleine va a ponerlo en el platillo del fonógrafo, girará; en las ranuras, la aguja de acero se pondrá a saltar y a rechinar, y cuando la hayan guiado en espiral hasta el centro del disco, habrá terminado; la voz ronca que canta *Some of these days* callará para siempre.

Comienza.

Decir que hay imbéciles que obtienen consuelo con las bellas artes. Como mi tía Bigeois: «Los *Preludios* de Chopin me ayudaron tanto a la muerte de tu pobre tío». Y las dos salas de concierto rebosan de humillados, de ofendidos que, con los ojos cerrados, tratan de transformar sus rostros pálidos en antenas receptoras. Se figuran que los sonidos captados corren en ellos, dulces y nutritivos, y que sus padecimientos se convierten en música, como los del joven Werther; creen que la belleza se compadece de ellos. Gilipollas.

Quisiera que me dijesen si consideran compasiva esta música. Hace un rato yo estaba, por cierto, muy lejos de nadar en la beatitud. En la superficie hacía mis cuentas, mecánicamente. Debajo, se estancaban todos esos pensamientos desagradables que han tomado la forma de interrogaciones no formuladas, de asombros mudos, y que no me dejan ya ni de día ni de noche. Pensamientos sobre Anny, sobre mi vida fracasada. Y más abajo todavía, la Náusea, tímida como una aurora. Pero en aquel momento no había música, yo estaba taciturno y tranquilo. A mi alrededor todos los objetos estaban hechos de la misma materia que yo, de una especie de sufrimiento fofo. El mundo era tan feo, afuera, tan feos esos vasos sucios sobre las mesas, y las manchas pardas en el espejo y el delantal de Madeleine y el aire amable del gordo enamorado de la patrona, tan fea la existencia misma del mundo, que me sentía cómodo, en familia.

Ahora está el canto del saxofón. Y me avergüenzo. Acaba de nacer un pequeño padecimiento glorioso, un padecimiento modelo. Cuatro notas de saxofón. Van y vienen como si dijeran: «Hay que hacer como nosotros, sufrir *con ritmo*». ¡Bueno, sí! Naturalmente, bien quisiera padecer de este modo, con ritmo, sin complacencia, sin piedad para mí mismo, con árida pureza. ¿Pero es mía la culpa si la cerveza está tibia en el fondo del vaso, si hay manchas pardas en el espejo, si estoy de más, si el más sincero de mis sufrimientos, el más seco, se arrastra y se pone pesado, con demasiada carne y la piel demasiado grande a la vez, como el elefante de mar, con grandes ojos húmedos y conmovedores, pero tan feos? No, no puede decirse que este pequeño dolor de diamante que gira sobre el disco y me deslumbra, sea compasivo. Ni siquiera irónico; gira alegremente, ocupado de sí mismo, ha tronchado como una hoz la insulsa intimidad del mundo y ahora gira y a todos nosotros, a Madeleine, al hombre gordo, a la patrona, a mí mismo y a las mesas, a las banquetas, al espejo manchado, a los vasos, a todos los que nos abandonábamos a la existencia porque estábamos entre nosotros, nos ha sorprendido en el desaliño, en el dejarse estar cotidiano; me avergüenzo por mí mismo y por todo lo que existe *delante de él.*

Él no existe. Hasta es irritante; aunque me levantara y arrancara el disco del platillo que lo sostiene y lo rompiera en dos, no lo alcanzaría. Está más allá de algo, de una voz, de una nota de violín. A través de espesores y espesores de existencia, se descubre, delgado y flexible, y cuando uno quiere atraparlo, sólo encuentra existencias, tropieza con existencias desprovistas de sentido. Está detrás de ellos; ni siquiera lo oigo; oigo sonidos, vibraciones del aire que lo descubren. No existe, puesto que no tiene nada de más; todo el resto es lo que está de más con respecto a él. Él es.

Y yo también quise *ser*. Fue lo único que quise; ésta es la clave del asunto. Veo claro en el aparente desorden de mi vida: en el fondo de todas esas tentativas que parecían sin relación, encuentro el mismo deseo: arrojar fuera de mí la existencia, vaciar los instantes de su grasa, torcerlos, desecarlos, purificarme, endurecerme, para dar al fin el sonido neto y preciso de una nota de saxofón. Podría inclusive constituir un apólogo: era una vez un pobre tipo que se había equivocado de mundo. Existía, como la otra gente, en el mundo de los jardines públicos, de los cafés, de las ciudades comerciales, y quería persuadirse de que vivía en otra parte, detrás de la tela de los cuadros, con los Dogos del Tintoretto, con los graves florentinos de Gozzoli, detrás de las páginas de los libros, con Fabricio del Dongo y Julián Sorel, detrás de los discos de fonógrafo, con las largas quejas del jazz. Y después de hacer el imbécil, comprendió, abrió los ojos, vio que había sido un error; estaba en un bar, precisamente delante de un vaso de cerveza tibia. Se quedó abrumado en el asiento; pensó: soy un imbécil. Y en ese preciso momento, del otro lado de la existencia, en aquel otro mundo, que puede verse de lejos, pero sin alcanzarlo nunca, una pequeña melodía se puso a danzar, a cantar: «Hay que ser como yo; hay que sufrir con ritmo». La voz canta:

Some of these days
You'll miss me honey.

El disco ha de estar rayado en ese sitio, porque hace un ruido raro. Y hay algo que aprieta el corazón: esa tosecita de la aguja en el disco no afecta en absoluto a la melodía. Está tan lejos, tan lejos, atrás. También lo comprendo: el disco se raya y se gasta, quizá la cantante haya muerto; me iré, voy a tomar el tren. Pero detrás de lo existente que cae de un presente a otro, sin pasado, sin porvenir, detrás de esos sonidos que día a día se descomponen, se descascaran y se deslizan hacia la muerte, la melodía sigue siendo la misma, joven y firme, como un testigo despiadado.

La voz calla. El disco raspa un poco y se detiene. Libre de un sueño inoportuno, el café rumia, mastica de nuevo el placer de existir. A la patrona le ha subido la sangre a la cara, da palmadas en las gordas mejillas blancas de su nuevo amigo, pero sin conseguir colorearlas. Mejillas de muerto. Yo me hundo, me duermo a medias. Dentro de un cuarto de hora estaré en el tren, pero no lo pienso. Pienso en un americano afeitado, de espesas cejas negras, que se ahoga de calor en el piso veinte de un inmueble de Nueva York. Encima de Nueva York, el azul del cielo se ha inflamado, llamas amarillas lamen los techos; los chicos de Brooklyn se ponen, en pantalones de baño, bajo las mangueras. El cuarto oscuro, en el piso veinte, se cocina a fuego vivo. El americano de las cejas negras suspira, jadea y el sudor le corre por las mejillas. Está sentado, en mangas de camisa, delante del piano, tiene un gusto a humo en la boca, y vagamente, el fantasma de una melodía en la cabeza. *Some of these days*. Tom vendrá dentro de una hora con su petaca en el bolsillo; entonces se desplomarán los dos en los sillones de cuero y beberán grandes vasos de alcohol y el fuego del cielo inflamará sus gargantas, sentirán el peso de un inmenso sueño tórrido. Pero primero hay que anotar esta melodía, *Some of these days*. La mano húmeda toma un lápiz sobre el piano. *Some of these days you'll miss me honey.*

Sucedió así. Así o de otro modo, poco importa. Así nació. Escogió para nacer el cuerpo gastado de ese judío de cejas como carbón. Sujetaba blandamente el lápiz y gotas de sudor caían de sus dedos enjoyados al papel. ¿Y por qué no yo? ¿Por qué se necesitaba precisamente ese gordo estúpido lleno de cerveza asquerosa y de alcohol para que se cumpliera el milagro?

—Madeleine, ¿quiere poner de nuevo el disco? Una vez más, antes de que me vaya.

Madeleine se echa a reír. Hace girar la manivela y la cosa empieza de nuevo. Pero ya no pienso en mí. Pienso en aquel tipo que compuso esta melodía, un día de julio, en el calor negro de su cuarto. Trato de pensar en él *a través* de la melodía, a través de los sonidos blancos y acidulados del saxofón. Hizo esto. Tenía contratiempos, no todo le iba como Dios manda: cuentas que pagar —y además debía de haber por ahí alguna mujer que no pensaba en él como lo hubiera deseado—, y además había esa terrible ola de calor que transformaba a los hombres en charcos de grasa derretida. Todo aquello no tenía nada de muy bonito ni de muy glorioso. Pero cuando oigo la canción y pienso que la hizo aquel tipo, considero... conmovedores su sufrimiento y su transpiración. Tuvo suerte. Por lo demás, no se habrá dado cuenta. Debió de pensar: ¡con un poco de suerte, sacaré unos cincuenta dólares! Es la primera vez desde hace años, que un hombre me parece conmovedor. Quisiera saber algo sobre ese tipo. Me interesaría conocer sus dificultades, si tenía una mujer o si vivía solo. No por humanismo: al contrario. Porque hizo esto. No tengo ganas de convencerlo, por lo demás tal vez esté muerto. Sólo conseguir algunos datos sobre él y poder pensar en él, de vez en cuando, al escuchar este disco. Eso es. Supongo que a aquel tipo no le haría ni fu ni fa si le dijeran que en la séptima ciudad de Francia, en los alrededores de la estación, hay alguien que piensa en él. Pero yo sería feliz si estuviera en su lugar; lo envidio. Tengo que irme. Me levanto, pero vacilo un instante, quisiera oír cantar a la negra. Por última vez.

Canta. Dos que se han salvado: el judío y la negra. Salvado. Quizá hasta el fin se hayan creído perdidos, ahogados en la existencia. Y, sin embargo, nadie podría pensar en mí como yo pienso en ellos, con esta dulzura. Nadie, ni siquiera Anny. Para mí son un poco como muertos, un poco como héroes de novela: se han lavado del pecado de existir. No por completo, claro, pero tanto como puede hacerlo un hombre. Esta idea me trastorna de golpe, porque ni siquiera la esperaba ya. Siento que algo me roza tímidamente y no me atrevo a moverme por temor de que se vaya. Algo que yo no conocía, una especie de alegría.

La negra canta. ¿Entonces es posible justificar la propia existencia? ¿Un poquitito? Me siento extraordinariamente intimidado. No es que tenga mucha esperanza. Pero soy como un tipo completamente helado que después de un viaje por la nieve entra de pronto en un cuarto tibio. Pienso que se quedaría inmóvil cerca de la puerta, frío aún, y lentos temblores recorrerían todo su cuerpo.

Some of these days
You'll miss me honey.

¿No podría yo intentar...? Naturalmente, no se trataría de una música..., ¿pero no podría, en otro orden?... Tendría que ser un libro; no sé hacer otra cosa. Pero no un libro de historia; la historia habla de lo que ha existido, un existente jamás puede justificar la existencia de otro existente. Mi error era querer resucitar a M. de Rollebon. Otra clase de libro. No sé muy bien cuál, pero habría que adivinar, detrás de las palabras impresas, detrás de las páginas, algo que no existiera, que estuviera por encima de la existencia. Por ejemplo, una historia que no pueda suceder, una aventura. Tendría que ser bella y dura como el acero, y que avergonzara a la gente de su existencia.

Me voy, me siento vacuo. No me atrevo a tomar una decisión. Si estuviera seguro de tener talento... Pero nunca, nunca he escrito nada de este tipo; artículos históricos sí. Un libro. Una novela. Y la gente leería esa novela y diría: la escribió Antoine Roquentin, era un individuo pelirrojo que se arrastraba por los cafés; y pensarían en mi vida como yo pienso en la de esa negra: como en algo precioso y semilegendario. Un libro. Naturalmente, al principio sólo sería un trabajo aburrido y fatigoso; no me impediría existir ni sentir que existo. Pero llegaría un momento en que el libro estaría escrito, estaría detrás de mí y pienso que un poco de claridad caería sobre mi pasado. Entonces quizá pudiera, a través de él, recordar mi vida sin repugnancia. Quizá un día, pensando precisamente en esta hora, en esta hora lúgubre en que espero, agobiado, que llegue el momento de subir al tren, quizá sienta que el corazón me late más rápidamente, y me diga: fue aquel día, aquella hora cuando comenzó todo. Y llegaré —en el pasado, sólo en el pasado— a aceptarme.

Cae la noche. En el primer piso del hotel Printania acaban de iluminarse dos ventanas. El depósito de la Nueva Estación huele fuertemente a madera húmeda; mañana lloverá en Bouville.

Este libro se terminó de
imprimir en los talleres gráficos
de Mateu Cromo S. A., Pinto, Madrid, España
en el mes de octubre de 2002.